Diogenes Taschenbuch 21651

Nikolai Lesskow

Meister-erzählungen

Ausgewählt und aus dem Russischen übersetzt von Johannes von Guenther
Mit einem Nachwort von V.S. Pritchett

Diogenes

Die vorliegende Auswahl erschien erstmals 1970
im Biederstein Verlag, München
Abdruck der Übersetzung
mit freundlicher Genehmigung
von Anna von Guenther
Umschlagillustration:
Fjodor Jakowlewitsch Alexejew,
›Blick auf den Palastkai
von der Peter-Pauls-Festung aus‹,
1794 (Ausschnitt)

20/93/24/2
ISBN 3 257 21651 3

INHALT

CHERAMOUR

Ein Narr Gottes, baucheshalber

1

Aus einigen ziemlich triftigen Gründen muß der als Überschrift gewählte Rufnamen den Familiennamen meines Helden ersetzen, falls dieser überhaupt zum Helden taugt.

Wenn ich nicht fürchten müßte, mich gleich zu Beginn meiner Erzählung vulgär auszudrücken, würde ich sagen, daß Cheramour ein *Held des Bauches* ist – im Sinne des Wortes, den man überhaupt mit diesem Ausdruck in Verbindung bringen könnte. Doch gleichviel: ich muß dies sagen, weil die Art der Materie mich der Möglichkeit beraubt, allzu wählerisch in den Ausdrücken zu sein, denn sonst liefe ich Gefahr, überhaupt nichts auszusagen. Mein Held ist eine karge und einseitige Persönlichkeit, und seine Epopöe ist arm und quälend; trotzdem will ich riskieren, sie zu erzählen.

Somit, Cheramour ist ein *Held des Bauches*; seine Devise heißt, *Fressen und Schlingen;* sein Ideal ist, *andere zu füttern*; in dieser Verfassung fanden seine Abenteuer statt, die eine gewisse Beachtung verdienen. Ich werde das eine und das andere davon in kurzen Abschnitten beschreiben: dies ist die einzige Art, in der etwas über eine Person berichtet werden kann, die sich nicht der geringsten Konsequenz befleißigte und in keine Form fügt.

Ich beginne mit dem Vorfall, in dem er dem ersten Menschen erschien, der in ihm etwas Beobachtungswertes entdeckte.

Im Sommer des Jahres 187 . . . kam aus Petersburg nach Paris ein literarischer Nemo. Er stieg in einem kleinen Zimmerchen ab, gegenüber dem Gitter des Parks von Luxemburg, und lebte dort still und friedlich einige Tage, als plötzlich der Concierge bei ihm eintrat und ihm sagte, es sei jemand erschienen und verlange, daß Monsieur auf die Treppe hinauskäme.

Nemo hatte Ursache, keine Geheimniskrämerei zu lieben, und fragte daher ungehalten:

„Wer ist es denn und was will er?"

„Ich meine, es ist jemand von den Ihren", entgegnete der Franzose.

„Ein Mann oder eine Frau?"

„Auf jeden Fall will mir scheinen, daß *dies* eher ein Mann ist."

„Dann bitten Sie ihn hier herein."

„Jawohl, doch mir scheint, daß er es nicht für schicklich halten wird, hereinzukommen."

„Ist er denn betrunken?"

„Nein; er ist . . . nicht angezogen."

2

Auf der schmalen Wendeltreppe, deren winziges Fensterchen in einen Schacht ging, den drei in spitzen Winkeln aufeinanderstoßende Wände bildeten, stand eine sehr kleine, aber überaus originelle Gestalt. Das erste, was Nemo auffiel, waren die halb kindlichen Schultern und der Lockenkopf mit dem langen Haar, von einem abgenützten Banditenhut bedeckt.

Anfangs schien es, daß dies ein verkleideter dreizehn- oder vierzehnjähriger Junge sein müßte, doch kaum hatte er sich umgedreht, als sich das Bild völlig veränderte: da waren als erstes zwei blitzende schwarze Augen, die mit einem wilden, gewissermaßen hungrigen Feuer brannten, und ein schwarzer Bart von bemerkenswerter Größe und Form. Er bedeckte das ganze Gesicht fast bis unter die Augen und lag nach untenhin über der Brust bis zum Gürtel. Nach Weisung der Stroganowschen Heiligenbeschreibung durfte solch ein

Bart nur dem Heiligen Moïssej Murin[1] gemalt werden, vermutlich in Anbetracht der Besonderheiten seiner magyarischen Herkunft und des quälenden Feuers seines Temperamentes, dessentwegen ihm auch befohlen worden war, für ‚ungebändigte Leidenschaft' zu beten.

Nemo trat an den Unbekannten heran und fragte:

„Mit wem habe ich die Ehre . . ."

„Nichts da von Ehre", entgegnete der Unbekannte mit einem wenig natürlich, sondern eher künstlich klingenden leichten Baß, so wie ihn zu ihrer Zeit Kadetten der letzten Klasse zu sprechen für angebracht hielten. Nemo hatte einige Menschenerfahrung und änderte daher sein Verhalten.

„Und was benötigen Sie?" fragte er den Besucher.

„Habe ein Anliegen."

„Dann kommen Sie doch ins Zimmer."

„Ist niemand bei Ihnen?"

„Niemand."

„Geht also an."

Würdig und ohne Hast folgte der Unbekannte dem Hausherrn, er schritt auf seinen kurzen Beinchen aus, setzte sich, kaum daß er eingetreten war, und fragte sogleich, ohne erst den Hut abzulegen:

„Haben Sie keine Arbeit für mich?"

„Was heißt ‚Arbeit'!"

„Nun ja, haben Sie keine Arbeit?"

„Ja, was sollte ich denn für eine Arbeit haben?"

„Wie kann ich wissen, was für eine?"

„Sind Sie Handwerker?"

„Nein, ich bin kein Handwerker, aber man sagte mir, daß Sie Romane schreiben."

„Das stimmt."

„Dann könnte ich abschreiben."

„Aber ich schreibe jetzt nichts."

[1] Hier handelt es sich um Traditionen der Ikonenmalerei aus dem XVI. und XVII. Jahrhundert. Der christliche Heilige Moïssej Murin (325–400) war der Überlieferung nach in seiner Jugend Räuberhauptmann. Lesskow scheint ihn jedoch mit Moïssej Ugrin verwechselt zu haben (gestorben 1043), der magyarischer Herkunft war. Beide Namen klingen ähnlich.

„Sowas! Das heißt, Sie sind satt.“

Er erhob sich, runzelte ein wenig die Stirn und fügte hinzu:

„Und wie steht's mit dem Gelde bei Ihnen?“

Der Hausherr rückte unwillkürlich von ihm ab und fragte:

„Was soll das heißen?“

„Soll heißen, daß ich seit drei Tagen nicht gefressen habe.“

„Wieviel brauchen Sie denn?“

„Ich bräuchte viel, aber ich will von Ihnen zwei Francs haben.“

„Bitte sehr.“

Der Tourist nahm seinen Beutel und gab dem Besuch eine Fünffrancs-Münze.

„Das ist mehr“, sagte jener.

„Spielt keine Rolle.“

„Aber natürlich, Sie werden den Rest zurückerhalten.“

Mit diesen Worten drehte er sich um und ging mit dem gleichen ruhigen Schritt, mit der gleichen unentwegten Würde hinaus. Während des Gespräches hatte man jedoch bemerken können, daß seine Reithosen nicht gerade fest saßen, und daß unter seiner Bluse kein Hemd war.

3

Nemo erzählte diese Geschichte Landsleuten: die wußten gleich Bescheid.

„Das ist Cheramour“, sagten sie.

„Wer ist das?“

„Weiß niemand.“

„Auf jeden Fall ist er ein Russe.“

„Und noch wie! Ein Russe: er ist in irgendeine geheimnisvolle Geschichte hineingeraten.“

„Politischer Art?“

„Wer will aus ihm klug werden? Doch es scheint, politischer Art.“

„Und aus welchem Anlaß ist er hergeflohen?“

„Wahrhaftig, das weiß ich nicht, und ich möchte zweifeln, ob er selber es weiß."

„Ist er vielleicht ein Verrückter?"

„Höchstens im Sinne des Doktors Krupow."[1]

„Oder ein Gauner?"

„Nein, er ist in seiner Art sogar sehr ehrlich: Sie werden sich selber davon überzeugen."

„Auf welche Weise?"

„Hat er von Ihnen Geld geliehen?"

„Warum glauben Sie das?"

„Wenn er zu Ihnen kam, bedeutet das, daß er eine Schuld bezahlen kam, oder weil er vor Hunger sterbe und bitte, ihm etwas zu leihen."

„Ich habe ihm sehr wenig gegeben."

„Ganz gleich; er wird den Rest wiederbringen."

„Ich habe das nicht verlangt."

„Wenn schon! Wenn Sie sich bei ihm einschmeicheln wollen, dann führen Sie ihn zum Fressen."

„Und das wird ihn nicht beleidigen?"

„Nicht im mindesten; er ist ein sehr natürlicher Mensch; nur das eine: führen Sie ihn nicht an einen guten Platz: das kann er nicht ausstehen; sondern gehen Sie mit ihm irgendwohin, wo es nicht ganz sauber ist."

4

Am Morgen hörte Nemo, während er noch schlief:

„Wachen Sie auf!"

Er schlug die Augen auf und sah Cheramour vor sich. Der trug wie gestern eine Bluse ohne Hemd und den Banditenhut. Der funkelnde hungrige Glanz der schwarzen Augen war freilich ein wenig weicher geworden und man konnte in ihnen etwas schimmern sehen, das wie die Andeutung eines Lächelns aussah.

[1] Krupow, der Held der gleichnamigen Erzählung Alexander Herzens, meinte, die Menschheit leide an Verrücktheit und ihre Geschichte sei die Biographie eines Verrückten. Die Ursache dieser Verrücktheit lag für ihn in der sozialen Ungleichheit.

Er streckte dem Hausherrn die Hand hin und sagte:

„Belieben zu empfangen."

„Was denn?"

„Drei Francs Rest."

„Nehmen Sie Platz, ich werde gleich aufstehen, und dann können wir zusammen frühstücken gehen."

Cheramour setzte sich und fügte hinzu, während er das Geld auf den Tisch legte:

„Kann angehen."

5

Sie tranken und aßen genauso, wie Cheramour es wünschte, und nicht einmal bei Duval, sondern sie begaben sich in die dunkelste Quergasse des Quartier Latin und fanden Unterschlupf in der schmutzigen kleinen Schenke der gewaltigen Normannin von heldenhaftem Wuchs, die man Tante Grillade hieß. Dies war die einzige Frau in Paris, deren Namen Cheramour kannte und der er, wenn er ihr begegnete, mit seinem stolzen Haupt zunickte. Sie war das wert, denn sie verfügte über eine historische Reputation von hohem Goldwert. Wenn sie dabei nicht log, war sie zur Zeit der vollen Blüte ihrer Jugend Gegenstand der Beachtung von Louis Bonaparte gewesen und hätte diesem leicht etwas in Erinnerung bringen können; seit der Zeit jedoch, da er Napoleon III. geworden war, verachtete ihn Grillade und schlug sich mit der Führung eines dreckigen Eßwarengeschäftes durch.

Ob dies alles Wahrheit war oder vielleicht nur zum Teil, das mußte man freilich dem Gewissen der Tante überlassen, Cheramour jedoch glaubte ihr: ihm gefiel es, daß sie einen ‚solchen Herrn' verachtete. Aus diesem Grunde respektierte er sie und bekundete ihr seine Hochachtung, und einzig vor ihr nahm er seinen fürchterlichen Hut ab. Außerdem waren sie und ihre dunkle Sackgasse für Cheramour mit der angenehmsten Erinnerung verknüpft. Hier in dieser Spelunke war ihm einmal der Himmel auf Erden erschienen; hier hatte er das höchste Vergnügen genossen, das seine Seele zu erstreben vermochte; hier hatte er, der ewig hungrige und frierende Bettler, einmal ein Fest gegeben, ein solches Fest, daß man es gewiß als das ‚Fest des Lazarus' hätte bezeichnen können. Auf die allererstaunlichste Weise hatte Cheramour ein Erbe in Höhe von drei- oder vierhundert Francs erhalten, das ihm von seiner Mutter zugefallen war, und mit diesem das ‚Fest des Lazarus' bestritten.

Denn das ganze Geld händigte er der Tante aus, und befahl „abzurechnen", bis er es ganz verzehrt habe.

Von dem Tage an führte er täglich einige Voyoux[1] herein und fütterte alle bis zu dem Zeitpunkt, da die Tante ihm die Rechnung überreichte, aus der hervorging, daß *alles aufgegessen* sei.

Diesmal führte er seinen Gastgeber hierher. Man servierte ihnen abscheuliche Koteletts, miserables Püree und ein Ragout aus Abfällen, dazu einen Liter sauren Weines. Cheramour aß das alles sehr konzentriert, ohne jemand ringsum Beachtung zu schenken, dann aber lehnte er sich zurück und sagte:

„Schluß!"

Seit diesem Tage spann sich zwischen Nemo und Cheramour eine Bekanntschaft an, die in der ‚Fresserei' bei Tante Grillade ihre Basis hatte und mit jedem Tag neue Sonderbarkeiten dieses Sohns Kains an den Tag brachte.

6

Nemo konnte feststellen, daß Cheramour außerordentlich stolz war, weil er sehr schüchtern war, aber seine Begriffe vom Stolz selber waren erstaunlich. So nahm er zum Beispiel von einem jeden Nahrung an, ohne die geringste Zurückhaltung, aber auch ohne jede Dankbarkeit. Jemand zu füttern war seiner Ansicht nach für jeden Menschen nicht nur eine Pflicht, sondern auch ein Vergnügen. Darin, daß man ihn fütterte, sah er gar keinen ihm erwiesenen Gefallen, sondern fand sogar, es sei zuwenig. Denn tatsächlich, er hätte unter den gleichen Umständen erheblich mehr getan. Unter

[1] Abgerissene Bettler

den gleichen Umständen hätte er mehrere Menschen gefüttert. Das Fressen war der Punkt seiner Verrücktheit: an das Fressen dachte er, ob satt oder hungrig, zu jeder Zeit – tags und nachts.

So kam er zum Beispiel und erblickte eine Flasche Eau de Cologne. Sogleich musterte er sie mit funkelnden Blicken und fragte, mit dem Finger darauf deutend, voller Verachtung:

„Was ist das?"

„Eau de Cologne."

„Wozu benötigt?"

„Ich reibe mich damit ein."

„Hm! Reiben sich ein. Gibt es wo eine schweißige Stelle?"

„Nein; eine schweißige Stelle ist nicht da."

„Warum dann eine solche Abscheulichkeit!"

„Wem schadet es denn?"

„Was für eine Frage: besser, wenn Sie dafür selber was fressen und jemand anderen füttern würden."

„Kommen Sie, ich will Sie füttern."

„Warum nur einen füttern . . . wenn Sie was gesagt hätten, ich hätte noch fünf Leute holen können."

Ein andermal sah er Wäsche auf der Kommode, welche die Wäscherin gebracht hatte, und stieß wieder mit dem Finger darauf:

„Wessen Hemden?"

„Selbstverständlich meine."

„Wieviel sind es?"

„Wie es scheint, vier."

„Warum so viele?"

„Was meinen Sie wohl, wieviel Hemden darf ein Mensch haben?"

„Eines."

„Als ob Sie selber nur eines besitzen?"

„Nein; ich besitze kein einziges."

„Ohne Scherz, kein einziges?"

„Was da Scherze, wir sind nicht so befreundet, um Scherze miteinander zu scherzen."

Mit diesen Worten knöpfte er seine Bluse auf und wies seinen nackten Körper.

„Da haben Sie die Scherze."

„Nehmen Sie ein Hemd von mir."

„Kann angehen."

Er nahm das Hemd, das ich ihm gab, ging hinter den Vorhang und schrie von dort:

„Ein Messer!"

„Wollen Sie sich am Ende gar erstechen?"

„Geht Sie nichts an."

„Wieso geht mich das nichts an? Ich will nicht, daß Sie mir alles mit Blut verschmutzen."

„Wichtigkeit!"

„Nein, bei mir dürfen Sie sich nicht erstechen."

„Und werde mich auch nicht erstechen – ich habe mich heute satt gefressen."

„Da haben Sie das Messer."

Etwas knisterte und riß, und schon klatschte etwas auf den Boden.

„Was haben Sie da gemacht?"

Statt einer Antwort warf er die von beiden Ärmeln abgeschnittenen Manschetten nach draußen und tauchte selber in seiner Bluse auf: unterhalb der Ärmelaufschläge sahen die grausam abgerissenen Ärmel des Hemdes vor.

Dies schien ihm besser, aber nicht für lange – tags darauf erschien er wieder ohne Hemd und antwortete auf die Frage, wo es geblieben sei:

„Habe ich abgestoßen."

„Zu welchem Zweck?"

„Ein anderer hatte gar keines."

So verhielt er sich in einer unendlichen Zahl verschiedener Vorfälle, die geeignet waren, einen jeden davon zu überzeugen, daß er zu keinem einzigen Geschäft tauglich sei, und mehr noch, die größten Zweifel darüber hervorzurufen, was für ein politisches Verbrechen er hätte begehen können. Und dabei war dies doch gerade das Interessanteste. Cheramour jedoch war in dieser Frage von so absoluter Kürze, daß alles, was er darüber aussagte, unwahrscheinlich klang. Seiner Ansicht nach bestand seine ganze Geschichte darin, daß er einmal gebeten hatte, „auf den Hof gehen zu dürfen“.

Wie und was? Das konnte einen jeden wundern, doch schien er wenig geneigt, es zu erläutern.

„Es hatte einen Aufstand gegeben“, sagte er. „Wir alle, die Technologiker, kamen zu unserem Institut, das Tor war abgesperrt, man ließ uns nicht herein. Wir begannen zu bitten, man möge uns auf den Hof lassen, wir stießen auch ein bißchen. Und mich schnappte man.“

„Na und dann?“

„Dann ging ich fort.“

„Warum?“

„Wozu sollte ich warten, es hätte ja sein können, daß ich verurteilt worden wäre.“

Und mehr war aus ihm nicht herauszukriegen, ja man konnte bezweifeln, ob da überhaupt was herauszukriegen sei.

Bis hierher erzähle ich vom Hörensagen, jetzt aber werde ich zu meinen persönlichen Beobachtungen übergehen, die glückhafter waren.

7

Schon bei meiner letzten Auslandsreise hatte ich unterwegs viel von ihm zu hören bekommen, vornehmlich in Wien und in Prag, wo man ihn kannte, und ich interessierte mich außerordentlich für ihn. Zeit meines Lebens war ich vielen seltsamen Varietäten dieser Söhne Kains begegnet, doch ein solches Exemplar hatte ich nie gesehen. Und so wollte ich mit ihm Bekanntschaft schließen, was auch gut paßte, da ich mit einer literarischen Arbeit unterwegs war, für die ich einen Abschreiber brauchte. Cheramour aber, sagte man, war gerade in dieser Hinsicht ganz ausgezeichnet.

Seine Adresse kannte niemand, ich aber wählte die Adresse der Tante Grillade, und diese brachte mich weiter. Auf einen Brief hin, den ich in der Schenke ließ, erschien Cheramour bei mir, genauso wie ich ihn weiter oben geschildert habe:

klein, stämmig, mit einem winzigen Näschen und dem riesigen Bart Tschernomors[1].

Bei dieser Gelegenheit kann ich übrigens anmerken, daß der Spitzname Cheramour nichts anderes war als ein französisierter und verdorbener ‚Tschernomor', das Entstehen dieses Spitznamens aber hatte seinen Grund, der an der geeigneten Stelle noch erwähnt werden wird.

Ich war nicht darauf aus, schnell mit Cheramour vertraut zu werden, sondern ich gab ihm einfach Arbeit, und bei seinem ersten Besuch sprach er fast kein Wort mit mir, er nickte nur als Zeichen der Zustimmung; als er aber nach drei Tagen das abgeschriebene Heft zurückbrachte, wurde er gesprächig.

„Haben Sie alles in meinem Manuskript lesen können?" fragte ich, „war es nicht schwierig?"

„Da war nichts Schwieriges, nur eines war schwierig zu erfassen: warum Sie so etwas schreiben?"

„Ich lasse es drucken."

„Sehr nötig."

„Gefällt es Ihnen nicht?"

„Nein, es gefällt mir nicht, und warum eigentlich so einen Qutsch?" (Genauso sprach er es aus: Qutsch).

„Gute Leute werden es kaufen, lesen, werden darüber lachen und Schluß."

„Na ja; und weiter nichts. Als ob sich das lohnte. Sie könnten eigentlich was Gescheiteres schreiben."

„Was denn Gescheiteres? Das kann ich nicht."

„Na ja; können Sie nicht! Nein, ich sehe schon, Sie sind nicht ganz dumm!"

„Außerdem weiß ich nicht", sagte ich, „was man eigentlich schreiben sollte."

„Etwas Nützliches."

„Zum Beispiel?"

„Ich bin kein Schriftsteller, zwecklos mich zu fragen. Wenn ich ein Schriftsteller wäre, ich würde schon was schreiben."

„Einen Aufsatz?"

„Ich weiß nicht, vielleicht auch einen Aufsatz."

[1] Zauberer aus den russischen Volksmärchen

„Worüber?"

„Darüber, daß alle zu fressen haben müßten, genau das."

„Und wie sollte man so was schreiben?"

„Ich weiß nicht; manche schreiben das."

„Wo?"

„Ich weiß nicht; aber man schreibt."

„Und alles", sagte ich, „taugt im Grunde wenig."

„Weil man es nicht ganz zu Ende schreibt."

„Und warum schreibt man es nicht ganz zu Ende?"

„Weiß der Teufel."

„Fehlt es an Verstand, oder an Courage?"

„Weiß ich nicht."

„Sind Sie ein Revolutionär?"

„Das auch noch! Alle müssen fressen, da haben Sie die Revolution. In der Revolution hat es der gut, der groß von Wuchs ist."

„Wieso das?"

„Weil niemand auf die Kleinen hört."

„Na und die Napoleons? Die waren doch beide von kleinem Wuchs, aber man parierte ihnen."

„Das ist bei den Franzosen so; die schauen nicht auf den Wuchs; bei uns aber ist es erforderlich, daß einer ein langer Lulatsch ist und zu schimpfen weiß."

„Und das können Sie wohl nicht?"

„Nein, das kann ich nicht."

„Und fressen?"

Er lächelte, doch es war ein sonderbares Lächeln, zuerst mit einem und dann mit dem anderen Auge, ganz so, als wage er nicht gleichzeitig mit beiden zu lächeln; und er antwortete mir:

„Das geht."

„Na, dann kommen Sie."

Und so ging er mit mir, einmal und ein andermal, und schließlich wurde es seine Gewohnheit, sich gemeinsam mit mir zu nähren, und das ging ihm so in Fleisch und Blut über, daß er mir einmal sagte:

„Ich kann aber auch noch ein anderes Ding."

„Was für eines?"

„Heulen."

„Wie machen Sie das?"

„Hier geht's nicht, hier ist's ängstlich."

Ich hatte das schon ganz vergessen, als wir einmal vor die Stadt nach Neuilly spazierten. Es war ein schöner Abend; wir wanderten und wanderten, wir ließen uns an einem Bachrand nieder und langsam fiel die Dämmerung über uns.

Er hatte sich unbemerkt von mir entfernt und war irgendwo verschwunden. Ich war ganz in Gedanken versunken und hatte ihn völlig vergessen, mit eins aber fuhr ich zusammen und sprang mit einem gräßlichen Schreck auf, und zwar hatte das seinen guten Grund: in nächster Nähe von mir hatte laut und durchdringend ein hungriger Wolf geheult . . . Und noch ehe ich zu mir kommen konnte, heulte er von neuem los.

Man muß dabei in Betracht ziehen, daß ich alles in allem nur zwei Schritt von Paris entfernt war, dessen lauter Lärm an mein Ohr drang und dessen Lichter wie ein Wetterleuchten widerspiegelten; erst dann wird man ganz erfassen, wie schwer es einem Wolf fallen mußte, hier aufzutauchen.

Ehe ich das aber selbst erfaßt hatte, war Cheramour schon bei mir.

„Na wie?" fragte er.

„Haben Sie etwa geheult?"

„War ich. Haben Sie verstanden, was damit ausgedrückt wird?"

„Was womit ausgedrückt wird?"

„Horchen Sie nur."

Und wieder hockte er sich hin, legte die Handflächen an den Mund und heulte los: „Uaa- – uaa- uaa."

„Verstanden?"

„Nein; aber Sie heulen tatsächlich wie ein echter Wolf."

„Freilich! Genauso haben wir zuweilen im Chor geheult."

„Wer und wo?"

„Die Technologiker in Petersburg, wenn nichts zu heizen da war und nichts zu fressen. Dann heulten wir – und die Hausfrau war so erschrocken, daß sie sogleich mit Holz herausrückte und mit Brot, damit wir Ruh gaben. Denn da sind ja Worte dabei."

Wieder kauerte er sich auf die Zehenspitzen und heulte noch einmal los, diesmal aber viel langgezogener, und nun vermochte ich in seinem Geheul Worte zu vernehmen:

Kalt ist es, Wandersmann, kalt ist es;
Hungrig, Vertrautester, hungrig ist's!

Mir wurde dabei seltsam und leidvoll zumute, er aber begann zu erzählen, wie kalt und wie hungrig sie es gehabt hätten und wie sie, nachdem sie einige Holzscheite und Brotalmosen herausgebettelt, warm wurden, im leeren Zimmer rundherumsprangen und dabei sangen:

Und die Fröschlein auf dem Pfade
Hüpfen mit den Füßlein gerade,
Quak-quak-quak-quak,
Quak-quak-quak-quak.

Anscheinend wirkten die Nacht, die Sterne und die freie offene Weite auf ihn ein. Er war bei Laune und in einer besonderen Stimmung der Offenherzigkeit. Und das nützte ich aus.

8

„Hat Ihnen denn wirklich," sagte ich, „während Sie solche Not litten, kein Mensch geholfen?"

„Wer hätte mir denn helfen sollen? Mit mir gemeinsam hausten nur arme Leute; alle drei kamen wir selten zum Fressen."

„Aber es sind doch nicht alle Technologen, oder wie Sie zu sagen pflegen, Technologiker, so arm."

„Na ja, die, welche Väter hatten, die waren natürlich nicht arm, denen wurde geholfen."

„Und Ihr Vater?"

„Ich hatte keinen Vater – nur einen Erzeuger."

„Was für ein Unterschied liegt darin?"

„Der Vater kümmert sich, der Erzeuger aber, der erzeugt und verläßt einen hernach."

„Und wer war denn Ihr *Erzeuger*?"

„Ein Misanthrop."

„Und welcher Art war seine Beschäftigung?"

„Ein Edelmann, er beschäftigte sich damit, seine Hypochondrie zu hätscheln."

„Aber die Mutter, hat sich denn die nicht um Sie gekümmert?"

„Wie hätte sie sich kümmern können? Sie war eine von den leibeigenen Mädeln."

„Mithin gehören Sie dem abgabepflichtigen Stand an?"

„Nein; ich bin ein Edelmann – der Misanthrop hat sie an einen Beamten verheiratet."

„Sie bringen immer alles durcheinander."

„Ich bringe nichts durcheinander; der Erzeuger, das war eines, während als Vater ein anderer galt; der Mann meiner Mutter diente im Rentamt."

„Welchen Familiennamen tragen Sie denn?"

„Den des Ehemannes meiner Mutter."

„Offenbar war Ihr Mütterchen sehr hübsch."

„Wie kommen Sie darauf . . . Klar, daß sie nicht so war wie ich. Jener aber, der hatte welche von jeder Sorte: sowohl hübsche als auch nicht hübsche, und brachte alle unter die Haube."

„Und gab wohl auch eine Mitgift?"

„Meiner Mutter gab er des Beamten wegen fünfhundert Rubel, jenen aber, die er an die eigenen Leute verheiratete, denen gab er nichts."

„Das heißt, daß er Ihr Mütterchen mehr als die anderen geliebt hat?"

„Es war so 'ne Zeit angebrochen: Emanzipation. Die Leibeigenen wollten nicht ohne Gratifikation. Er aber überlegte, wenn schon Gratifikation, dann meinetwegen gleich einen Wohlgeborenen. Und der Beamte, der fand sich."

„Daraus geht hervor, daß Sie immerhin glücklicher gestellt waren als die anderen."

„Seh' ich nicht ein, jene erhielten doch einen Landanteil, ich aber nicht."

„Und hat der Beamte Sie nicht zu kurz kommen, sondern Ihnen eine Erziehung zuteil werden lassen?"

„Wir lebten nicht bei ihm, er prügelte sich immerzu mit meiner Mutter, da lief sie von ihm heim."

„Zum Misanthropen?"

„Jawohl; mich setzte sie bei ihm aus, selber aber wollte sie sich ertränken. Er fürchtete ein neues Verfahren und nahm uns auf."

„Und hatten Sie es dort gut?"

„Nichts von gut: man gab mich in die Stadt, einer Hebamme zum Aufziehen."

„Und war das eine gute Frau?"

„Eine Gaunerin; selber trank sie immer mit ihrem Landmesser Kaffee, mir aber gab sie nichts zu fressen. Und der Landmesser schlug mich sehr."

„Warum denn?"

„Halt so; er betrank sich und schlug mich dann aufs Köpfchen. Da bin ich nicht mehr weitergewachsen – bis zum zwölften Jahr wuchs ich überhaupt nicht mehr. Dann gab man mich in die Schule: dort begann ich zu fressen und in die Höhe zu schießen. Am schlimmsten aber piesackten sie mich in der Psalterei."

„Was ist denn das wieder, die Psalterei?"

„Eine Rumpelkammer – der Landmesser nannte das so. ‚Schmeiß ihn in die Psalterei', sagte er, dann wurde ich dort eingesperrt und man vergaß mich und gab mir nichts zu essen. Und außerdem war es dort eng, nichts als eine Wand vor der Nase. In dieser Psalterei habe ich mir auch die Augen verdorben, weil ich immer die Wand anstarrte. In die Schule mußte ich geführt werden, keine zwei Schritt weit konnte ich sehen."

„In was für einer Schule waren Sie?"

„Im Gymnasium."

„Haben Sie es beendet?"

„Nein, vor lauter Prügeln ist mein Gedächtnis dumm geworden."

„Und danach?"

„In die Technologie."

„Ja, und haben Sie dort mehr gelernt oder mehr gelesen?"

„Meistens war es wieder so, daß nichts zu fressen da war, zuweilen aber lasen wir auch."

„Und was lasen Sie?"

„Viel, ich weiß es nicht mehr."

„Gedichte oder Prosa?"

„Sowohl Gedichte als Prosa."

„Und erinnern Sie sich an nichts mehr?"

„Ich erinnere mich nur an ein paar Verse, weil ich sie häufig abgeschrieben habe."

„Was für welche?"

„Der Anfang ist göttlich, dann aber wird es politisch:

Genauso werdet ihr einst fallen,
Wie welk ein Blatt vom Baume fällt,
Und müsset sterben dann gleich allen,
Gleich letztem Sklaven auf der Welt."

„Das ist", sagte ich, „aus den ‚Herrschern und Richtern'."

„Genau das war es."

„Und warum haben Sie es abgeschrieben?"

„Es gefiel allen."

„Aber das ist ja ein Gedicht von Derschawin; das gibt es doch gedruckt."

„Erzählen Sie."

„Glauben Sie mir nicht?"

„Versteht sich."

„Na, dann hören Sie, es ist die Nachdichtung eines Psalms, und es stand unter anderem auch in der Chrestomathie, nach der wir die Grammatik lernten."

„Na ja, und die lernten wir nicht."

„Sie Ärmster."

„Nichts da von Ärmster."

„Und wann beendeten Sie den Kurs Ihrer Technologie?"

„Habe ich nicht beendet."

„Warum?"

„Eine politische Geschichte kam dazwischen."

„Und was war das für eine Geschichte?"

„Unsere Studenten wollten auf den Hof gelassen werden."

„Zu welchem Zweck?"

„Was heißt, zu welchem Zweck? Geht es denn ohne Hof? Das Tor war versperrt, und wir wußten nirgendswohin; da bettelten wir darum. Der Mann im Schilderhaus sagte: ‚Nichts da von auf den Hof, die Obrigkeit hat es verboten', wir aber stießen ihn fort, und da war der Aufstand fertig."

„Wahrscheinlich gab es vorher irgendwelche Differenzen?"

„Ich war damals nicht dabei, ich hatte hinterm Ohr so einen Qutsch von Geschwulst, und das wurde gerade an dem Tage aufgemacht."

„Und warum haben Sie sich nicht damit gerechtfertigt?"

„Was da rechtfertigen, man führte uns vor, der Schilderhausmann bezichtigte mich: ‚Dieser da mit der schwarzen Fresse, der hat ebenfalls auf den Hof gewollt.' Ich wurde ausgesondert, und ihm wurde befohlen zu berichten. Er sagte: ‚Ich ließ ihn nicht herein, er aber witschte wie ein Spinoza durch meine Beine.' Und aus dem Grund wurde ich verhaftet."

„Wegen des Spinoza?"

„Jawohl."

„Und waren Sie lange in Haft?"

„Nein; ich reiste bald danach aufs Land – mich hat die Gräfin freigebeten."

Und zu meiner äußersten Überraschung nannte er hierbei einen der allerhöchsten adligen Namen. Anfangs wollte ich ihm nicht recht glauben.

„Woher kannte sie Sie denn?"

„Nichts kannte sie, aber da war bei uns ein Direktor Jermakow, den alle kannten und der mit allen bekannt war, und so auch mit dieser Gräfin. Die hatte anfangs gelebt wie alle lebten, hatte das Tanzbein geschwungen, dann aber hatte sie einen Engländer kennengelernt, und nachher wollte sie die Leute immerzu bessern.[1] Jermakow trat für uns ein, er sagte allen, man könne uns noch gut bessern. Und das hörte sie und sagte ihm: ‚Ach geben Sie mir doch einen von ihnen, den allerunglücklichsten.‘ Da sandten sie mich. Ich wollte zuerst nicht recht, der Direktor aber sagte mir: ‚Gehen Sie nur, sie ist eine gute Frau.‘ “

„Na und: war das auch in Wahrheit so?“

„Nichts da mit Wahrheit. Ich wurde bald zu ihr gelassen – sie hatte unten einen besonderen Saal. Da waren verschiedene Leute, die beteten alle. Dann fragte sie mich: ‚Haben Sie das Evangelium gelesen?‘ Ich antwortete: ‚Nein.‘ – ‚Lesen Sie es‘, sagte sie, ‚und kommen Sie wieder.‘ Und ich las es.“

„Haben Sie alles gelesen?“

„Alles.“

„Und – hat es Ihnen gefallen?“

„Versteht sich, es ist zwar viel Mystik dabei, aber es geht an: es steht viel Gutes darin. Hie und da hätte man streichen müssen . . .“

„Und haben Sie das der Gräfin berichtet?“

„Ich erinnere mich nicht mehr – vorher hatte der General Dubbelt gesprochen . . . Das hatte ich gelesen, mit der Gräfin aber . . . ich erinnere mich nicht mehr . . . Sie war ja doch eine Närrin. Sie setzte mir immerfort mit der Seelenrettung zu, aber ich wollte lieber schlafen und habe rein nichts begriffen.“

„Und was war denn dabei so unverständlich?“

„Man muß zu Christus kommen. Großartig – aber wie soll man das machen? Oder ob ich schon gerettet sei . . . Woher soll ich das wissen! Oder wieder über Blut und lauter so Sachen: da war nichts auf reelle Weise zu begreifen. Ich sagte, daß ich das nicht verstehe und daß ich das auch nicht brauche . . . Da wurde sie böse. ‚Wir wollen das‘, sagte sie, ‚aufsparen, bis wir auf dem Lande sind, Sie werden es dort

[1] Eine Anspielung auf den englischen Lord Redstoke, der in Petersburg 1874 erschien; er predigte ein ‚wahrhaftes Christentum‘, das bei den Aristokraten viel Zuspruch fand und von Lesskow mehrfach kritisiert wurde.

schon verstehen.‘ Unterwegs aber wollte sie mich in ihr Abteil holen, um dort miteinander zu lesen, zum Schluß verbannte sie mich in die zweite Klasse; zwei Zofen waren da, ich und der Buffetier. Und da stritten wir uns.“

„Aber was gingen diese Sie an?“

„Die sagten nichts als Niedrigkeiten und Schamlosigkeiten: so was hasse ich; na, und dann kam der Skandal mit dem Bauern dazu – und gleich ging alles kaputt.“

9

Und nun folgte der Inhalt dieser Episode – albern, kurios und fragmentarisch, wie alle Episoden der eigenartigen Epopöe Cheramours.

„Wir reisten also“, begann er. „Die Gräfin selber nahm in der ersten Klasse Platz, wo auch die Kinder und die alte englische Gouvernante Platz nehmen mußten, die zwei Zofen aber nebst mir und dem Buffetier wurden in die zweite Klasse gesteckt. Der Buffetier überreichte mir meine Fahrkarte und sagte:

‚Die Gräfin hat angeordnet, daß Sie hier fahren müssen.‘

Ich entgegnete:

‚Mir ist alles gleich.‘ Doch als sie dann anfingen, verschiedene Dummheiten zu erzählen, da ging ich in die dritte Klasse fort zu den Bauern.“

„Was für unerträgliche Dummheiten haben die denn dahergeredet?“

„Alle möglichen Dummheiten, sie wollten sich vor mir aufspielen: die eine sagte, ein amerikanischer Fürst habe sie verführen und sie entführen wollen, aber das habe sie abgelehnt, denn auf Dampfern könne sie nicht fahren, weil sie vom Schaukeln das Meerschweinchen kriege. Schon das war eklig zu hören, aber dann kam es auf der ersten Haltestelle vor unseren Augen zu einer großen Geschichte: vor unserem Eisenbahnwagen wurde ein Bauer verprügelt. Ich fragte: ‚Weswegen?‘ Der Eisenbahnschaffner antwortete: ‚Sicher verdient er es.‘ Da fragte ich den Bauern selber: ‚Weswegen?‘

Er aber entgegnete: ‚Macht nichts!' Ich lief zur Gräfin und sagte: ‚Da schauen Sie, welch eine Gesetzlosigkeit!' Sie aber schrie: ‚Ach, ach!' und schloß das Fenster. Der Buffetier sagte: ‚Darf man denn die Gnädige deswegen beunruhigen?' Ich entgegnete: ‚Wenn sie doch eine Christin ist, müßte sie für den Armen eintreten.' Er aber: ‚Wieso kommen Sie mit solchen Sachen? – Sie sind ein Engelist[1].' Ich aber sagte: ‚Und du bist ein Narr.' So stritten wir miteinander. Die fingen mit Anzüglichkeiten über die Studenten an. ‚Heutzutage', sagten sie, ‚sind alle auf diesen Engelismus scharf. Auch solche, die ihren Stand nicht beschmutzen sollten, auch die fangen mit dem Rechnen an. Wir haben jetzt einen neuen Verwalter, kaum war der angetreten, gleich machte er sich daran, Rechnungen durchzufilzen. Wieso, sagte er, sind die Pfirsiche mit fünfeinhalb angesetzt, wo sie doch bei Julisejew nur zwei Rubel kosten?[2] So was ist Diebstahl! – Ach, du junges Miststück du! Wo wir doch noch zu Lebzeiten deines Vaters ganz andere Rechnungen geschrieben haben, und es machte nichts, weil der ein wirklicher Herr war: er zog selber seinen Nutzen und störte auch die anderen nicht; du aber kommst mit so was!'

Und die Zofen, die ächzten nur so:

‚Schau mir einer den Schuft an! Schau mir einer die Kanaille!'

Jener aber sprach weiter: ‚Na also, und da fuhr ich ihm gleich in die Parade, wie er es nicht erwartet hatte: Was da, sagte ich, bei Julisejew, wir kennen den Freßwarenhändler Julisejew zur Genüge, das ist nur eine Firma, und die verkauft an jeden, den es gerade trifft – Personen aus jedem Stand. Da fragte jener: Und wozu brauch ich das zu wissen? – Eben weil dort alles für das gewöhnliche Publikum verkauft wird, wir aber haben unsre eignen Lieferanten – unseren

[1] Soll hier als Bezeichnung für Revolutionär gebraucht werden. Die Russen geben in ihren Erläuterungen an, das bedeute Nihilist. Wir nehmen an, daß es von dem Namen Engels abgeleitet ist, dem Mitarbeiter des kommunistischen Manifestes.

[2] Es handelt sich um das Petersburger große gastronomische Magazin von Jelisejew.

Hauslieferanten – von dem beziehen wir. – In Zukunft, sagte er da, alles von Julisejew kaufen. – Wunderbar sagte ich, aber wenn Ihre Durchlaucht durch irgend so ein Fruchtstück vergiftet werden sollte, werde ich keine Verantwortung tragen.'

Die Mädchen kreischten: ‚Prima, prima! Jetzt hat er sich gebrannt!'

‚Also der kuschte, und sein ganzer Engelismus ging flöten: dann kauf, sagte er, du Schuft, von deinem Lieferanten, denn es könnte ja am Ende wirklich so kommen, daß du für drei Rubel beliebig wen vergiftest.'

Die Zofen aber fielen lustig ein: ‚Sehr einfach, so ist es! – sehr einfach!' Und aßen selber irgendwas, der Buffetier jedoch bot mir Abfälle an: ‚Sie haben', sagte er, ‚einen Magen von kräftiger Konstitution, der meine aber ist mit einer Fistel. Essen Sie nur. Falls Sie aber nicht mögen, dann werden wir es durchs Fenster werfen, für den Ball der billigen Studenten.' Und da auf einmal alle: ‚hi-hi und ha-ha-ha. Und: genauso, wie das Unsrige zum Ihrigen will.' Und da konnte ich es nicht mehr mit anhören und setzte mich zu den Bauern."

„Was hat Sie denn bei diesen Worten so besonders empört?"

„Wie denn nicht: der reine Zynismus: wie das Unsrige zum Ihrigen will. Als ob ich das nicht verstehen könnte?"

„Ich aber verstehe es nicht", sagte ich, „was steckt denn so besonders Zynisches darin?"

„Hören Sie auf, ich bitte Sie, das ist doch nur zu verständlich."

„Schon recht; ich will damit aufhören; trotzdem, wo sehen Sie den Zynismus, das verstehe ich nicht."

„Na ja, ich aber verstehe es: und ich wollte sogar nach Petersburg zurückkehren und stieg aus, nur, daß ich kein Geld hatte. Der Bahnhofsvorsteher befahl, mich mit einem anderen Zuge nach Moskau zu bringen, ‚nach Petersburg aber', sagte er, ‚geht es nicht ohne Fahrkarte.' Derweil kommt ein Zug heran – und wieder wird der gleiche Bauer, den man geprügelt hatte, herausgeführt und wieder fallen sie über ihn her. Ich erkannte ihn und fragte: ‚Warum denn schon wieder?' Er aber sagte: ‚Geht dich nichts an.' So kam ich nach Moskau und begab mich in ihr Haus und schlief lange, als ich aber aufstand, war niemand mehr da – man sagte: sind fortgefahren."

„Da hat man Sie im Stich gelassen?"

„Haben mich nicht geweckt. Ich hatte verschlafen – ich ging zum Bahnhof – meine Bücher holen –, und da sah ich, es kam wieder ein Zug an und wieder wurde der gleiche Bauer geprügelt. Ich dachte mir nur: das soll doch der Teufel holen! und wollte wissen wofür? Er aber, kaum daß man ihn zu Ende geprügelt, sprang vom Bahnsteig und direkt zum Tor – er nahm seine Mütze ab und bekreuzigte sich vor den vierzigmal vierzig.[1] Da sagte ich: ‚Bist du nicht ein Narr, statt mit dem Schädel dummes Zeug zu treiben, solltest du zum Friedensrichter gehen.' – ‚Und was fehlt mir denn', sagte er, ‚ohne deinen Friedensrichter?' – ‚Tut dir etwa nicht der Rücken weh?' – ‚Na und wenn schon; uns tut der Rücken häufig weh, sind halt Bauern; doch dafür, daß uns der Herr hergebracht, da statte ich ihm meinen Dank ab.' – ‚Und daß man dich geprügelt hat, das ist wohl nichts?' – ‚Wichtigkeit, die Herrschaften haben uns schlimmer gehauen und wir haben es erduldet und überstanden: und jetzt sind sie selber alle miteinander klein und ruhig geworden.' – ‚Na und das zeigt', sagte ich, ‚daß gar kein menschlicher Stolz in dir ist, und daß du ein rechtes Vieh geworden bist.' – ‚Wieso sollte ich', antwortete er, ‚ein Vieh sein, wo ich doch meine Eltern kenne.' – ‚Ein rechtes Vieh', sagte ich, ‚weil gar keine Gefühle mehr in dir vorhanden sind.'

Da begann er sich zu ärgern: ‚Was hängst du dich', sagte er, ‚immer an mich: Was denn für ein Gefühl, wenn ich es gerade so brauche.' – ‚Und warum war es nötig, daß sie dich auf jeder Station geprügelt haben?' – ‚Gar nicht die Rede davon', sagte er, ‚daß es auf jeder Station war.' – ‚Wo ich es doch selber gesehen habe', sagte ich. – ‚Ich aber', sagte er, ‚weiß das noch viel besser als du: alles in allem hat man mich

[1] Kirchen in Moskau

während des ganzen Weges viermal getätschelt, nur auf den großen Haltestellen, wo die Fahrkarten kontrolliert werden. Was für ein Gefühl soll da sein? Die stoßen einen heraus, ich aber setze mich auf den nächsten Zug, und da schau, Gott hat geholfen, ich bin ohne zu zahlen angekommen.' Sie verstehen, was für ein auserlesenes Volk das ist! Ich staunte nur so über seinen praktischen Sinn und wollte ihm eine Unterstützung zukommen lassen, da ich gerade anderthalb Rubel besaß. ,Und wirst du vielleicht noch weiterfahren?' fragte ich. ,Was weiter kommt, das ist geradezu mit der Hand zu greifen – ich muß ins Tulasche Gouvernement, wir sind ja Nachbarn von Moskau.' ,Immerhin handelt es sich auch hier um die Eisenbahn.' ,Klar, Eisenbahn.' ,Dazu braucht man wieder Geld.' Er sah mich nur an und sagte: ,Das ist nicht deine Sorge.' ,Ja, hast du denn Geld oder nicht?' ,Wieso nicht: wir sind doch Bauern und wir arbeiten, wir stehlen nicht, wie sollten wir keines haben? Wir haben alles, was wir brauchen.' ,Da wäre es besser', sagte ich, ,wenn du es mir offen gestehen wolltest: ich kann dir welches geben.' ,Wir brauchen nichts von anderen! Wir haben unser eigenes, mit eigenem Blut erworbenes.' Und zog einen Beutel hervor und prahlte: ,Da siehst du', sagte er, ,was die von Gott gegebene Bezeichnung Erzeuger bedeutet – ich bin ein Erzeuger: ich habe die Prügel eingesteckt und nichts für die Fahrkarte verdudelt – bin ohne Fahrkarte angelangt. Alles was ich erspart habe – ist alles wohlbehalten –, ich bringe es zu meinen Kindern zurück; sollte ich aber anders gesinnt sein, kann ich's ja auch der Kirche zu meiner Gesundheit stiften. Kapierst du?' – ,Wäre recht dumm', sagte ich, ,es der Kirche stiften.' – ,Also das untersteh dich nicht zu sagen, denn sonst ...' Und fuhr mir mit der Faust unter die Nase. – Was für ein Volk! was für ein Volk das!" rief Cheramour und lief sogar in der Dämmerung purpurn an. „Ich hielt es nicht länger aus", sagte er. „,Braver Bursche', sagte ich, ,komm, ich will dich in der Schenke bewirten.' Er aber, schnell den Beutel versteckt und nichts als fortlaufen. Ich hinter ihm her, er jedoch noch schneller, an der Ecke jedoch, plumps, fiel er hin und lag langgestreckt da. ‚Warum läufst du, Dummkopf', fragte ich, ‚von mir fort?' ‚Und weswegen', sagte er, ‚verfolgst du mich? Ich will ja nichts vom deinigen haben.' ‚Weswegen fürchtest du mich denn?' ‚Du hast mein Geld gesehen und willst es mir klauen' – und damit brüllte er so laut er konnte: ‚Pollllizei!' Und wir beide wurden eingesperrt."

„Wo?"

„In der Polizeiwache."

„Und da ließ man Sie dann hinaus?"

„Jawohl; des anderen Tages kam der Polizeimeister, fragte mich nach allem aus und schickte jemand zur Gräfin: ob ich tatsächlich in ihrem Gefolge wäre? Von dort schickte der Hausmeister einen Künstler, den sie kannte und der für mich Bürgschaft leistete, und so wurde ich freigelassen. Dem Bauern aber war dortselbst in der Polizeiwache ein Rubel verloren gegangen. Er sagte mir nachher: ‚Das ist deine Schuld – ich wurde deinetwegen eingesperrt – du mußt ihn mir zurückgeben.' Und da habe ich ihm den Rubel gegeben ..."

„Das bedeutet, daß Sie auf ihn nicht mehr böse waren?"

„Nein, er war doch recht gescheit, er sagte mir: ‚Ich wäre', sagte er, ‚vielleicht garnicht fortgelaufen, aber ich hatte Angst, daß du am Ende übergescheite Büchlein mit dir führst. Doch wenn du magst, sei schon so gut, so will ich dir für eine Bewirtung Dank sagen.' Wir tranken gemeinsam Tee. Ein ganz ausgezeichneter Bauer. ‚Und wenn dir noch ein Rest an Kleingeld übrigbleiben sollte', sagte er, ‚dann kauf meinen Kinderchen ein Lebkuchenpferdchen und ein Fischlein. Ich werde es ihnen bringen und werde sagen: hat euch das Onkelchen geschickt – und da werden meine kleinen Kinderlein froh sein.' Ein großartiger Bauer. Wir haben einander geküßt."

„Das heißt, er hat Ihnen den letzten Groschen aus der Tasche gezogen."

„Wo ich ihn doch selber gegeben habe."

„Und warum eigentlich?"

„Habe es ihm gegeben und damit basta."

„Und Sie selber, womit sind Sie selber dann losgegangen?"
Cheramour machte nur eine vage Handbewegung.

„Damals", sagte er, „begann für mich die allerschwierigste Zeit, fast daß ich meinen Verstand darüber verloren hätte."

„Warum eigentlich?"

„Von der schrecklichsten Gottheit ... es war die rechte schwere Not."

„Sicherlich wieder die Gräfin?"

„Jawohl; und auch andere – denn wenn die Engländerin meiner Errettung durch den Glauben nicht ein Bein gestellt hätte, ich wäre vor lauter Heiligkeit umgekommen."

„Los, legen Sie los", sagte ich, „kann man denn an so einer interessanten Stelle aufhören? Erzählen Sie, was sich da zugetragen hat."

10

Die Gräfin hatte in ihrem Moskauer Hause einen Tag verbracht und war hierauf weitergefahren, wobei sie augenscheinlich Cheramour völlig vergessen und keinerlei Anordnungen in bezug auf ihn getroffen hatte, doch fand er dort jenen Professor der Malerei vor, der sich für ihn verbürgt hatte.

Dies war der einzige Mensch, an welchen sich unser Held in seiner Lage wenden konnte. Das tat er denn auch. Da Cheramour alle Namen für der menschlichen Beachtung unwerte Bagatellen ansah, wußte er nicht, wie der Künstler hieß, doch nach seinen Worten zu schließen, war es ein sowohl bejahrter wie auch kranker Mann. Er bewohnte mit seiner ganzen Familie einen Flügel des gräflichen Hauses, weil der Graf sich für den Protektor eines der Moskauer künstlerischen Institute hielt. Das ganze übrige Haus stand leer und wurde von einem einzigen alten Diener bewacht. Dieser Lakai empfand irgendwelche besonderen Gefühle für den Professor und führte Cheramour zu ihm. Er hörte den Kauz an und sagte:

„Meiner Ansicht nach lohnt es sich für Sie nicht, der Gräfin nachzufahren."

„Ich fragte ihn“, erzählte Cheramour, „‚warum?‘ Er jedoch gab keine Antwort. Er malte irgend etwas sehr Großes und fuhr immerzu mit seinen Pinseln herum und sprang dann zurück, um es zu betrachten.

‚Ich kann es Ihnen nicht raten . . .‘, sagte er. Und pinselte weiter. ‚Ich nehme an, daß Sie der Gräfin . . . zur Last fallen.‘

‚Wo sie mich doch selber eingeladen hat‘, entgegnete ich.

‚Das bedeutet nichts.‘ Und aufs neue pinselte er, sprang wieder zurück, betrachtete das Bild durch die hohle Faust und sagte dann: ‚Das ist ihr alles gleich; das sind eben besondere Leute, denen macht das nichts aus.‘

Und wieder pinselte er und pinselte er, schließlich legte er aber sein Werkzeug hin, steckte eine Pfeife an und setzte sich vor das Bild.

‚Haben Sie eigentlich‘, fragte er, ‚den *Emile* von Rousseau gelesen?‘

‚Habe ich nicht gelesen, nur davon gehört: da wurde ein Experiment gemacht, den Menschen zu erziehen.‘

‚Das ist es, das, eben das! Und Sie hat man zu diesem Experiment aufgegriffen: kneifen Sie daher lieber aus.‘

‚Was könnte sie mir denn antun?‘

‚Es ist nicht gut‘, sagte er, ‚sich mit denen abzugeben. Sie hat ja überhaupt nichts zu tun, da macht sie sich halt an dies. Ihr Vater, der hat seinerzeit zu seinem Vergnügen die ihm gehörenden Leute kuriert, sie aber will zu ihrem eigenen Vergnügen vor lauter Nichtstun alle Leute der Rettung zuführen. Schade nur, daß sie jetzt keine eigenen Leute mehr hat, sie muß immerzu wen suchen, damit eine vor der andern recht prahlen kann, wen jede für ihr Glaubensbekenntnis weich gemacht hat. Und ein jedes Miststück nützt diese dummen Launen von ihr aus: Ich habe zum Glauben zurückgefunden, geben Sie mir was zu essen. Sie aber, Sie sind doch ein Student, Sie sollten sich schämen, so was mitzumachen.‘

Ich entgegnete:

‚Das ist mir alles gleich – ich erkenne keine Religion an; wenn Sie mir aber fünf Rubel leihen könnten, werde ich hinfahren, weil sie mir versprochen hat, mir eine Schule zuzuteilen.'

Er antwortete nur:

,Da haben Sie die fünf Rubel, eine Schule aber wird sie Ihnen nicht anvertrauen, sollte sie Ihnen jedoch trotzdem eine geben, dann wird man Sie sehr bald aus dieser hinausjagen.'

Als ich ihn dann fragen wollte, warum sie mir keine Schule anvertrauen würde, mußte er plötzlich husten, und meinte nur:

,Hol Sie der Kuckuck! Wenn Sie schon so wenig Grips haben, dann fahren Sie, wohin Sie mögen: ich habe die Schwindsucht, und Sie ... Sie kapieren ja doch nichts.'"

Cheramour nahm die fünf Rubel und begab sich zum Ort, wohin er berufen worden war und wo sich die tragikomischen Zufälle ereigneten, die einen so schicksalsvollen Einfluß auf ihn hatten und ihn schließlich zur Emigration führten.

11

Erstens wurde er dort nicht mehr erwartet und man wünschte ihn, wie der Künstler richtig erraten hatte, überhaupt nicht auf dem Gut zu sehen, wo er halb als Pädagoge auftrat, halb als Emile. Man empfing ihn trocken, wie einen Menschen, den keiner brauchte; man wies ihm nicht einmal einen Wohnraum an, und seine Wohltäterin, die Gräfin, bekam er gar nicht zu Gesicht. Daran war, seinen Worten nach, jener Feind aller Studenten schuld, der Buffetier, der imstande war, für drei Silberrubel jeden beliebigen zu vergiften. Er stopfte Cheramour zunächst in einen Verschlag beim Kontor und später in eine Kammer beim Waschhaus. Vor deren zerbrochener Schwelle gab es eine kleine Grube, vor dem Fenster aber lag ein Aschenhaufen, auf den man allen Abfall aus der Küche zu werfen pflegte und auf dem, wie Cheramour erzählte, beständig „drei Raben spazierengingen und irgendwelche Vogeldärme zerrten". In dem Wohnloch selber aber war es so heiß und schwül, daß Cheramour zu seiner größten Verwunderung und seinem größten Glück schwer erkrankte:

es bildete sich bei ihm ein Karbunkel, dem er die Bezeichnung ‚Böse Eiterbeule' gab. Man ließ ihn nicht sterben und schickte den Feldscher zu ihm – einen jungen Hebräer, der hier sowohl als Arzt fungierte wie auch als eine Art von religiösem Emile; die Gräfin erzog ihn bereits das zweite Jahr zum Christentum. Die Hauptarbeit der Bekehrung war bereits getan, und im Herbst sollte er auf kurze Zeit zur Ausstellung in die religiösen Salons nach Petersburg gesandt werden, von wo er ins Ausland reisen mußte, um dort irgendeine der unbekannten Sekten zu taufen. Dieser Hebräer war genauso ein bitterarmes Geschöpf wie Cheramour – man hatte ihn vom Militärdienst dank dem Umstand befreit, daß er sich entschlossen hatte, eine Neigung für die Christenlehre zu bekunden. Er lebte hier bereits das zweite Jahr auf Grund von undefinierbaren Rechten, und er sang, da er selber das Risiko seiner Lage erkannt hatte, die religiösen Lieder mit und las die ‚Traktätchen' – indes er war natürlich weit findiger als Cheramour und erwies ihm vor allem einen wichtigen Dienst: er rettete ihm das Leben.

Cheramour lag dort ohne die geringste Pflege, häufig war nicht einmal jemand da, der seine Tür geschlossen hätte, so daß die Raben ungehindert in sein Zimmer spazierten; der Feldscher jedoch fand, daß dieser Fall eine ganz andere Beachtung verdiene. Er berichtete der Gräfin über den Kranken und überzeugte sie davon, daß die Krankheit zwar gefährlich, aber nicht ansteckend wäre. Er wußte, daß dieses für sie eine Art Benefizvorstellung werden könnte: und sie erschien denn auch sogleich mit allerlei Büchlein und einem Fläschchen voll Madeira, mit Wasser verdünnt, und las Cheramour vor, wie man durch den Glauben gerettet werden könne. Er begriff nichts, und sie ging wieder fort, wobei sie ihm zwar die Traktätchen daließ, das Fläschchen jedoch mitnahm. Der Hebräer machte ihm das zum Vorwurf:

„Was haben Sie da groß zu verstehen", sagte er. „Falls sie Sie fragen sollte: ‚zugrunde gegangen?' antworten Sie: ‚zugrunde gegangen'; wenn es aber heißen sollte ‚gerettet', dann eben ‚gerettet'."

„Und was hat das zu bedeuten?“ Cheramour bestand auf Antwort.

„Nichts hat es zu bedeuten, nichts als Geschwätz, dafür jedoch wird man Ihnen gute Nahrung und auch Madeira zukommen lassen, und Sie sind ja noch schwach.“ Er nahm die Traktätchen in die Hand, blätterte darin und sagte: „Nach diesem hier sind Sie zugrunde gegangen, nach diesem hier gerettet. So werde ich denn berichten, daß Sie alles gelesen haben und auf dem Wege der Rettung sind.“

Die Methode erwies sich als gut. Noch am gleichen Tage wurde Cheramour, trotz aller Intrigen des Buffetiers, Suppe und Kotelett geschickt, nach dem Essen aber kam die Gräfin und brachte neue Traktätchen und das Fläschchen. Der Hebräer hatte berichtet, daß der Kranke schwach wäre, und die Gräfin wollte ihn nicht groß plagen; sie fragte nur: „Sehen Sie ein, daß Sie zugrunde gingen . . .?“, und er antwortete: „Ich bin zugrunde gegangen.“ Da kniete sie nieder und betete lange. Cheramour erinnerte sich aus diesem ganzen Gebet nur an „und noch bitten wir Dich, Herr, und noch bitten wir Dich um dies.“ Sie fragte ihn, ob er schon etwas von Christus in sich spüre? Er runzelte die Stirn, doch er antwortete: „ein wenig spüre ich schon.“ Da betete sie aufs neue, hierauf aber ging sie fort, wobei sie diesmal das Fläschchen daließ. Seit jener Zeit begann man ihn ausgezeichnet zu ernähren, und die Gräfin kam immerzu mit Traktätchen und dem Fläschchen, zweimal aber brachte sie die Engländerin mit und die beiden beteten vor ihm. Er führte sich so auf, wie der Hebräer es ihn gelehrt hatte: freilich brachte er immer alles durcheinander, denn bald sagte er, daß er zugrunde ginge, bald wieder hatte er Christus in sich.

Der Hebräer schloß aus den ihm bekannten Anzeichen, daß dies nicht mehr lange so weitergehen könne, er schnitt Cheramours Geschwulst auf und sagte: „Und jetzt sagen Sie ihr, daß Sie gerettet sind.“ Cheramour handelte danach. Er war gerettet, die Gräfin war getröstet; sie hatte den ersten Nihilisten zu Christus geführt und befahl Cheramour, nach seiner Genesung zu ihr zu kommen, mit den Gläubigen zu singen und die Kinder im Schönschreiben und in der Religion zu unterrichten. Und da sie sich seit der Zeit für ihn persönlich nicht mehr interessierte, ließ sie ihn fallen, so daß der Buffetier ihm aufs neue statt der Hühnersuppe Schweinekoteletts schickte, und statt des „Kokaierweines" Sherry a la Madeira. Lediglich der Feldscher und die Engländerin fuhren fort, Cheramour zu besuchen, und damals erfand die Engländerin auch seinen Spitznamen. Die Gräfin hatte ihn gleich, als sie ihn das erstemal sah, ‚Tschernomor' genannt, was sehr gut zu ihm paßte, die Zofen der Gräfin hatten daraus ‚Tschernomurks' gemacht, was vielleicht auch ganz angebracht war, die Engländerin aber hatte dies alles zu ‚Cheramour' verbalhornt. Übrigens hatte auch dies seinen guten Sinn, wenn auch mehr nach der Seite der Ironie.

Freilich begann es ohne jede Ironie. Cheramour, der niemand je dankbar war und der sich über niemand je beklagte, runzelte bei der Erinnerung sogar die Brauen.

„Kam immer mit einem Schwämmchen", sagte er, „und mit warmen Wässerlein, um die Eiterbeule zu waschen. Ich mußte mich auf den Bettrand setzen, sie aber stand und benetzte immerzu meinen Nacken, und dabei preßte sie mein Gesicht ewig an ihre Brust, schrecklich unangenehm; sie war sehr voll, und wenn sie mein Gesicht hinpreßte, kriegte ich keine Luft mehr, sie aber stellte mir dann Fragen, denen man deutlich anmerken konnte, was für eine dumme Person sie war."

„Was für Fragen denn, Cheramour?"

„‚Du das mögen?' ‚Klar', antwortete ich, ‚das warme Wasser ist gut, aber ich kriege keine Luft.' Oder aber: ‚Du dir machen vielleicht Gedanken?' Ich antwortete: ‚Worüber sollte ich mir Gedanken machen?' ‚Du', sagte sie dann, ‚dir Gedanken machen, viel Gedanken machen!' Und schließlich dachte sie sich aus, mir auch noch das Gesicht mit dem Schwämmchen abzureiben, dem aber machte ich gleich ein Ende, denn ich sagte: ‚Bitte sehr, das ist nicht nötig, hier tut es mir nicht weh.'"

„Je nun, da hat sie sich offenbar in Sie verliebt?"

„Was nicht gar! War einfach eine dumme Person."

„Und womit endete es schließlich zwischen Ihnen und ihr?"

„Was Sie nicht alles wissen wollen!"

„Also womit denn?"

„Wo es doch mit nichts und überhaupt gar nicht begonnen hatte; sondern als ich dann gesund geworden war und mich in diese Gottheit hineinzudenken begann, da brachen gleich von allen Seiten Unannehmlichkeiten über mich herein."

„Verstanden Sie nicht zu singen oder wußten Sie nicht den Unterricht zu erteilen?"

„Ich sang gar nicht mit, dort aber wurde Tee mit Rahm ausgeteilt, und so ging ich einfach hin, damit man mir Tee gäbe."

„Gefiel Ihnen nicht, was die Gräfin sprach?"

„Dummheiten."

„Immerhin, schlimmer als die Popen, oder war es besser und verständlicher?"

„Bei den Popen ist es schwieriger!"

„Wodurch?"

„Bei denen ist es, wie der Bauer zu sagen pflegt: übergescheit, denn die wissen die verzwicktesten Fragen zu stellen.'

„Ich weiß nicht, wovon Sie sprechen", warf ich ein.

„Da kam einmal ein Pope zu mir, während ich die Kinder unterrichtete. ‚Alsdann berichte mir', sagte er, ‚was in der Bundeslade aufbewahrt wurde!' Der Bub antwortete: ‚Aarons aufgeblühter Stab, eine Schale mit Manna und die Gesetzestafeln.' – ‚Und was stand auf den Tafeln?' ‚Die Gebote', und er nannte alle. Der Pope aber fing nun an zu reden, er redete von irgendwas und fragte: ‚Und weswegen ist dieses von Wichtigkeit, fünftens?' Das Büblein wußte es nicht, und ich wußte auch nicht, warum dieses wichtig sei, fünftens. Da sagte er: ‚Ihr Kinderlein! Da seht ihr, was ihr für einen Lehrer habt, er weiß selber nicht, warum dies fünftens wichtig ist.' Und da begannen alle zu lachen."

„Ihre Schüler?"

„Die Kinder, die erzählten es den Vätern: ‚Unser Lehrer, und der ist doch aus Piter[1], aber dabei weiß er nicht, warum dieses fünftens wichtig ist. Väterchen Priester fragte, er aber wußte nichts.‘ Und darüber freuten sich die Väter. ‚Was ist das doch‘, so stichelten sie, ‚für ein Lehrer, das ist ein Dummkopf. Wir werden unsere Kinder nicht mehr zu ihm lassen und sie nur noch zur lieben Gräfin schicken: Wenn sie uns dafür einen Heuschlag zu mähen überläßt, mögen die Kinderlein immer zu ihr gehen und singen, daran ist nichts Schlimmes.‘ Und so saß ich da.“

„Ohne was?“

„Ja, ich ging herum und ging herum und dachte bis zum Herbst zu bleiben, da aber . . . da kam es über mich . . .“

„Eine neue Geschichte?“

„Ja, und zwar aus purer Schleckerei.“

Verständlich, daß die Ungeduld meiner Herr wurde: was denn und welch eine Art von Süßigkeit dieses Lebens Cheramour verführt haben mochte? Und warum war dies fünftens wichtig?

Diese ganze Sache hing mit der Engländerin zusammen.

12

Die bejahrte Dame, von der die Rede ist, war eine Person, deren Beschreibung in der englischen Literatur nicht geduldet, die aber dafür mit großer Liebe von der französischen behandelt wird. Die allerverwegensten der englischen Schriftsteller berühren vorsichtig immer nur eine Seite von solchen Personen: ihre Scheinheiligkeit; Taine aber hat auch noch andere Eigenschaften dieser Tartüffinnen aufgedeckt. Ihr Geschmack ist wenig wählerisch, ihre Wahl fällt auf das, was am wenigsten geeignet ist, sie bloßzustellen. In den meisten Fällen ist es der eigene Kutscher oder der eigene Kammerdiener. Äußerliche Fashionableheit und das widerwärtige Verhältnis gehen nebeneinander her, ohne etwas zu zerstören oder zu hindern. Wenn kein eigener Kutscher oder

[1] Abkürzung für Petersburg

Kammerdiener da ist, dann eignet sich auch ein katholischer Mönch. Diese Personen erfreuen sich ja eines guten Rufes in vieler Hinsicht, insbesondere in puncto Bescheidenheit. Überhaupt schätzt der englische Brauch in diesen Dingen die Bescheidenheit des Subjektes und ein Verhalten desselben, das jeden Verdacht auszuschließen vermag. Cheramour war etwas in der Art. Indes, hier lagen die Dinge etwas besser: den verfeinerten Gewohnheiten der alten exzentrischen Person zufolge gefiel ihr Cheramour sogar. Sie war völlig frei von russischen Vorurteilen und betrachtete ihn keineswegs mit verächtlichen Augen, wie es die Misanthropin getan hatte, die von ihrer Hypochondrie umgestülpt war, oder wie es etwa ihre Kammerzofen taten, dieses geschmackloseste Gezücht von Frauenzimmern im ganzen Weltall. Der kräftige runde, gleichsam gemeißelte Körper des kleinen Cheramour, seine klassischen Händchen, die feurigen schwarzen Augen und der unwahrscheinlich gut entwickelte Haarwuchs mit den pechschwarzen Locken und dem welligen Bart erregten in ihr sowohl ermattende wie beunruhigende Empfindungen. Er kam ihr wie ein Gnom vor, der die finsteren Abgründe der Berge verlassen hatte, um seine Anhänglichkeit zu bekunden – und es machte wenig aus, daß er von kleinem Wuchs war, denn dafür war er stark wie der junge Esel, von welchem die Bibel so prächtig berichtet, wie elastisch seine Beine und wie kräftig sein Rückgrat seien, wie munter er laufe und wie unermüdlich er springe. Sie wußte darin Bescheid. Zudem war er ein freiwilliger Novize, dies weckte ihre erfahrene Neugier, und schließlich war er verschwiegen und völlig unverdächtig.

Und nachdem die Engländerin ihn während der Zeit seiner Krankheit nach und nach an sich gewöhnt hatte, entzog sie ihm ihre Beachtung auch dann nicht, als er ohne Amt und ohne Pflege dastand, weil er nicht gewußt hatte, warum das fünftens wichtig war.

Sie war geduldiger als die Gräfin, sie ließ Cheramour nicht im Stich, und da dies auf Grund von irgendwelchen Bibeltexten geschah, sah die Gräfin nichts irgendwie Auffälliges darin. Im Gegenteil: dies war genauso wie es sich gehörte – wenn *jene* nicht so sind wie wir, nehmen wir uns ihrer an und lassen sie dann fallen, *sie* aber werden bis zum Schluß die Regel befolgen: fais ce que tu dois.

Und in der Tat, an diese Regel hielt sie sich: sie unterrichtete Cheramour in der französischen Sprache, sie zog ihn zum Abschreiben von Versen und Traktätchen heran und versorgte ihn dafür häufig mit Nahrung, indem sie ein Kotelett für ihn erbettelte oder ihm Kastanien oder Pistazien schenkte, die er liebte und die er auf die komischste Weise verzehrte, wie ein Affe.

Alles dies wickelte sich in guter Ordnung ab, bis es schließlich ein Ende fand, das unverhoffteste, das jedoch durchaus den Fähigkeiten und dem Takt Cheramours entsprach. Indes, dieses merkwürdigste aller seiner Abenteuer läßt sich unmöglich in meiner abgekürzten Form darstellen, es muß wörtlich nach seiner eigenen Erzählung aufgezeichnet werden, soweit ich diese in meinem Gedächtnis aufbewahrt habe.

„Sie packte mich einmal", sagte Cheramour, „am Bart und knirschte mit den Zähnen. Da fragte ich sie: ‚Was tun Sie da?'

‚Steig zu mir durchs Fenster, wenn alle schlafen gegangen sind.'

Ich sagte: ‚Wozu?'

‚Ich will dir Süßigkeiten geben', sagte sie.

‚Was für welche?'

Da sagte sie: ‚Kiss me quick.'

Ich fragte: ‚Ist das ein Lebkuchen?'

Sie antwortete: ‚Wirst du sehen.'

So stieg ich ein. Vom Garten aus war es nicht hoch: sie streckte die Hand heraus und zog mich nach oben.

‚Geh hinter die spanische Wand', sagte sie, ‚damit keiner deinen Schatten sieht.'

Hinter der spanischen Wand aber sah ich ein Silbertablett und zwei Flaschen: die eine bauchig, die andere nur so.

Sie fragte: ‚Was willst du: Cognac oder Chartreuse?'

‚Mir ist es egal', sagte ich.

‚Trink, was dir besser mundet!'

‚Mir ist es egal, aber warum sind Sie so herausgeputzt?'

‚Warum fragst du?'

‚Weil es mir peinlich ist', sagte ich, ‚Sie sind doch keine Statue, daß man soviel zu sehen kriegt'."

Hier mischte ich mich ein: „Wie war sie denn herausgeputzt?"

„Wie! na schlimm, geradezu halb angekleidet, durchsichtige Ärmel und ein Dekolleté bis dorthinaus, überall war Körper zu sehen."

„Ein schöner Körper?"

„Na hören Sie, als könnte ich das wissen? Einfach eklig ... überall mit Parfüm bespritzt und mit Puder bekleckert ... geradezu, als habe sie Flechten ... Da sagte ich: ‚Warum haben Sie sich so angespritzt, daß man keine Luft kriegt?'

Sie antwortete: ‚Du bist ein dummer Bub, das verstehst du nicht: ich werde dich gleich selber anspritzen' und begann am Flakon zu drücken.

Da sagte ich: ‚Lassen Sie das, sonst gehe ich.'

Sie hörte auf zu drücken, dafür aber fuhr sie mir mit einem nassen Schwamm mit Eau de Cologne übers Gesicht.

‚Was ist das wieder für eine Niedertracht!' sagte ich.

‚Macht nichts', sagte sie, ‚das gehört sich so ... das Gesichtchen saubermachen.'

‚Also wenn so', sagte ich, ‚dann leben Sie wohl!' Und ich sprang hinter dem Wandschirm vor, sie aber hinter mir her, wir liefen, es stürzte was um, da erschrak sie, und ich konnte durchs Fenster springen."

„Und war das alles mit der Engländerin?"

„Na klar. Der Buffetier aber zog daraus den Schluß, daß ich eingebrochen wäre, Parfüm zu stehlen."

„Wie das, Parfüm zu stehlen? Wie konnte er zu diesem Schluß kommen?"

„Einfach deswegen, weil ich, als man mich einfing, danach roch. Kapieren Sie?"

„Nichts kapiere ich: wer hat Sie denn eingefangen?"

„Der Buffetier."

„Und wo?"

„Direkt unter dem Fenster: gleich wie ich hinausfiel, schnappte er mich."

„Und?"

„Begann zu schreien: habe den Engelisten erwischt! Na und da, versteht sich, kamen die Leute ins Kontor ... Und man schrieb dem Grafen: ein Nihilist wurde erwischt."

„Und was taten Sie selber?"

„Ich tat nichts, ich saß im Kontor."

„Haben Sie wenigstens etwas zu Ihrer Rechtfertigung vorgebracht?"

„Was soll man da vorbringen, von einem Nihilisten gibt es keine Rechtfertigung."

„Na und was weiter?"

„Ich floh ins Ausland."

„Aus diesem einen Grunde?"

„Nein; der Pope setzte was hinzu; als die Gräfin ihn rufen ließ, aufzuschreiben, daß Nihilisten ins Haus eingebrochen seien und daß man schnell die Polizei schicken solle, schrieb der Pope dazu, daß ich angeblich nicht anerkennte, warum dieses fünftens wichtig sei. Der Feldscher erfuhr das und fragte mich, was das zu bedeuten habe: warum dieses fünftens wichtig sei?

Ich antwortete: ‚Weiß ich nicht.'

‚Vielleicht betrifft es etwas Erhabenes? Dann wäre es für Sie jetzt besser zu fliehen.'

Und so floh ich denn."

13

Auf welche Weise er floh? – Das ist ebenfalls interessant.

„Ich trampelte", sagte er, „direkt bis Moskau zu Fuß, ich hatte schon Hühneraugen auf den Fußsohlen. Dort ging ich zum Maler, um ihm zu sagen, daß ich die fünf Rubel nicht bringen könne, sondern daß ich fortginge, er aber war schon ganz am Sterben – er stand nicht mehr vom Bett auf; er hörte mich an und wollte eigentlich lachen, dann aber winkte er ab und zog unter dem Kissen zwanzig Rubel vor, die er mir einhändigte. Ich fragte ihn: ‚Wozu?' Er aber bog den Kopf an mein Ohr und raunte, schon ganz ohne Stimme: ‚Ziehen Sie ab!'

Und damit ging ich dann fort."

„Wohin denn?"

„Nach Genf."

„Und war man dort erfreut, Sie zu sehen?"

„Die beschimpften mich. Sie sagten: ‚Sicher hatte die Engländerin Geld, Sie aber haben nicht einmal das begriffen. Sie sind ein Narr'."

„Haben sie Ihnen denn nicht einmal Obdach gewährt?"

„Nix Obdach: ich paßte ihnen nicht in ihren Kram, die sagten immer: ‚Sie sind viel zu formell, wir brauchen heimlichere Hehler'."

„Und so kamen Sie dann hierher?"

„Ja: hier gehts höflicher zu."

Er sagte das mit einem so erleichterten Herzen, daß auch mir leichter zumute wurde. Ich fühlte, daß hier eine Periode zu Ende ginge, daß damit die ganze bizarre Geschichte Cheramours zerfalle und daß man aufatmen könne.

Ich fragte ihn nur, ob er wirklich davon überzeugt sei, daß ihm in Rußland irgendeine Gefahr gedroht habe. Aber er zuckte bloß die Achseln, zog mit der Nase auf, seufzte und entgegnete kurz:

„Immerhin war es gefahrloser, fortzugehen."

Wir erhoben uns vom Rande des Abhanges, wo Cheramour mit seinem Wolfsgeheul begonnen und mit dem Göttlichen geendet hatte. Es war Zeit geworden, nach Paris zurückzukehren, um Cheramour zu fressen zu geben.

14

Wenn ich nicht das Beispiel des ‚Starzen Pogodin' vor Augen gehabt hätte, wie er sich um einen in der Fremde pilgernden Landsmann bekümmerte und ihn beweinte, ich hätte mich kaum entschlossen, eine Handlung, die man mißbilligen könnte, einzugestehen: mir tat Cheramour leid, und ich hatte mir sogar vorgenommen, mich mit ihm zu befassen und ihn zu einem Entschluß zu bringen. Mit einem Wort: ich führte mich völlig wie Pogodin auf.[1] Die Rhapsodien Cheramours zergliedernd, war ich ab und zu so weit, ihn für verrückt zu halten, indes er war kein Verrückter; ein andermal wieder schien mir, daß er ein fauler Taugenichts wäre und ein unnützer Kostgänger; doch auch dies war nicht so: er suchte immer nach Arbeit, und was man ihm auftrug, das führte er aus. Ein Betrüger war er auf keinen Fall, er war sogar zweifellos ehrlich. Er war halt ein Hungerleider: genau wie ein Küken, das noch im Ei kränklich wurde. Wenn mitleidige Hausfrauen solche sehen, dann klopfen sie ihnen fest aufs Köpfchen und werfen sie hinaus – und das ist noch sehr gnädig; Cheramour aber war kein Küken, er war ein Mensch. Wenn er in einem Dorf zur Welt gekommen wäre, man hätte ihn für einen Schwächling angesehen, aber man hätte ihm ein entsprechendes Geschäft anvertraut – die Herde zu hüten oder die Gänse zu treiben –, und auf diese Weise hätte er noch sein Brot verdient und wäre niemand zur Last gefallen; inmitten einer kultivierten Gesellschaft aber taugte er rein zu nichts.

Immerhin war es besser, ihn nach Rußland zu bringen, wo es nahrhafter zugeht und wo viele Kostgänger nicht Hungers sterben. Darum war es das Wichtigste, zu erfahren, ob irgendeine Beschuldigung über ihm schwebe und ob man ihm nicht helfen könne, sich zu rechtfertigen.

Allein, wie war das anzustellen? Zum guten Glück ergab sich eine derartige Möglichkeit. Aber bevor ich mich damit befasse, müssen noch ein paar Worte darüber gesagt werden, wie Cheramour in Paris hauste.

[1] Hier ist die Rede von dem Historiker und Publizisten Pogodin (1800–1875), der in seinem Buche Zeilen aus Briefen von Herzen anführt, in denen der Versuch gemacht wird, ihn auf den ‚wahren Pfad' zurückzubringen. Pogodins Ansicht über Herzen ist heuchlerisch warm: er beteuert, er habe in Herzen die ‚Töne warmer Liebe zur Heimat' gefühlt und die Beweise von *Verstand* und großer Begabung (Anmerkung des Verfassers).

15

Seit dem ersten Tage in Paris lebte er genauso unbekümmert wie jetzt. *Noch nie* hatte er einen bestimmten Wohnsitz gehabt, noch nie eine ständige Beschäftigung. Zuweilen verdiente er etwas, wenn er im Bahnhof Gepäck zu tragen bekam, oder wenn er irgendwelche Balken zu fahren hatte. Was man ihm dafür zahlte, weiß ich nicht, ich weiß nur, daß es für ihn die höchste Glückseligkeit bedeutete, wenn er genügend Geld hatte, um für achtzig Centimes zu essen und in einem Nachtasyl übernachten zu können. Meistens hatte er keine Arbeit, zumal, da er sich beim Balkenfahren den Fuß gebrochen hatte und sich beim Lastentragen seine hübschen Damenschultern, die die Engländerin berückt hatten, wundscheuerte. Augenscheinlich mangelte es ihm für jede Arbeit an Geschick. Er schlief tags und nachts auf den Boulevards. Das ist schwierig, aber in Paris ist es möglich, und Cheramour kam es, da er sich daran gewöhnt hatte, nicht mal schwer vor.

„Ich verstehe sehr gut zu schlafen", sagte er.

Das heißt, er war imstande, sitzend auf einer Bank zu schlafen, so daß ihn der Schutzmann nicht bemerken konnte.

„Und wenn er Sie sieht?"

„Begebe ich mich zu einer anderen Bank."

„Aber wenn man Sie auch von der forttreibt?"

„Das geht nicht so schnell, ein halbes Stündchen kann man immer schlafen. Man muß sich nur auf die Seite begeben, von der er gekommen ist."

Doch nun wollen wir uns dem *Vorfall* zuwenden.

Als ich einmal aus der russischen Kirche kam, begegnete ich im Park Monceau einer meiner alten Bekannten, der Frau T. Wir setzten uns auf ein Bänkchen und plauderten über Leute, die wir von früher kannten und an die wir uns jetzt gern erinnern wollten. Und da unsere Bekanntschaft bereits in den ‚Tagen der Entzückungen' begonnen hatte, in Schwung gebracht von der Pskower Geschichte des Herrn Jakuschkin mit dem Polizeimeister Hempel und von der

Twerschen Epopöe der fünf Adeligen[1], fehlte es uns nicht an Gesprächsstoff. Wir hatten diese Dinge gemeinsam durchgemacht und waren dann auseinandergekommen: sie, damals noch eine junge Dame aus großer Familie und mit gesichertem Einkommen, siedelte nach Paris über, ich dagegen, ein unbedeutendes literarisches Würstchen, blieb in der Heimat, um dort wegen meiner verschiedenen Sünden Pein zu leiden, hauptsächlich wegen solcher, die nie in mir vorhanden gewesen waren: wegen einer bestimmten *Richtung*.[2]

Seit jener Zeit war ein Vierteljahrhundert verstrichen und hatte sich manches verändert – die einen lebten nicht mehr, die anderen standen uns schon allzu fern, wir aber, die der Zufall nach langer Trennung hier zusammenführte, konnten, nicht ohne ein gewisses Interesse, uns gegenseitig einer Kontrolle unterziehen: Was sich in uns selber verflüchtigt habe und was geblieben sei, was sich verändert und was sich verfärbt habe. Sie hatte während dieser ganzen Zeit viel mehr interessante Leute kennengelernt als ich, zumal solche, die mir nur literarisch ein Begriff waren. Als sie damals abreiste,

[1] Im Jahre 1859 reiste der Folklorist und Ethnograph Jakuschkin (1820–1872) durch Rußland, um die Bauernbräuche zu studieren und einiges aufzuzeichnen. Er ging beständig in Bauernkleidern. Infolgedessen wurde er von der Pskower Polizei, die ihn für einen ‚Verdächtigen' ansah, einigemale verhaftet; das formelle Motiv dazu war sein ungenügender Paß. Jakuschkin schrieb seine traurigen Erfahrungen auf und veröffentlichte sie in einem Artikel ‚Eifer und Scharfblick der russischen Kreispolizei'. Der Artikel erregte viel Aufsehen, und es kam zu häufigen Zuschriften und mehreren Nachdrucken. Der Pskower Polizeimeister Hempel antwortete darauf. Sein Artikel mußte auf Verlangen der höheren Gewalt überall abgedruckt werden. Jakuschkin seinerseits antwortete Hempel, und so entstand eine Riesenpolemik, die völlig zugunsten Jakuschkins ausfiel. – Noch vor Aufhebung der Leibeigenschaft hatten sich verschiedene Personen aus Twer, die den linken Flügel des russischen Adels bildeten, in einem Brief an Alexander II. gewandt, in welchem von der Unzulänglichkeit der Bauernreform gesprochen wurde und von vielen anderen Reformen mehr. Da der Adel von Twer bezweifelte, daß die Regierung überhaupt geneigt sei, diese Maßnahme durchzuführen, wurde von einer schnellsten Wahl völkischer Vertreter gesprochen. Die ursprünglichen Verfasser dieses Projektes (im ganzen zehn und nicht fünf, wie Lesskow schreibt), wurden verhaftet und eingekerkert. Der Spruch des Senates zwar ziemlich hart: Zuchthaus durchschnittlich von zwei Jahren und Entziehung verschiedener Rechte.

[2] Ein autobiographischer Hinweis auf die komplizierte und zwiespältige Lage Lesskows in den Jahren 1860 bis 1870, als er fälschlicherweise von allen Seiten als Reaktionär und so weiter verfolgt wurde.

– ich erinnere mich noch daran –, war sie ständig erfüllt von dem brennenden, nicht eine Minute erkaltenden Wunsch, Garibaldi und Herzen näherzukommen. Vom ersten berichtete sie, daß sie nach der Insel Caprera gereist sei, Garibaldi ihr jedoch nicht gefallen habe: er scheute das weibliche Geschlecht nicht, betrachtete die Damen aber allzu realistisch. Von weitem war er ihr besser erschienen, warum jedoch und wie, darüber befragte ich sie nicht. Auch Herzen bestand nicht vor ihrer Kritik: er war im Alter ‚uninteressant wie ein Geheimrat' geworden, dazu sehr launisch und händelsüchtig. Die Dame wußte ausgezeichnet darzustellen, wie sie in einem Genfer Restaurant für ihn hatte erröten müssen, als er in Anwesenheit vieler Touristen eine geradezu empörende Szene aufgeführt habe, weil man ihm nicht den rechten Senf serviert hatte. Er trug die Serviette um den Hals gebunden und regte sich genauso auf wie ein russischer Gutsbesitzer, so daß alle sich sogar nach ihm umdrehten ... Und doch war dies der gleiche Mann, dessen geistreiche Aussprüche und Spitznamen das ganze liberale Petersburg der sechziger Jahre so amüsiert hatten! So etwas war ganz unmöglich zu ertragen: die Dame hatte dem alten Mann mit der Serviette um den Hals den Rücken gekehrt und trumpfte später sogar leicht ironisch mit den gleichen Karten auf, die er selber zu benutzen pflegte: sie bezeichnete ihn als den ‚Serviettigen'. Hierauf hatten Kljaczko, Langewicz und die Pustowoitowa[1] ihre Aufmerksamkeit absorbiert, und schließlich Papst Pius IX., von dem sie gerade heimgekehrt und von dem sie, seines ‚göttlichen Antlitzes' wegen, entzückt war.

„Sanftmut, Liebenswürdigkeit und ... welche Umgangsformen", sagte sie, „für jeden hat er was ... Mag man ihn dafür schelten, daß er die Unfehlbarkeit und die Empfängnis ausgedacht hat, was geht es mich an![2] Immer diese Dogmen!

[1] Kljaczko, ein bekannter polnischer Kritiker und Publizist (1828–1906), Langewicz, ein Führer des polnischen Aufstandes im Jahre 1863. Henrika Pustowoitowa, Langewiczs Adjutantin und später in der Emigration.

[2] Papst Pius IX. hatte im Jahre 1854 das Dogma von der Unbefleckten Empfängnis Mariä verkündet und im Jahre 1870 das Dogma von der Päpstlichen Unfehlbarkeit.

... Mein Gott! wer soll sich da auskennen, und ist es denn nicht auch ganz gleich, wie einer zu glauben vermag? Doch was für eine wunderbare Sache ... Während einer Audienz waren viele Russen dagewesen: ein bekannter Professor mit seinen zwei Frauen, das heißt mit der gesetzlichen und der romantischen, und ferner ein Kaufmann aus Riga, ein Sektierer, der mit seiner Tochter, einem jungen Mädchen, reiste, um Heilung zu finden ... Alle wurden empfangen, der Sektierer freilich mußte einen Frack anziehen. Der alte Mann hatte noch nie einen Frack getragen, aber er kaufte einen und erschien im Frack ... Und der Papst wußte mit allen, einfach mit allen zu sprechen – mit uns französisch, aber den Sektierer erinnerte er durch den Übersetzer an irgend etwas, was angeblich seinerzeit von dem Zaren gesagt worden sei: ‚in seinen Neuerungen gäbe es auch Altes‘ oder ‚alte Dinge‘. Man sagt, das habe sich in der Tat so verhalten. Und der Sektierer brach sogar in Tränen aus: ‚Väterchen‘, so sagte er, ‚von woher hast du das, woher ist dir das bekannt?‘ und fiel vor ihm nieder und wollte gar nicht mehr aufstehen. ‚Alte Zeiten, alte Zeiten‘, sagte er ... Das gefällt mir alles: auf der einen Seite Findigkeit, auf der anderen Einfalt ... Hier ist neuerdings Bercier in großer Mode: er hat den Katholizismus verraten, ist Pastor geworden und alles nur aus Gegensatz wider den Papst ...[1] Auch ihn verurteile ich nicht – er ist begabt, aber er hat nicht recht, und ich pflege ihm auch ins Gesicht zu sagen: ‚Sie haben nicht recht; man muß den Papst gesehen haben; man muß ihn ohne Vorurteile betrachten, denn mit Vorurteilen, da kann einem alles schlecht vorkommen, ohne Vorurteile dagegen ...“

Indes, kaum hatte sie dies gesagt, da erschien Cheramour an einer Kreuzung der Allee, als wäre er aus der Erde wie aus dem Ei hervorgekrochen – und welch einen Anblick bot er, und wie war er anzuschauen! Ruppig, zottig, hager, ganz verstaubt, wie ein Kater, der aus einem dreckigen Verhau springt, mit gelbem Gesicht und struppigem

[1] Bercier (1831–1889) ein französischer Prediger der sogenannten freien Kirche, ein Gegner des Katholizismus.

Bart, mit zerrissener Bluse und mit Löchern auf beiden Knien.

Bei seinem Erscheinen fuhr ich richtig zusammen und unterbrach die lebhafte Erzählung meiner Dame, ja ich faßte sogar, mich auf die Vorrechte naher Bekanntschaft stützend, ihre Hand und flüsterte ihr zu:

„Da, schauen Sie mal das ohne Vorurteile an."

„Wen anschauen? Etwa dieses Monstrum da?"

„Ja. Ich werde ihnen später erzählen, welch ein Inhalt hinter dieser Erscheinung steckt."

Sie kniff die Augen zusammen, sie schaute hin und ... auch sie erzitterte.

„Das ist ja schrecklich!" raunte sie hinter Cheramour her, als er mit gesenktem, ja geradezu hängendem Kopf an uns vorbeigeschritten war, ohne uns auch nur eines Blickes zu würdigen. Es hatte den Anschein, als ob er in der letzten Nacht und vielleicht sogar schon einige Nächte hindurch wenig Gnade vor den Augen des Schutzmanns gefunden habe.

Meine Dame griff nach ihrer Tasche, zog den Beutel hervor und sagte, indem sie diesem zehn Francs entnahm:

„Wären Sie in der Lage, ihm das zu geben?"...

„O ja", entgegnete ich, „mit Vergnügen. Aber gestatten Sie, mir ist dabei folgendes eingefallen: Sie sind doch sicherlich mit irgendeinem unserer Diplomaten hier gut bekannt?"

„Freilich, sogar sehr gut bekannt."

„Dann helfen Sie diesem Armen."

„Und wie?"

„Man muß erfahren, ob er zu Hause als Verbrecher angesehen wird oder nicht."

„Sehr gern, wenn die es nur wissen. Denn mir scheint, die wissen, wenn es sich um Russen handelt, niemals auch nur das Geringste."

„Aber sie können es in Erfahrung bringen", entgegnete ich.

Sie erklärte sich bereit, mit einem guten Bekannten in der Botschaft zu sprechen, und schrieb mir nach zwei Tagen, ich solle ihr den Cheramour schicken: sie wolle ihm eine Empfehlungskarte geben, mit der er bei Herrn N. N. vorzusprechen habe. Dies war ein hochgestellter Beamter in der Botschaft, der zugesagt hatte, Cheramour zu empfangen, ihn anzuhören, und ihm, falls es möglich wäre, den Rückweg in die Heimat zu ebnen.

„Und danach", fügte die Dame hinzu, „mache ich mich anheischig, das Geld zur Heimreise für ihn zu beschaffen und in Petersburg für ihn vorstellig zu werden ..." und so weiter und so fort.

Ich dachte, was könnte es Besseres geben?

Das alles berichtete ich Cheramour und fragte ihn: „Und was sagen Sie dazu?"

„Ich verstehe nicht ganz: wozu eigentlich?" entgegnete er.

„Ja, wollen Sie denn vielleicht nicht nach Rußland zurückkehren?"

„Warum nicht", sagte er, „das ginge an: dort ist die Verdauung besser."

„Dann gehen Sie zu dieser Dame."

„Schon gut. Ist sie eine Gans?"

„Ja, warum sollte sie denn eine Gans sein?"

„Eine Aristokratin."

„Sind die denn alle Gänse?"

„Ich weiß es nicht, ich habe nur gefragt wie sie ist."

„Es spielt keine Rolle für Sie, wie sie ist – sie ist sehr gütig, sie nimmt an allem Anteil und sie besitzt die Möglichkeit, Ihnen, wie kein anderer, zu helfen. Das ist alles, was Sie zu wissen brauchen, um hinzugehen."

„Und das Ganze wird zu nichts führen."

„Warum zu nichts führen?"

„Habe ich doch schon gesagt."

„Nein, das haben Sie nicht gesagt."

„Eine Aristokratin."

„Dann werden Sie also nicht hingehen?"

Er schwieg, rümpfte die Nase und sagte gedehnt:

„Na ja, der Teufel möge sie holen, ich will von mir aus hingehen."

Das machte er alles wie ein absoluter grande signore, nur um mich loszuwerden. Doch auch dafür sei Gott gedankt, daß wenigstens manchmal etwas klappt. Meine Bekannte war eine Frau mit Gemüt, sie würde ihn verstehen und wegen seiner Unflätigkeit nicht gekränkt sein.

Etwas anderes war es, wie er sich in der Botschaft vor dem russischen Diplomaten aufführen würde, denn dessen Gemüt war natürlich weitaus zarter besaitet, und den Vorschriften seines Postens gemäß hatte er sich nach den Vorgängen zu richten und nicht nach den Regungen des Herzens.

16

Ungeduldig erwartete ich das Ergebnis der diplomatischen Zusammenkünfte Cheramours, um so mehr als sich dies alles am Vorabend meiner Abreise angesponnen hatte, und nun besaß ich keine Geduld mehr: noch am Abend des Tages, an welchem er sich seiner Patronesse hatte vorstellen sollen, fuhr ich zu ihr und konnte mir überhaupt nicht vorstellen, was sich ereignet haben könnte. Indes, ich traf sie sehr heiter und zufrieden an.

„Ihr Cheramour", sagte sie mir, „ist ein zu spaßhaftes Wesen. Schon wie er ißt! Wie ein Tierchen."

„Haben Sie ihn etwa gespeist?"

„Ja; ich nahm ihn mit mir ..."

„Soso, ich wußte freilich schon immer, daß Sie ein sehr gutes Herz haben, hier aber sind Sie noch einen Schritt weiter gegangen."

„Wieso denn?"

„Er ist doch so abgerissen, trotzdem haben Sie ihn mitgenommen und mit ihm zu Mittag gegessen."

„Ach das meinen Sie! Nun wenn schon: hier ist doch nicht Rußland. Machen Sie sich nicht die Umstände, mich zu loben: in Petersburg hätte ich's um keinen Preis der Welt getan, hier aber, was bedeutet das schon ... Ich bin genau wie alle anderen und kann tun, was mir beliebt. Die Kellner freilich haben ihn nur so angestaunt. Aber ich sagte ihnen, daß er ein

Wilder aus dem russischen Sibirien sei, und da haben sie ihn alle miteinander gemustert und verhielten sich sehr höflich zu ihm. Apropos: haben Sie gesehen, wie er an Knochen knabbert?"

„Nein", sagte ich, „das ist mir irgendwie entgangen."

„Ach, das ist einfach wunderbar: er beißt in sie hinein wie in gebackene Makkaroni und schmatzt dabei wie ein Ferkelchen."

„In der Tat", entgegnete ich, „was das elegante Auftreten betrifft, da muß man freilich mit ihm nachsichtig sein."

Indes, sie hatte es ja nachsichtig aufgenommen und erzählte mir sogar eine ihr im Gedächtnis gebliebene Anekdote über eine andere, noch widerwärtigere Methode, sich mit Knochen abzugeben. Es handelte sich um einen von ihren vornehmen Vettern, den Wowo, und zwar ging es darum, daß dieser ihr Vetter, ein russischer Konservativer, die Ehre hatte, an einem besonderen Tischchen mit einer gewissen Prinzessin zu speisen und dabei den unüberwindbaren Wunsch verspürte, ihr zu zeigen, wie hoch er diesen glücklichen Zufall schätze. Als der Kellner den Teller mit den Knöchelchen eines Vogels, den die Prinzessin verspeist hatte, abräumen wollte, hielt er ihn an, suchte zwei oder drei Knochen aus, wickelte sie in sein weißes Taschentuch und sagte, dies tue er, um ‚sie wie ein Heiligtum aufzubewahren'. Allerdings wurde dies zu seinem Leidwesen übel aufgenommen: die Prinzessin ärgerte sich über eine solche Ungezogenheit, und der Vetter Wowo ging weiterer Einladungen verlustig. Die Dame bezeichnete das als ‚russischen vornehmen Babyismus', den sie weit niedriger als das Schmatzen von Cheramour einstufte – und ich konnte das nicht bestreiten.

„Gewiß", sagte ich, „Cheramour würde sich zu einer solchen Taktlosigkeit nicht hinreißen lassen, mich beschäftigt aber die Frage: wie er sich mit dem Diplomaten benehmen wird? Haben Sie den gewarnt, um was für ein Exemplar es sich handelt?"

„Freilich, ich habe ihm alles gesagt."

„Nun, und er?"

„Hat sehr gelacht."

Ich schüttelte nur den Kopf und fragte voller Zweifel: „Warum hat er denn so gelacht?"

„Wie meinen Sie das?"

„Nur so . . . Warum ist das heutzutage überall Sitte, *sehr zu lachen*, wenn man von leidenden Menschen hört? Es wäre besser, nur *ein wenig* zu lachen und *mehr* über sie nachzudenken."

Und da seufzte sie und sagte: „Wahr, wahr, wahr."

„Und wann", fragte ich, „findet das Rendezvous statt?"

„Morgen."

„Schon recht. Und haben Sie Cheramour keinerlei Anweisungen gegeben, wie er sich zu verhalten hat?"

„Nein."

„Das ist recht schade."

„Ich war dazu gar nicht imstande", sagte sie, „er ist so schnell weggelaufen, daß wir nicht einmal Abschied genommen haben."

„Wie denn das?"

„Weiß ich nicht; ich mußte auf eine Minute hinausgehen und schlug ihm vor, ein Büchlein anzuschauen, als ich dann aber ins Zimmer zurückkam, war er schon nicht mehr da; das Mädchen sagte: er habe das Buch fortgeschleudert und sei weggelaufen, wie wenn ihm der Satan selber auf den Fersen gewesen wäre."

„Was für ein Kauz!"

„Allerdings."

„Was hat das wohl zu bedeuten?"

„Das gleiche hätte ich Sie fragen mögen, Sie kennen ihn doch besser als ich."

„Richtig, doch müßte man zunächst erfahren", entgegnete ich, „was sich davor zugetragen hat."

„Davor? Davor hat er ziemlich viel Omelett mit Himbeeren verspeist."

„Aha", warf ich ein, „das ist ebenfalls kein Spaß."

Und uns beiden schien, daß wir den gleichen Gedanken hätten, und wir brachen in Lachen aus.

„Im übrigen", fügte sie hinzu, „möchte ich nur hoffen, daß alles gut ablaufen wird."

Um die Wahrheit zu sagen, ich hatte wenig Hoffnung, obwohl ich mir nicht klar zu machen wußte, warum mir im Hinblick auf ihn alle guten Hoffnungen stets fernlagen.

Den folgenden Tag verbrachte ich mit Laufereien und mit Abreisevorbereitungen und sah Cheramour nicht. Der Concierge sagte mir, er wäre gekommen, habe sich überzeugt, daß ich nicht zu Hause sei und wäre fortgegangen, nachdem er etwas auf den oberen Balken des Türrahmens geschrieben habe.

Ich studierte das lange und las etwas völlig Zusammenhangloses, das keineswegs dem Hauptanliegen des Augenblicks entsprach. Die Aufschrift lautete: „Lassen Sie mir das Fläschchen mit den Augentropfen zurück, die bei Zahnweh helfen."

Ich erinnerte mich, daß er einmal, als er Zahnweh hatte, aus einem Fläschchen, das bei mir stand, Augentropfen eingenommen hatte und alsbald geheilt war. Das hatte mich damals ebenso gewundert wie zum Lachen gebracht, und so gab ich dem Concierge das Fläschchen, damit er es Cheramour aushändige, wenn dieser mich nicht antreffen sollte. Indes, er kam nicht mehr, die Augentropfen zu holen, wahrscheinlich, weil sein Zahnweh ohnehin vergangen war.

Am nächsten und auch am übernächsten Tag zeigte er sich nicht, und dann brach der Tag meiner Abreise an. Cheramour war wie im Wasser untergetaucht.

Ich befand mich in einer etwas schwierigen Lage; ich war höchst begierig zu hören, womit ihn Gott durch die Güte freundlicher Leute erfreut haben könnte; doch Cheramour war einfach nicht da, es war, als sei er in die Erde versunken.

Obwohl es mir peinlich vorkam, meine Dame nach dem Abschiedsbesuch noch einmal zu belästigen, konnte ich doch noch eine Minute aufbringen und fuhr zu ihr, um mich zu erkundigen, ob mein Unverstand sich bei ihr gezeigt oder ob sie von dem Herrn, zu dem sie ihn geschickt hatte, etwas vernommen habe.

Ich traf sie nicht zu Hause an; man erzählte mir, sie sei auf eine ganze Woche zu ihrer Freundin nach Saint-Cloud gefahren.

Weitere Möglichkeiten, etwas zu erfahren, gab es nicht, und so beschied ich mich bereits mit dem Gedanken, daß ich tags darauf wahrscheinlich abreisen müßte, ohne etwas von Cheramour gehört zu haben. Danach, überlegte ich, würde ich ihn wohl ganz aus den Augen verlieren und in meinem Gedächtnis würde nur noch ein ausgefasertes Fragment übrigbleiben . . . Und mein ganzes Leben hindurch würde es mir kummervoll und ärgerlich sein, mir vorstellen zu müssen, daß er nach wie vor hungrig und verfroren von einer Bank zur anderen ziehe, ohne eine Stelle zu haben, wo er ausschlafen könnte.

Der Egoist, der stets um seinen seelischen Komfort besorgt ist, muß solche Erinnerungen auf das peinlichste vermeiden. Deswegen sollte man eigentlich nur mit gutsituierten Leuten Bekanntschaft pflegen, deren Geschäfte stets in bester Ordnung sind und die man verlassen kann, wenn Fortuna ihnen den Rücken dreht. Dies ist eine zwar niedrige, doch äußerst praktische Lebensregel.

Die letzte Nacht verging, es verging der Vormittag; ich beeilte mich, die unmöglichen Gerichte der Madame Grillade zum Frühstück zu verzehren – alles nur in der Hoffnung, Cheramour zu begegnen –, schließlich aber nahm ich eine Stunde vor Abgang des Zuges einen Fiaker, lud mein Gepäck auf und fuhr fort.

Ich wußte, daß ich zu früh auf den Bahnhof kommen würde; das war mir jedoch ganz recht, denn ich hatte mich dort mit einem Landsmann verabredet, mit dem ich die Reise im gleichen Waggon zurücklegen wollte; außerdem wollte ich meinen Magen mit einem etwas besseren Frühstück besänftigen.

An Cheramour zu denken, hatte ich keine Zeit mehr. Dafür tauchte er selber auf, in dem Augenblick, da man ihn am wenigsten erwartet hätte, und zudem in einer ganz besonderen Stimmung, die wenig zu ihm paßte.

17

Vor der Haupteinfahrt des Nordbahnhofes liegt ein kleines Restaurant mit einem breiten Steinplatz, fünf dichte Kastanienbäume beschatten ihn, unter denen viele weiße Marmortischchen aufgestellt sind. Hier wird echtes Fleisch serviert und ein sehr guter Rotwein. Es gibt einige solcher kleinen Restaurants in dieser Gegend und sie existieren hauptsächlich für Abreisende und jene, die ihnen das Geleit geben; das beste von ihnen aber ist das Restaurant mit den fünf Kastanien, von dem ich erzähle. Hier hatte ich mich mit dem Landsmann, mit dem ich die Reise gemeinsam zurücklegen wollte, verabredet, und wir hielten unsere Absprache ein. Ein Kommissionär enthob uns der Mühe, unser Gepäck aufzugeben und die Fahrkarten zu kaufen, und so hatten wir eine gute Stunde Zeit, ein letztes Frühstück im Schatten der Pariser Kastanien einzunehmen. Wir wählten ein Tischchen, bestellten Beefsteak und Wein und hatten unsere Gabeln noch nicht ins Fleisch gesteckt, als auf dem Verdeck des Omnibusses, der um die Ecke bog, Cheramour erschien; ich erkannte ihn schon von fern an seinem wogenden tschernomorischen Bart und dem Räuberhut. Auch er bemerkte mich alsbald und nickte mir anfangs nur zu, dann aber sprang er schnell vom Verdeck, griff nach meiner Hand und preßte sie; doch hielt er sie nicht nur fest in der seinen, sondern er schwenkte sie hin und her und knurrte sogar: „Na dann!“

„Ja“, sagte ich, „und da reise ich also ab, Cheramour.“

Wiederum drückte er meine Hand und schwenkte sie hin und her, und von neuem knurrte er etwas und machte sich an das Beefsteak, das ich für ihn bestellt hatte, sowie ich seiner gewahr geworden war.

„Trinken Sie Wein, Cheramour – heben Sie den Abschiedspokal, denn wir nehmen ja jetzt Abschied!“ Ich spaßte und sprach zu ihm in ‚hochromantischem Stil‘.

„Geht an“, entgegnete er.

Ich goß ihm einen großen Becher voll, in den fast eine halbe Flasche hineinging, und bestellte noch Wein und noch

Fleisch. Es war meine Absicht, ihn vor der Trennung bis zur Erschöpfung zu sättigen und wenn möglich, ihn mit dem herzerfreuenden Naß zu tränken.

Er trank, er hob den Becher, den ich ihm zum zweitenmal vollgegossen hatte, sagte „na dann“, seufzte und schwenkte wieder meine Hand hin und her und aß von neuem. Schließlich war auch das zu Ende, er hatte den dritten Pokal geleert, sagte darauf sein „Schluß“, rauchte eine Zigarette Caporal und hielt unter dem Tisch meine Hand in der seinen. Ganz augenscheinlich wollte er etwas besonders Warmes oder Freundschaftliches sagen oder tun, wußte jedoch nicht, wie das anzustellen sei. Und in mir stiegen Tränen hoch.

Ich nutzte seinen Händedruck aus und ließ still ein Goldstück in seine Hand gleiten, mit dem ich sie zuvor berührt hatte. Er fühlte die Zwanzig-Francs-Münze in meiner Hand und lächelte nur, er lächelte mit großer Schlichtheit und sagte:

„Geht an, geht an.“ Dabei fing er das Geld mit der Geschicklichkeit eines Amtsschreibers der alten Zeiten mit seiner offenen Hand auf.

„Also wie war es?“ fragte ich. „Erzählen Sie, bester Cheramour, wie ging Ihr Debut in der großen Welt aus?“

„Wo das?“

„In der Botschaft.“

„Ja, da war ich.“

„Na und . . . was für einen Erfolg hatten Sie dort?“

„Überhaupt keinen.“

„Wie das?“

„Weiß ich nicht.“

„Scherz beiseite; erzählen Sie der Reihe nach: haben Sie den, den Sie finden wollten, angetroffen?“

„Habe ich angetroffen. Ich geriet anfangs irgendwohin, wo geschrieben stand: ‚die Landsleute werden in Kenntnis gesetzt, daß hier keinerlei Unterstützungen ausgezahlt werden‘. Dort sagte man mir, ich müsse nachschauen, an welcher Tür ein Papierfetzen hafte, und auf diesem Fetzen wäre sein Name aufgezeichnet.“

„Also da fanden Sie dann den Fetzen und läuteten."

„Ja."

„Und wurden empfangen?"

„Ja, man ließ mich ein."

„Und da haben Sie dann diesem Diplomaten Ihre ganze Geschichte erzählt?"

Cheramour blickte mich so an, wie er es immer tat, wenn er nicht sprechen wollte, und entgegnete:

„Nichts habe ich ihm erzählt."

Allein ich wollte ihm nicht die Chance geben, mir so schnell zu entwischen, und setzte ihm zu:

„Warum haben Sie ihm denn nichts erzählt? Deshalb sind Sie doch hingegangen . . ."

„Ja wie denn, wie sollte ich's ihm erzählen, wenn er nicht herauskam?"

„Was hat man doch für eine Plage mit Ihnen: wurde eingelassen, ‚nicht herauskam', – erzählen Sie doch so, daß man Sie verstehen kann!"

„Der Lakai ließ mich ein und befahl mir, fünf Minuten zu warten. Ich wartete fünf Minuten und sagte dann: die fünf Minuten sind vorüber. Der Lakai meinte: ‚Was soll man da machen, Monsieur, er hat's wahrscheinlich vergessen.' Da sagte ich ihm: ‚Nun, dann bestell deinem Monsieur, daß er ein Schwein ist' – und ging."

Meine Augen quollen nur so hervor: war das wirklich alles, und war damit mein ganzes Anliegen zu Ende?

„Und was wollen Sie noch von mir?"

„Cheramour, Cheramour! Sie unglückliches, armes Wesen: ja, ist es denn möglich, sich so aufzuführen?"

„Und wie hätte man es anders machen sollen?"

„Wenn Sie wenigstens überlegt hätten! Wir haben doch eine ganze Geschichte anlaufen lassen: wir haben eine Dame der Gesellschaft hineinverwickelt. . ."

„Und was macht das der?"

„Was es der macht? Sie hat sich für Sie verwandt, sie hat Sie empfohlen, hat sich Ihretwegen Mühe gegeben, und da sind Sie hingegangen und haben den Bekannten von ihr in seinem eigenen Bureau und sogar vor seinem Diener beschimpft. Ja, das geht doch nicht."

„Warum geht das nicht?"

„Auch noch warum? – es geht nicht, und außerdem sind Sie vielleicht nicht nur grob gewesen, sondern haben sich völlig zu Unrecht so aufgeführt."

Cheramour zog eine Miene restlosen Unverstehens und rief:

„Wie das . . . mich zu Unrecht aufgeführt?"

„Jawohl; sich zu Unrecht so aufgeführt, denn dieser Beamte mag doch in der Tat mit anderen Dingen beschäftigt gewesen sein, er mag Sie vergessen haben."

„Hören Sie auf."

„Warum?"

„Was für Beschäftigungen die schon haben."

„Diplomaten?"

„Jawohl!"

„Und die diplomatischen Verhandlungen?"

„Alles Dummheiten."

„Ergebensten Dank."

„Na klar; für die ist immer etwas zum Fressen da. Väterchen, ich war doch dort und habe es selber gesehen: im Parterre stand ein Koch mit Mütze, und die Pfannen bruzzelten. Was da: friß, solang du überhaupt noch kannst."

Ich konnte nicht mehr an mich halten, ich mußte lachen und befahl noch Wein zu servieren.

Cheramour strahlte; er fühlte, daß seine Folter zu Ende war: und wieder haschte er nach meiner Hand, drückte sie, schwenkte sie hin und her und sagte:

„Lassen wir alles . . . nichts mehr nötig."

„Wir sollen unsere Bemühungen um Ihre Zukunft einstellen?"

„Ja; was da Zukunft . . . Hol sie der und jener!"

„Mir aber", sagte ich, „mir wird Angst bei ihrer Gleichgültigkeit gegen sich selber."

„Was schon, lohnt sich ja gar nicht."

Ein russischer Mensch, mußte ich denken, hat nur ein

Leben und das ist für ihn eine Bagatelle. – Er aber zeigte mir gegenüber plötzlich eine gewisse Nachsicht.

„Sie können das besser“, sagte er, „in Petersburg machen.“

„Was?“

„Sprechen Sie doch direkt mit Gortschakow[1]“.

„Meinen Sie etwa, ich sei jemand, der mit Gortschakow auf vertrautem Fuß steht und mit ihm über Sie sprechen kann, ihm berichten, in Paris lebe ein zweiter Pjotr Iwanowitsch Bobtschinskij?“[2]

„Und warum Bobtschinskij – einfach erzählen, was gewesen ist.“

„Und meinen Sie wohl, ich wüßte alles, was mit Ihnen vorgefallen ist?“

„Natürlich wissen Sie es.“

„Da täuschen Sie sich: ich weiß nur, daß die Zigeuner Sie von der neunten Fuhre verloren haben, daß der Geometer Sie in den engen Verschlag gesperrt hat, daß Sie auf den Hof zu gehen baten und wie Spinoza durchwitschten, und daß Sie schließlich fortgegangen sind, weil Sie nicht wußten, warum das fünftens wichtig wäre.“

„Gewiß, gewiß, so ist es doch auch, mehr gab es nicht.“

„War das wirklich alles, gab es absolut nichts mehr?“

„Freilich, so war es!“

„Und gab es wirklich *nichts* mehr?“

„Nichts!“

„Denken Sie nach.“

Er dachte nach, er dachte nach und sagte nur:

„Ich war bei einer Dame, die hat mich zu einem Mann geschickt und der zu einem anderen. Alle sind gut, helfen aber kann keiner. Damals gab mir einer eine Arbeit und bezahlte nicht, er wurde verhaftet.“

„Sie haben wohl was abgeschrieben, wie?“

„Ja.“

[1] Gortschakow (1793–1883) war Minister des Auswärtigen in den Jahren 1856–1882.

[2] Im ‚Revisor‘ von Gogol bittet Bobtschinskij den Helden Chlestakow, in Petersburg zu erzählen, daß in der und der Stadt Pjotr Iwanowitsch Bobtschinskij lebe (Akt IV, Auftritt 7).

„Und was war das?“

„Weiß ich nicht. Ich habe die Mitte abgeschrieben, ohne Anfang und ohne Ende.“

„Und Politischeres als dies hat es nichts in Ihrem Leben gegeben?“

„Nichts gegeben.“

„Na, dann hier mein letztes Wort: wie schlecht Sie sich auch in der Botschaft benommen haben, marschieren Sie wieder zu der Dame und erzählen Sie Ihr offen alles, was Sie mir gesagt haben – dann wird sie selber hinfahren und die entsprechenden Recherchen über Sie einleiten lassen: Sie sind bestimmt unschuldig, und es könnte sein, daß Sie von niemand verfolgt werden.“

„Nein; zu ihr gehe ich auf keinen Fall.“

„Warum denn nicht?“

Schweigen.

„Warum antworten Sie nicht?“

Wiederum Schweigen.

„Cheramour! Wir müssen uns gleich trennen! Sprechen Sie endlich: warum wollen Sie zu dieser Dame nicht wieder hingehen?“

„Weil sie schamlos ist!“

„Wa-as?“

Vor Ungeduld und Ärger stampfte ich sogar auf und sprach mit erhöhter Stimme:

„Wie, sie ist schamlos?“

„Warum hat sie mir so etwas zu lesen gegeben, der Teufel weiß was?“

„Sagen Sie mir sofort, was sie Ihnen Schamloses gegeben hat.“

„Ein Büchlein.“

„Was für eines?“

„Aber nein, das kann ich Ihnen gar nicht sagen.“

„Heraus damit – ich verlange es, denn ich bin fest davon überzeugt, daß sie absolut nichts Schamloses zu begehen vermag und daß dies nur eine Verleumdung von Ihnen ist.“

„Nein, ich verleumde nicht.“

Ich aber erwiderte: „Sie verleumden."
„Ich verleumde nicht."
„Nun, dann nennen Sie mir dieses schamlose Büchlein."
Er errötete und lachte auf.
„Geruhen Sie es zu nennen!" ich bestand auf dem meinen.
„Dann... Sie sollten sich wenigstens... so was in der Art..."
„Was denn?"
„Abwenden."
„Schon gut – ich sehe Sie nicht an."
„Sie sagte . . ."
„Also was denn!"
Er senkte die Stimme und raunte verschämt:
„Sie sagte, Sie sollten gute englische Romane lesen . . . und gab mir . . ."
„Ja was denn?!"
„Ist er ein Popinjay?"
„Na und?"
„Weiter nichts."
„Und was ist denn so arg dabei?"
„Was dabei so arg ist? . . . ‚Ist er ein Popinjay?' . . . Was für eine Scheußlichkeit."[1]
„Und das hat Sie am Ende gekränkt?"
„Ja; ich bin sofort gegangen."

Wirklich, ich spürte in dem Augenblick das Verlangen, etwas nach ihm zu feuern oder ihm ein Glas an die Stirn zu werfen, so ärgerlich war ich über ihn und so zuwider war er mir da in seiner ganzen hoffnungslosen Dummheit und Hilflosigkeit . . . Und dann erst begriff ich die ganze Tiefe und Ernsthaftigkeit des sogenannten petrinischen Risses[2] . . . Dieser ‚Popinjay' überzeugte mich endgültig davon, wie sehr und wie oft Menschen einander nicht verstehen, aber es hatte keinen Sinn mehr, über den Roman zu streiten und überhaupt noch zu reden, denn der Kommissionär erschien

[1] ‚Ist er ein Popinjay?' Dies ist der Titel eines Romanes von A. Throllope (1815–1882). Popinjay ist der englische Ausdruck für Geck.

[2] Der ‚petrinische Riß' war eine in den russischen sozial-politischen Polemiken gebräuchliche Formulierung; sie bezeichnete den Riß zwischen der russischen und westlichen Kultur (nach Peter dem Großen).

und erklärte, es wäre Zeit, den Eisenbahnwagen zu besteigen.

Cheramour gab uns bis zum Schluß das Geleite – er trug sogar mein Plaid und versuchte mehrfach meine Hand hin und her zu schwenken, ja im letzten Augenblick war mir sogar, als wolle er mich an sich ziehen oder sich an mich drücken. Ein Schatten glitt über sein Gesicht, und seine Erregung war nicht mehr zu übersehen: hastig ließ er das Plaid fallen und lief fort, wobei er unterwegs rief:

„Leben Sie wohl; mir scheint, ich habe eine Fliege gefressen."

So war unser Abschied.

18

Paris lag schon längst hinter uns.

Je mehr ich mich im Eisenbahnwagen von meiner nervösen Erschöpfung freimachte, desto mehr mußte ich anderer Zeiten und anderer Menschen gedenken, bei denen sich zum mindesten eine gewisse Parallele zu dem feststellen ließ, was zwischen mir und Cheramour vorgefallen war. Ich erinnerte mich an den kühnen ‚Starez Pogodin' und an seine aufklärerischen Pilgerwege durch Europa mit dem edlen Zweck, Iskander zu erleuchten und auf den rechten Pfad zu bringen, denn der ‚Starez' hatte seine zärtlichen Gefühle für Iskander in ‚Einfache Rede über weise Ding' (1874) gebeichtet.[1] Dann mußte ich auch an Iwan Turgenjew denken, diesen begabtesten Schriftsteller unter uns allen – der ein ‚weicher Mensch' war; mir kam jener stämmige Sünder in den Sinn, dessen Züge Turgenjew seinem Rudin gegeben hat – ein Mensch, den Turgenjew gesehen und hier, in diesem gleichen Paris, beobachtet hatte, und mir war so gar nicht wohl dabei.[2]

[1] Es war bereits davon die Rede, daß der Historiker und Publizist Pogodin versucht hatte, den Emigranten und Kritiker der sozialen Ordnung in Rußland, Alexander Herzen, eines besseren zu belehren. Der angeführte Titel ist der seines Buches, das sogar in zwei Auflagen erschien.

[2] Man sagt, daß der Held in Turgenjews Roman ‚Rudin' zu einem gewissen Grade der bekannte russische Revolutionär, der Anarchist M. A. Bakunin, war (1814–1876).

Es war jammervoll und unheimlich, solche Vergleiche zu ziehen. Dort hatte alles seinen Inhalt und seine moralische Kontur, dies aber ... dies war wie etwas von Zigeunern unterwegs Verlorenes; etwas Abhandengekommenes, das seine Prägung verloren hatte. Irgend etwas Armseliges, Ausgehungertes, bei dem nichts anderes übrigblieb, als es abzuschütteln und wegzuwerfen ... Was war das bloß? War es etwa in Wahrheit ein übermäßig schlau erdachtes ‚Vexierbild', eines von jenen, mit denen die Fenster der kleinen Pariser Läden angefüllt sind? Dumme Bilder, doch durchaus nicht dumme Leute zerbrachen sich darüber die Köpfe. Von diesen kopfzerbrecherischen Dingen war mir eines besonders in Erinnerung geblieben: da war nichts als ein Schnörkel – ein graues Geschmiere mit der Unterschrift: „Qu-est ce que c'est?" Dieses hatte die Neugierigen mehr als andere gereizt und gequält, und alle, die sich für die besten Kenner solcher Rätsel hielten, hatte es verrückt gemacht. Sie hatten das Bild nach sämtlichen Richtungen gedreht, in der Hoffnung, bei einer glückhaften Drehung herauszubekommen, was sich hinter dieser Hieroglyphe berge. Und konnten es nicht herausbekommen, da nichts herauszubekommen war, weil es nichts als ein Fleck war und weiter nichts.

Nach meiner Rückkehr nach Petersburg hatte ich Gelegenheit, mit einigen Personen über dieses bemerkenswerte Exemplar unserer Emigration zu sprechen, und alle hörten neugierig zu, die einen voll Mitleid, die anderen lachten darüber. Es gab auch solche, die einfach nicht glauben wollten, daß hinter dem sichtbaren Gottesnarrentum Cheramours nicht am Ende doch etwas anderes stecke. Man meinte, es wäre vielleicht gut, „ihn hinzulegen und mit einem heißen Bügeleisen seinen Rücken zu liebkosen". Natürlich urteilte ein jeder nach sich selbst, indes gab es in einem Hause auch eine gewichtige Kinderfrau, die ein besonderes Urteil über ihn fällte und außerdem eine erstaunliche Prophezeiung aussprach. Sie war eine besonders beliebte Persönlichkeit, die allgemeine Achtung im Hause genoß und das Recht hatte, mit den näheren Bekannten Gespräche zu führen und ihnen sogar zu widersprechen.

Es versteht sich von selber, daß sie zu keiner der in Rußland so klar umrissenen politischen Parteien gehörte und obwohl sie ein ‚Panier'[1] trug und ihre Schneppe (nämlich die schnabelähnliche Spitze vorn an der Kleidertaille) mit ziemlich weitherziger Phantasie ausgestaltet hatte, hielt sie sich in Fragen höherer gesellschaftlicher Cliquen an die Ansichten des Landkreises von Beschezk, aus dem sie stammte und aus dem sie einen Vorrat russischer Weisheiten mitgebracht hatte. Die Leichtfertigkeit und die Spaßhaftigkeit, mit der wir alle von Cheramour sprachen, gefielen ihr nicht, sie wollte das nicht dulden und machte dazu ihre Bemerkungen.

„Das gehört sich nicht", sagte sie, „er ist zwar ein völlig überflüssiger Mensch, doch ist es Sünde, über ihn zu lachen: auch er hat einen Engel, der sein wahres Antlitz sieht."

„Aber was soll man denn mit ihm machen, wenn er doch ein Mensch ist, der zu nichts taugt."

„Das ist nicht Ihre Sache: so hat ihn Gott erschaffen."

„Wo er doch selber nicht an Gott glaubt."

„Der Herr sei mit ihm, er ist dumm, da glaubt er halt nicht, aber es geht auch ohne ihn, denn er hat trotzdem seinen Engel, und der macht sich seinetwegen Sorgen."

„Na, na, der soll sich gleich Sorgen machen?"

„Natürlich! Er ist ihm zugeordnet und muß auf ihn achtgeben. Wie denken Sie darüber: je schlechter der Mensch ist, um so klüger muß der Engel sein, den man ihm an die Seite stellt, damit er alles richtig durchführt. Das ist dann sein Verdienst."

„Freilich, wenn Sie auf Narren zu reden kommen, hören Sie niemals auf. Das sind Ihnen die allerliebsten Leutchen."

Sie fühlte sich leicht gekränkt, ihre Finger begannen mit den von den Kindern auf dem Tischtuch verstreuten Brosamen zu spielen, und sie endete mit bebender Stimme:

„Was stören die Narren Sie denn! Gott hat sie geschaffen, man muß sie ertragen, möglicherweise wird er zu einem Ziel

[1] Krinoline, mit einem Drahtgestell.

gelangen, wie Sie alle es sich für ihn gar nicht ausdenken können."

„Und daran glauben Sie wirklich?"

„Ich? Warum nicht? Ich glaube und ich hoffe ... Sie aber werden sich dann sehr schämen müssen!"

Da haben wir sie, mußte ich denken, unser Mütterchen Fedoruschka, die allgütige, die alldicke, die nach allen Seiten aufgequollen ist und für alle ein zärtliches Lächeln hat. Schmück dich mit Güte, wenn du nichts anderes hast.

Die Kinderfrau schien ein wenig verstimmt, und somit stritt man mit ihr nicht länger und kränkte sie nicht in ihrem warmen Glauben, zumal da niemand auf den Gedanken kam, daß diese ganze Geschichte noch nicht ihr Ende gefunden habe und man über Cheramour nach geraumer Frist die frischesten und darum interessantesten Nachrichten zu hören bekommen würde.

19

Es vergingen etwa zwei Jahre; jemand blätterte in der Herzegowina alte Rechnungen auf, und es floß Blut. Da war es keinem um Cheramour zu tun. Bei uns gab es Streit darüber, wie wir unsere Berufung erfüllt hätten. Da ich nichts von Politik verstehe, beteiligte ich mich an solchen Streitigkeiten nie. Doch nach Kriegsende teilte ich die ungeduldigen Erwartungen vieler, daß die sehr teuer gewordenen Lebensmittel bald billiger werden sollten. Unter dem Einfluß dieser ungeduldigen, aber vergeblichen Erwartungen begab ich mich, wenn ich vom Spaziergang heimkehrte, immer sofort zur Etagere, wo auf dem Brett im geheimen Eckchen das langweilige Büchlein mit den immer steigenden Mehrausgaben auf mich wartete. Und als ich mich wieder einmal danach umschaute, gewahrte ich dort einen mir unbekannten Gegenstand – ein ziemlich nachlässig in Papier gewickeltes Päckchen, augenscheinlich ein Buch. Auf dem Papier stand kein Name, da war nur ein verschmiertes Gekritzel, aus Raumnot unmittelbar an den Rand hingefetzt, so wie nur

Schlampen zu schreiben pflegen. Ich stellte alle möglichen Versuche an, um es zu entziffern, und nach großer Anstrengung las ich: „Die Schuld und für Prozente f. i. g." Sonst nichts.

Ich entfernte das Papier und hielt das Buch ‚St. Paul' von Renan in der Hand, indes, bevor ich es ganz ausgewickelt hatte, fiel etwas heraus und rollte weg. Ich begann zu suchen, scharrte in allen Ecken: was mochte da bloß herausgefallen sein? Ich rief nach dem Dienstmädchen, wir suchten zu zweit, wir suchten zu dritt, wir nahmen alles hoch, wir schoben die schweren Möbel hin und her, und schließlich fanden wir es ... Und was war es? – Wir fanden ein französisches Zwanzig-Francs-Stück aus reinstem Golde! Es war ausgeschlossen, daß die Münze schon seit langer Zeit dort gelegen haben konnte; der Fußboden wurde ja gefegt und gewachst, und man hätte sie bestimmt gefunden ... Nein, sie mußte unmittelbar aus dem Buch gefallen sein. Aber was hatte das zu bedeuten? Wer hätte mir eine solche Gabe darbringen können und warum? Ich zerbrach mir den Kopf, ich dachte nach, ob ich die Münze nicht vielleicht selber hingelegt hätte, ich überlegte dies und überlegte jenes und gelangte zu keinem Resultat. Und wieder holte ich das Umschlagpapier und studierte die Buchstaben, denn hierin lag meine letzte Hoffnung, zu erfahren, was das wohl zu besagen habe. Doch war gar nichts anderes zu lesen als: „Die Schuld und für Prozente f. i. g." Die Handschrift ließ sich nicht identifizieren, weil es auf durchlässiges Papier geschrieben und alles zerflossen war ... Ich überlegte, was hier wohl Schuld und was Prozente bedeuten konnte oder „für Prozente": das Geld war die Schuld und somit das Buch „für Prozente" oder etwa umgekehrt? Und dann, was hieß dieses „f. i. g."? Kein Zweifel, daß es nicht die Anfangsbuchstaben irgendeines Namens waren, sondern daß sie etwas völlig anderes ausdrücken sollten ... Aber was? Ich sann und sann, ich überlegte und kombinierte: irgendwie war das alles sehr sonderbar und paßte nicht zusammen: „für immer ihr" – aber dabei stimmte der letzte Buchstabe nicht; „fein ist gurgeln" – hier entsprachen alle Buchstaben den Worten, indes, warum sollte jemand eine solche Albernheit hinschreiben? Oder war es als Fortsetzung der Phrase gedacht: ich gebe die Schuld zurück und für die Prozente, um ein Beispiel zu sagen, ‚feiner indischer Gehrock' oder etwa ‚für Ihre Gemahlin' ... Nichts, das auch nur entfernt tauglich war. Ein lächerlicher Operetteneinfall, aber es konnte einen schon beschäftigen! Sogar noch im Schlaf überlegte ich und kombinierte: „für ihre Güte". Es schien mir, das sei vielleicht der richtige Weg. Oder noch besser: „fein im Geschäft"; oder schließlich ... na endlich, ihr Heiligen! Ihr Heiligen, das ist es, ist es bestimmt ... mußte man das nicht vielleicht *so* auslegen: „fresse immer gut"? Wahrhaftig, so war es, und anders konnte es auch gar nicht lauten. Aber was konnte das bedeuten: war es möglich, daß Cheramour persönlich dagewesen war? War er wirklich in Petersburg und gerade zu dieser Zeit aufgetaucht, in dieser sonderbaren Periode, und hatte er sich bis zu mir durchgefunden? Welch ein verzweifelter Mut! Oder hatte man ihn begnadigt und ihm die Rückkehr erlaubt und durfte er frei mit einem tauglichen Paß umhergehen? ... Man sagt doch, daß in der Natur alles möglich sei.

Ich erinnerte mich, daß das Dienstmädchen mir vor etwa drei, vier Tagen von einem unbekannten Herrn erzählt hatte, der gekommen war und nach mir gefragt und um die Erlaubnis gebeten hatte, auf mich warten zu dürfen, der auch gewartet hatte, dem es dann aber zu lange dauerte, so daß er fortging und sagte, er würde wiederkommen, der aber bis jetzt nicht wiedergekommen war.

Ich fragte weiter: von welchem Wuchs der Besucher sei, von welcher Konstitution, ob sein Gesicht ansehnlich sei? Aber ich konnte nichts herausbringen. Alle Kennzeichen waren so, wie sie in einem russischen Paß verzeichnet sind: sie passen auf jeden und man kann sie auf jeden anwenden.

Da blieb also nur eines: das Buch in das Bücherregal stellen, das Gold aufheben und auf den Unbekannten warten. Das tat ich denn auch, ich wartete geduldig auf ihn, immer mit dem Hintergedanken, daß er vielleicht überhaupt nicht mehr kommen werde. So vergingen ein Tag, zwei Tage, eine Woche und ein Monat, doch als ich schließlich aufgehört hatte, auf ihn zu warten, da kam er plötzlich.

Es läutete; das Mädchen öffnete die Tür und lief hastig vor, um mir zuzuflüstern:

„Das ist jener, der damals auf Sie gewartet hat."

Eine leichte Aufregung, und dann ging ich, ihn begrüßen.

20

Ein Mann von mittlerem Alter trat ein, mir absolut unbekannt, und stellte sich mit einem mir fremden Namen vor.

Ich bat ihn, Platz zu nehmen und erkundigte mich, womit ich ihm dienen könne.

„Ich kam kürzlich aus dem Ausland", sagte er. „Ich habe zwei Monate in Paris gelebt und bin dort häufig einem sehr eigenartigen Landsmann begegnet, den Sie kennen. Er gab mir einen Auftrag, für Sie ein Päckchen mitzunehmen. Ich habe es bei Ihnen gelassen, um es nicht herumtragen zu müssen, aber ich vergaß, Ihren Dienstboten das zu sagen."

„Ich habe ein Päckchen vorgefunden", erwiderte ich, „doch von wem stammte es?"

Er nannte Cheramours Namen.

„Freilich kenne ich den gut", sagte ich. „Wie geht es ihm, was macht er, wo lebt er, und ist er immer noch so bettelarm wie er war?"

„Er ist in Paris, indes was seine Armut anlangt, so möchte ich zuvor gern wissen, in welchem Sinne Sie das gemeint haben ... Wenn es sich um die Frau handelt?"

„Wie", sagte ich: „die Frau ...? Was für eine Frau? Ich fragte Sie, ob er zu essen habe?"

„O versteht sich, er ist keineswegs bettelarm; er ist ein propriétaire, er ist verheiratet, er lebt wie ein grand mangeur im Restaurant seiner Frau, das er als den ‚Freßladen' bezeichnet und überhaupt, um seine Worte zu gebrauchen, er ‚frißt immer gut' – im übrigen hat er dies mit den Initialen ausgedrückt, in der vollen Überzeugung, daß Sie es verstehen würden.“

„Verstanden habe ich es in der Tat, doch wie ... wie konnte das geschehen ... Ein Schutzengel ... bedeutet natürlich viel ... trotzdem aber ...“

Ich blickte meinen Gesprächspartner an und überlegte, wes Geistes Kind er wohl sei und ob er mich nicht nur zum Narren halte, indem er mir so unwahrscheinliche Dinge über Cheramour berichtete. Aber nein; soweit mir Beobachtungsgabe und Einfühlung eigen sind, machte dieser Herr einen guten Eindruck – offenbar war er ein Exemplar jener neuen, noch nicht ganz durchgesetzten, doch schon sehr angenehmen Gattung aufgeweckter Leute, die nicht an unserer Nervenzerrüttung und an unserem gegenstandslosen Mißtrauen leiden, ein ‚Mann der kommenden Zeit‘, der in die Zukunft ohne Furcht blickt und weder über die Vergangenheit noch über die Gegenwart in fruchtlosem Unwillen hinschmilzt. Die Leute der Vergangenheit kommen ihm vor, wie wenn sie an einem Kater litten; er ärgert sich nicht über sie und verurteilt sie nicht einmal, sondern er begleitet sie einfach still zum Friedhof, wobei er murmelt: ‚Für euch ist es Zeit zu verfaulen, für uns zu leben.‘

Ich liebe diese Art, weil in ihr etwas Frisches liegt, etwas, das nicht mehr von uns ist, was uns gar nicht mehr eigen, doch dafür lebendig und stark ist. Sie sind aufgeschossen gleich Disteln zwischen den Beeten, und keiner kann sie jemals mehr ausjäten. Schon bald wird Rußland nicht mehr so sein, wie wir sind, sondern wie sie sind, und Gott sei dafür gedankt, Gott sei gedankt!

Als ich erfaßt hatte, daß mein Besuch zu jener Sorte gehörte, bot ich ihm gleich einen geruhsameren Sessel an, befahl, Tee zu servieren, und bat ihn ohne Umstände (wie es sich bei solchen Leuten gehört), mir alles zu erzählen, was er von meinem Cheramour wisse – wie er geheiratet, und auf welche Weise er ein Pariser propriétaire geworden sei.

Mein Besuch erklärte sich auf liebenswürdige Weise bereit, meine Neugier zu stillen.

Cheramour war der slavische Krieg mit den Türken zu Hilfe gekommen. Indes, wie war er auf den Gedanken verfallen, überhaupt Krieg zu führen? Widersprach das nicht durchaus seiner ganzen Natur und allen Erwägungen seines armen Verstandes? Und wider wen setzte er sich denn so mannhaft zur Wehr und wider wen kämpfte er? All das war, wie sein ganzes Leben, recht sinnlos.

Das Ganze hatte sich so abgespielt: er hatte in den Zeitungen *gelesen*, daß die Türken die *armen* Slaven kränkten, indem sie ihnen die Ernte fortnähmen, ihre Herden und alles, was man ‚fressen' konnte. Das genügte ihm: ohne lange zu überlegen, empörte er sich dagegen und wanderte zu Fuß nach Montenegro. Er geriet nach ‚Walachasien' oder in die ‚Moldawania', wo er zu den ‚Freimärschlern' stieß; mit diesen erschien er in Serbien, dessen vorbildliche Ordnung nicht einmal Cheramour stören konnte. Er trat irgendwo ein, nahm irgendwo Dienst, worüber er allerdings nach seiner Art keinerlei halbwegs verständliche Auskunft zu geben wußte. Im Kriege befaßte er sich mit ‚Trommeln', was ich von ihm nie erwartet hätte, dann fand er jedoch, daß es in Serbien mehr zu fressen gab, als er Zeit seines Lebens überhaupt zu sehen bekommen hatte. „Trinken sogar Wein dazu." Denn Cheramour erkannte selbstverständlich keinerlei andere Interessen an, die eines Kampfes um Leben und Tod würdig gewesen wären, indes, das kann man ihm nicht vorwerfen, weil er gar nicht anders zu fühlen vermochte.

Und hier kam es zum Aufruhr seiner Gefühle: worum kämpfen die überhaupt? Wenn sie genug zu fressen haben, was brauchen sie eigentlich noch? „Verwünschte Satansbraten . . . empören sich vor lauter Fett! Die sollte man zu uns fortschaffen, damit sie in ungeheizten Hütten wohnen müßten und Spreu zu kauen bekämen!" Die ganzen slawischen Ansprüche hielt Cheramour für Bagatellen, die Aksakow gemeinsam mit Kokorew in Moskau ausgedacht habe,[1] und darüber ärgerte er sich und ‚trat aus', das heißt, er hörte mit dem Trommeln auf. Einige Zeit hindurch trieb er sich ohne Beschäftigung herum, aber er hatte trotzdem stets sein Auskommen: ‚Überall', sagte er, ‚gibt es Mais und dazu trinkt man Wein, genau wie im Himmelreich.' Solche Anschauungen hatte er vom Himmelreich. Doch während er mit mehr oder weniger törichten und unverständlichen Fragen bald hier, bald dort umherschlenderte, wurde er von seinem Engel dorthin geführt, wohin er gehörte; er stieß auf Leute, die genau wie er heulten:

„*Kalt ist es, Wanderer, kalt ist es,*
Hungrig, Trautester, hungrig ist's."

22

Und hier zeigte Cheramour sogleich seinen Charakter. Wie und unter welcher Devise? Aus unversöhnlicher Feindschaft gegen jede Bestimmtheit schilderte er das unklar, doch man konnte verstehen, daß er sich in der Schar der Sanitäter befand. Nach seinen Worten wurde er von einem ‚sehr gütigen und absolut ungläubigen Mönch' irgend jemand irgendwo empfohlen. Der scharfsinnige Mönch hatte jemand davon überzeugt, daß keiner geeigneter wäre, als Cheramour, an ‚den Proviant angesetzt zu werden'. Und da endlich, zum erstenmal in seinem ganzen Leben, geriet unser Kauz an eine Stelle, die durchaus seiner Berufung entsprach. Und es wurde erzählt wie er hier seine Tätigkeit ausübte. Keine Krume durfte verlorengehen, alles schleppte er zu seinen Kranken. Er selber aß nur ‚Broternes', während er seine Portion Kotelett an die Soldaten aufteilte, ‚und stets solche erwählte, die ihm besonders elendiglich' vorkamen. Die Obrigkeit und die ‚Schwestern', alle waren sie mit ihm zufrieden, und die Soldatchen waren des Lobes voll über seine ‚Tugendhaftigkeit'.

[1] Lesskow spielt hier an auf die lebhafte politische Tätigkeit I. S. Aksakows (1823–1886) und W. A. Kokorews (1817–1889) im Moskauer slawischen Komitee zur Zeit des russisch-türkischen Krieges im Jahre 1877.

Ja sogar solche, sagte man, die der Mönch schon zum Tode vorbereitete; auch solchen steckte er im Vorbeigehen ein Stückchen Kotelett in den Mund und tröstete sie: „Friß nur." Und ein solcher Mann blieb dann zwar in seinem Sterben verhaftet, schaute ihm aber trotzdem nach.

Und womit nahm das wohl für Cheramour ein Ende? Es endete damit, daß er selber nicht bemerkte, wie sich dank seinem Spartanertum am Schluß der Dienstzeit von seinem Gehalt eine ‚Handvoll Gold' bei ihm angesammelt hatte. Wieviel es war, das zählte er nicht, doch er brachte alles in seine Metropole zurück, zu den ‚Schweizern', um es aufzuteilen. Er brachte es zu einem von den Metropoliten und ‚schüttete es aus'. Dort wurde viel geredet und gestritten, denn jener wollte ‚*alles*' für seine ‚Aktion' haben. Cheramour aber gab es nicht her. Er bestand darauf, eine ‚Fresserei von Weltformat' stattfinden zu lassen, das heißt, er wollte selber fressen und auch andere füttern, und er bestand darauf so fest, daß ‚jener nur vom Rande pickte und dann abzog'. Wieviel er freilich von ihm genommen, das wußte Cheramour nicht: ‚hatte ja nur am Rande gepickt', und damit basta. Das Geld wurde nicht gezählt, und es war auch nicht nötig, es zu zählen: ‚egal, zurück kommt es nicht'.

Cheramour sah, daß hier ungerecht geteilt werden würde, und fuhr nach Paris. Denn dort kannte er eine ehrenhafte Seele, die in der Lage war, auf alle seine verfressenen Pläne einzugehen und ihm die unmittelbarste Hilfe angedeihen zu lassen; dieser kostbare Mensch war Tante Grillade.

Sie empfing Cheramour und sein Gold keineswegs auf die Art der ‚schweizerischen Metropoliten'[1].

Tante Grillade führte Cheramour in ihre arrière boutique, die in ihrer Art dem Allerheiligsten der hebräischen Bundeslade glich, und forderte ihn auf, dort all sein Gold in eine Kommode zu schütten, diese abzuschließen und den Schlüssel an sich zu nehmen. Die Voyoux sollten zunächst noch

[1] Schweizer Metropoliten – so bezeichnet Lesskow ironisch und verächtlich den Kreis der revolutionären Emigranten, die sich in den sechziger Jahren in der Schweiz niedergelassen hatten.

nicht aufgefordert werden. Die Tante sagte, sie wisse was Besseres und lud Cheramour ein, abends, wenn sie frei wäre, zu ihr zu kommen. Sie wollten dann gemeinsam überlegen, wie man diesen Reichtum, der in praktischen Händen wirklich etwas zu bedeuten hatte, am besten einteilen könnte.

Cheramour, der bis dahin sich keine Gedanken gemacht hatte, hatte eigentlich nur gedacht, das Geld bei der Tante zu lassen und die Hungrigen so lange zu ihr zu führen, bis sie ihm die Rechnung vorzeigen und sagen würde: „tout est fini‘. Indes, Tante Grillade war viel weitschauender und gescheiter als Cheramour, und sie hatte sich überdies zu seinem Glück seinetwegen Gedanken gemacht.

23

Am Abend, als Cheramour zur Tante kam, wurde er ganz ungewöhnlich empfangen: der ‚Fütterungssaal‘, über den er auch in den guten Tagen nie hinausgedrungen war, war jetzt ohne Gäste, gefegt und aufgeräumt. Es war noch feucht in ihm und es roch nach ‚Kartoffeln und Stoffeln‘, doch in der Ecke brannte fauchend und knisternd ein kleiner Kohlenofen, der die Luft reinigte. Dafür aber konnte man durch die offene Tür ein wahres Wunder dekorativer Geschicklichkeit sehen. Die arrière boutique, am Tage anzusehen wie der Boden eines widerlichen Brunnenschachtes, wohin niemals Licht drang und in welchem Tante Grillade sich mit Müh und Not, gleich einer Schildkröte in ihrem Panzer, umdrehen konnte, stellte jetzt einen sehr heimlichen Winkel dar. Die graue Mauer, die dem breiten, aber völlig nutzlosen Fenster das ganze Licht nahm, war durch eine prunkvolle weiße Draperie mit Festons, die mit rosa Bändern gerafft waren, verdeckt. Statt von den schwachen, kaum lebensfähigen Reflexen des äußeren Lichtes wurde das Zimmer geradezu bis zum Überfluß von zwei Lampen erhellt und erwärmt, die auf den Ecken des unvermeidlichen Marmorkamins standen. Das ganze Zimmer war so klein, daß es eigentlich nur wie ein Knäuelchen war, in dem nichts aufgeräumt liegen konnte, sondern alles durcheinanderging. Denn in einem Raum von vielleicht vier Quadratmetern standen dort das zweischläfrige Bett der Tante Grillade, die Kommode, in welcher jetzt Cheramours Gold wohlbehütet lag, der Kamin mit seinem lustigen Feuerchen und ein runder Tisch, auf welchem eine reine Terrine mit Bouillon aus echtem Fleisch ganz wunderschön dampfte. Neben diese war noch ein Liter Rotwein und ein Körbchen mit Näschereien ‚vier Bettler'[1] gestellt.

Grillade selber war ebenfalls „aufgeräumt": die grauen Kringel an ihren Schläfen waren besonders schön und fest eingedreht, besser als sonst, und verliehen ihrem erfahrenen Antlitz etwas Imponierendes, das gleichzeitig gewissermaßen pikant war.

Hier ist es angebracht, zu sagen, daß Cheramour bei dieser Gelegenheit zum erstenmal im tête-à-tête mit einer Frau Brot aß und den Saft der Trauben trank. Und er überlegte nicht lange, sondern er fühlte die Wahrheit des Dogmas, daß es zum vollen Glücke nicht genüge, ein Stück Brot zu kriegen, sondern man auch jemand haben müsse, mit dem man es vergnügt verspeisen kann.

Das Tischgespräch der beiden ist von niemand aufgezeichnet worden, jedoch war es durchaus ernsthaft, und es ging darin absolut nur um Geld. Die Tante bewies Cheramour, daß sein Geld, wenn es in ihrer Kommode liegenbliebe, um die Voyoux damit zu speisen, nicht lange vorhalten dürfte; es würde zu Ende gehen, und die Voyoux würde man nicht mehr füttern können.

Cheramour pflichtete bei und dachte tief nach, Tante Grillade aber wies einen Ausweg, der darin bestehe, daß man das Geld arbeiten lassen müsse. Dann würde dieses Geld weiteres Geld ergeben, und es würde sich eine unerschöpfliche Möglichkeit bieten, selber zu fressen und andere zu füttern.

Cheramour klatschte in die Hände: „Voilà", sagte er, „voilà, das ist es, was erforderlich ist: Das einzige Unglück ist nur: wie soll man das Geld arbeiten lassen, wem kann man vertrauen, wer wird einen nicht betrügen?"

[1] Kleine Portion gedörrter Früchte mit Nüssen

Cheramour schüttelte hierbei den Kopf, denn ihm fielen seine Schweizer Metropoliten ein, und er schnarrte gleich einer Wachtel: „Oui, oui, madame, oui, oui, oui."

Doch als die Tante sich gleich darauf erhob, um das compote de pommes (Apfelkompott) zu servieren, betrachtete Cheramour schamhaft ihren Rücken und äußerte nur:

„So nehmen Sie doch dieses Geld, Tante!"

„Zu welchem Zweck, Monsieur?"

„Machen Sie damit, was Sie meinen, vermehren Sie es."

Doch Tante hielt das für unmöglich.

„Ich werde es vermehren und sterben, und Sie wird man dann hinausjagen."

„Hm ... Ja ... eine Gemeinheit ... Und wie viele Leute könnte man damit ständig füttern?"

„Man könnte zwei Mann zweimal in der Woche damit speisen, oder, vielleicht noch besser, jeden Sonntag drei. Und außerdem könnte man einmal im Jahr ein besonderes Festessen veranstalten, zu dem niemand Zutritt haben wird, außer den obdachlosen Voyoux."

Cheramours Herz begann bei diesem Gedanken heftig zu pochen, und als Tante Grillade, mit einem Nußknacker bewaffnet, sich an die Noisettes machte, rückte er ihr verlegen auf den Leib.

„Also wie, Tante, wie soll man das machen?"

Die Tante aber, die gerade eine kräftige Nuß knackte, sah ihn an und entgegnete kameradschaftlich: „Da muß geheiratet werden."

„Na so was! Und warum?"

„Darum, weil Sie dann alles gemeinsam haben werden, und wenn die Frau was erwirbt, so gehört es auch dem Mann. So zum Beispiel, falls ich das sein sollte: ich würde Ihnen dann mein Restaurant überlassen, und wir würden niemand mehr hier hereinlassen."

„Ja, ja, das ist ... das ist das Richtige: niemand, niemand wird hereingelassen!" rief Cheramour und packte in der süßen Ekstase seines Geistes und seiner Gefühle sogar die beiden Hände der Tante und drückte sie und schwenkte sie hin und her, bis sie bei seinem Anblick in Lachen ausbrach und ihn mahnte, es wäre Zeit, sich davonzumachen.

Am Abend des nächsten Tages wurde er wieder hergelockt und der Gedanke an das Fest der Bettler und vielleicht auch an das gemütliche Eckchen am Kamin, etwas, das er bei seinem unpraktischen Leben noch nie kennengelernt hatte, verführte ihn, denn er wußte ja nicht einmal, wie man sich mit Geld einzurichten habe.

Und so erschien er dort aufs neue und meinte:

„Könnte man vielleicht wieder ... hier ... wie gestern?"

„Aha, ich verstehe: du kleiner Halunke hast sicher schon eine Frau gefunden und willst über die mit mir reden? Schon gut, schon gut, setz dich nur: da ist Wein und da ist Hammelbraten."

„Ja; aber die Frau ist nicht da. Wenn Sie etwa ... wollen würden. ..."

„Dir eine Braut finden?"

„Nein, wenn Sie ... wenn Sie ... selber ..."

„Ja, was wäre denn das? Willst du vielleicht eine späte Korrektur des Fehlers vom dritten Napoleon vornehmen?"

„Genau das!"

„Aber *das* wird kaum in deinen Kräften liegen, mein armer Junge. Denn du dürftest vielleicht etwas über dreißig sein, ich dagegen bin achtundvierzig."

Tante Grillade hatte in Anbetracht der Einfalt Cheramours beschlossen, ihre Chronologie in diesem Fall um mehr als fünfzehn Jahre zu verkürzen, indes war das nicht einmal nötig. Weder die Jahre noch das Äußere der Tante hatten in den Augen von Cheramour auch nur die geringste Bedeutung.

„Das macht nichts."

„Nun, wenn dem so ist, da hast du meine Hand und meine Freundschaft bis zum Grabe."

Sie umarmten sich, sie küßten sich und sie heirateten, wobei die Tante in den Augen ihres Gatten dadurch noch geradezu maßlos stieg, daß sie von einer Gesellschaft, die Ehen begünstigte, Geld ausgezahlt bekam.

Und abends gab es bei ihnen ein ‚Fest der Bettler', ein erstaunliches Fest. Die Gäste kamen sogar aus Belleville, einer hungriger als der andere, einer abgerissener als der andere. Cheramour, den die Tante mit einer Joppe ausstaffiert hatte, war wie ein echter König unter ihnen, und mit dem wirklichen Takt von Bettlern überließen sie ihm auch den Königsplatz.

Ohne alle Komplikationen kam der heilige Brauch seiner Heimat zu Ehren: Cheramour war der Fürst seines Hochzeitsabends. Alle kümmerten sich nur um ihn: seine Frau, die Gäste und die Polizei, die hier eine gewisse Bewegung zugunsten der Napoleoniden hätte vermuten können.

Besonders aufregend war der Augenblick, als die beignets aux pommes (Apfelpfannkuchen) serviert wurden und drei Mann, die Tante Grillade darauf abgerichtet hatte, unter dem Tisch ein Körbchen aus seinem Versteck hervorzogen; im Körbchen lag ein großer, leicht verwelkter Kranz, den die Tante billig von einem Theaterdiener gekauft hatte. Im Kranz waren einige Blumen zerdrückt, dafür aber hatte man ihn mit einem hellen Bund roter Kirschen aufgefrischt und mit einer langen hochroten Schleife umwunden mit der Aufschrift: ‚Bon oncle Grillade'.

Der Kranz wurde Cheramour auf den Kopf gesetzt, und damit verlor er für immer den Spitznamen, den ihm die Engländerin verliehen hatte: von diesem Augenblick an war er ‚Tantes Gatte' und hatte viel von seiner unmittelbaren Frische verloren. Darüber aber machte er sich keine Gedanken. Außerdem verpflichtet uns die historische Genauigkeit, zu melden, daß der gute oncle Grillade in der triumphalen Minute seines Lebens betrunken war, doch war das nicht etwa seine Schuld, sondern die Schuld der guten Tante, die mit allen Mitteln bestrebt war, ihm die ihm bevorstehenden Aufgaben zu erleichtern.

Und, zu ihrer Ehre sei's gesagt, sie bewies von den ersten Schritten ab, daß sie nicht nur die Taktik beherrschte, sondern auch die Praktik. Als der sergeant de ville an die Tür pochte, damit die ehrliche Kumpanei sich verdrücke, als die

Voyoux, zufrieden mit der ungewöhnlichen Bewirtung, auseinandergingen und die jeunes mariés allein blieben, hob Tante Grillade, ohne ein Wort zu verlieren, ihren kleinen Mann auf, hängte den Kranz über das Bett, kleidete ihn eigenhändig aus, wusch ihn mit einem Schwamm und bettete ihn an die Bettwand. Cheramour ertrug dies alles mit dem Stoizismus seines Berufes und verlangte nur, daß man ihm das im Kranz verbliebene Bündel Kirschen überlasse. Und als Tante ihn befriedigte, ‚fraß' er sie sogleich auf und ergab sich in sein Los.

Aber war dieses Los nicht vielleicht allzu hart? Hier folgen einige wenige Ermittlungen, die es erlauben, Schlüsse daraus zu ziehen.

24

Die Tante trieb keinen Mißbrauch mit ihren Privilegien: sie war großmütig wie eine echte Tochter der Boulevards. Das einzige, was Cheramours Ruhe vergiftete, war wiederum der Schwamm, diese entsetzliche Waffe, mit welcher ihn Frauenhände überall bedrohten. Freilich wußte er einige Vorteile zugunsten der Ärmsten daraus zu ziehen. Wenn es sich so traf, daß einem seiner Freunde außerhalb des Abonnements geholfen werden mußte und die Tante sich dem widersetzte, dann ‚ließ er sich nicht waschen' und wußte damit stets das seine zu erreichen.

Der Berichterstatter selbst hatte ihn in einem solchen Kampf gesehen und daraus Wesentliches schließen können. Er erzählte, daß eine Reihe von Leuten gemeinsam jemand helfen wollte und daß auch oncle Grillade hierbei mittat, doch daß dieser nichts erhalten und eine Niederlage erlitten hatte. Und daß später, als der Erzähler abends zu ihm kam, um ihn zur Abschiedsfeier abzuholen, er den Onkel bei der großen Wäsche angetroffen habe: die Tante hatte ihm eben das Gesicht mit dem Schwamm abgerieben und trocknete ihn mit dem Handtuch ab.

Als er den Besuch begrüßte, steckte er ihm sogleich ein Goldstück in die Hand und sagte:

„Berichten Sie, daß ich dies soeben von ihr herausgebettelt habe."

„Aber ich kam doch, um Sie zu holen, damit wir gemeinsam feiern könnten."

„Das ist jetzt unmöglich."

„Warum?"

„Ich bin beschäftigt, Sie sehen doch: man hat mich bereits mit dem Schwamm gesäubert."

„Um so besser für einen Besuch."

„Nein, was da Besuch – ich sage Ihnen doch, daß ich beschäftigt bin. Man muß seine sacrifice ehrenhaft tragen."

Und so blieb er zugunsten der Bettler zu Hause bei seiner Omphale.

Dies berichtete ich der dicken Kinderfrau im panier mit der Taillenschneppe, und sie klatschte mit beiden Händen auf ihre feisten Schenkel und brach in ein lautes Gelächter aus.

„Da siehst du", sagte sie, „was für ein höherer Ratschluß für ihn ergangen war."

„Was denken Sie: ist er dabei glücklich oder nicht?"

„Warum sollte er denn nicht glücklich sein: wo sie doch eine gesetzte Frau ist und von Ansehen, und somit könnte er schon sehr mit Recht glücklich sein."

Und wahrhaftig – dies alles war freilich besser, als er es in seinem ganzen vorherigen Leben gehabt hatte.

Ich fürchte, daß mein Cheramour Ihnen nicht ganz verständlich sein wird, mein Leser, doch das ist nicht meine Schuld; ich habe ihn getreu aufgezeichnet. Ich persönlich fand nach der langen Gewohnheit mit ihm umzugehen, alles an ihm einfach und verständlich. Es handelt sich hier um einen generellen Gattungsbegriff und keine Stammeseigenschaft: er war der Sohn seines Erzeugers und so erblickte ich in ihm auch starke verwandtschaftliche Züge, die ihn sogar mit der Gräfin, die ihn zum Christentum bekehren wollte, verbanden. Das ist keine neueste Neuheit, sondern dies sind die Überbleibsel der alten verdorbenen Säfte. Cheramour war genauso ein ‚Misanthrop, der seiner Phantasie freie Bahn ließ', wie sein Erzeuger und wie die Gräfin; indes, er war ohne jeden Vergleich viel mehr mit Herz begabt als diese; freilich hatte er das nicht von ihnen, sondern es stammte von dort, von wo der Geist weht – er kommt und geht, und es erkennt ihn keiner. Cheramour war ein Mensch, genau wie jene zu nichts gut, und er wird zu der gleichen Zeit wie jene wohlbehalten der Fäulnis anheimfallen. Der ganze Unterschied wird nur darin bestehen, daß man von den ersten sagen wird, ‚sie verschieden', während man von Cheramour sagen wird, ‚er verreckte'. Indes, das ist alles vielleicht nicht so wichtig wie einige meinen oder es bildet zum mindesten nicht das Entscheidende für die Ewigkeit mit ihrem unendlichen Wege.

DIE GESCHICHTE VON DEM STÄHLERNEN FLOH UND DEM LINKSHÄNDER AUS TULA

Eine Volkslegende

Als der Imperator Alexander Pawlowitsch die Wiener Beratung zu Ende geführt, wünschte er alsbald durch Europa zu reisen und in der verschiedenen Herren Länder sich die Wunderwerke anzuschauen. So bereiste er denn alle Staaten, und es gelang ihm dank seiner Liebenswürdigkeit, die zwieträglichsten Unterhaltungen mit allen nur denkbaren Personen zu führen, von denen jede ihn irgendwie in Erstaunen zu versetzen bestrebt und auf ihre Seite zu ziehen geneigt war, doch war ständig der donische Kosak Platow um ihn, der solche Seitenabziehungen nicht liebte und, da er sich nach seiner Häuslichkeit sehnte, den Herrscher in einem fort verlockte heimzufahren. Wenn aber Platow bemerkte, daß den Herrscher etwas Ausländisches ganz besonders interessierte, so daß die gesamte Begleitung schon verstummen mußte, dann sagte Platow sogleich: so und so, und bei uns zu Hause ist das Eigne auch nicht schlechter – und lenkte den Herrscher damit ab.

Dieses wußten die Englischen und hatten zur Ankunft des Herrschers sich alsbald allerlei Schlauheiten ausgedacht, um ihn durch Ausländerei zu betören und vom Russischen abzuwenden, und sie erreichten auch in vielen Fällen dieses Ziel, zumal bei großen Versammlungen, allwo Platow sich auf französisch nicht fließend auszudrücken vermochte; jedoch interessierte dieser Umstand ihn wenig, denn er war ein verheirateter Mann und hielt alle französischen Unterhaltungen für dummes Zeug, das nicht einmal des Denkens wert sei. Als aber die Engelländischen den Herrscher in ihre verschiedenen Zeughäuser, ihre Waffen- und Seifensägeunternehmungen einluden, um ihm dort ihren Vorrang über uns in allen Gegenständen zu beweisen und sich dessen zu berühmen – da sprach Platow zu sich selber:

„Einmal muß Feierabend sein. Bis zur Stunde habe ich es ertragen, aber weiter geht's nicht. Treff' ich's oder treff' ich's nicht, meine eigenen Leute darf ich nicht preisgeben."

Und kaum hatte er dieses ernsthafte Wort mit sich selber gesprochen, da redete ihn der Herrscher also an:

„So und so, und morgen fahren wir beide, das Museum der Gewehre anzuschauen. Dort", sagte er, „sind solche Naturvollkommenheiten, daß, wenn man die anschaut, man nicht mehr darüber streiten kann, wir Russen seien mit unserer ganzen Bedeutung keinen Pfifferling wert."

Platow entgegnete dem Herrscher kein Wort, er versenkte nur seine Tadlernase in seinen flauschigen Filzmantel und befahl der Ordonnanz, als er nach Hause zurückgekehrt war, ihm aus dem Keller ein Fläschchen kaukasischen Branntweins heraufzuholen – einen rechten, waschechten Heuerling, und von diesem genehmigte er ein kräftiges Glas, betete darauf vor einem zusammenlegbaren Reiseheiligenschrein zu Gott, deckte sich mit seinem Mantel zu und begann sogleich derart zu schnarchen, daß im ganzen Hause für keinen Englischen mehr von Schlaf die Rede sein konnte.

Denn er dachte: Morgenstunde hat Gold im Munde.

2

Tags darauf, da fuhren der Herrscher und Platow sodann zum Museum. Der Herrscher nahm außer ihm keinen weiteren Russen mit, denn man hatte ihnen nur eine zweisitzige Kalesche geschickt.

So kamen sie zu einem kleinen Gebäude – die Anfahrt war unbeschreiblich, die Korridore zogen sich endlos hin, die Zimmer aber gingen eines ins andere, bis man schließlich im Hauptsaal zu verschiedenen riesigen Büstren kam, inmitten des Saales aber stand unter einem Waldachin der Appelsohn von Pellfettere.

Da blickte sich der Herrscher nach Platow um: ob dieser wohl sehr erstaunt sei und worauf er hinblicke. Platow aber ging seines Weges, die Augen gesenkt, als sähe er rings nichts – und drehte nur immer Ringe aus seinen Schnurrbartenden.

Da begannen die Engelländer verschiedene Verwunderlichkeiten zu zeigen und zu erklären, was wozu bei kriegerischen Umständen tauge: Fahrometer für die Mariner, kammehlerne Mantos fürs Fußvolk, für die Reiterei aber verpichte Wasserprüfer. Über all das freute sich der Herrscher, und das alles schien ihm sehr gut zu sein, Platow aber behielt seine Mienigkeit bei, als bedeute das für ihn alles nichts.

Da fragte der Herrscher:

„Ja, wie ist das nur möglich, und wieso diese Gefühllosigkeit in dir? Scheint dir hier wirklich nichts erstaunlich?"

Platow aber versetzte:

„Dieses allein scheint mir hierbei erstaunlich, daß meine wackern donischen Burschen ohne all das Krieg zu führen gewußt und an die zwanzig Heidenvölker verjagt haben."

Der Herrscher meinte:

„Das ist die reine Unvernunft."

Platow erwiderte:

„Weiß nicht, worauf das zu beziehen, doch wage ich nicht zu streiten und muß daher das Maul halten."

Da die Englischen eine solche Unterredung zwischen Platow und dem Herrscher gewahrten, führten sie diesen sogleich zu dem Appelsohn von Pellfettere selber und entnahmen dessen einer Hand ein Gewehr von Mortimer, der andern aber eine Pistolette.

„Da schau her", sagten sie dabei, „welch eine Produktivität wir haben", und überreichten bei diesen Worten das Gewehr.

Ruhig blickte der Herrscher das Mortimergewehr an, dieweil er solchene auch in Zarskoje Selo besaß; hierauf aber reichten sie ihm die Pistolette und meinten:

„Diese Pistolette ist von unbekannter und unnachahmlicher Meisterschaft – unser Admiral hat sie einem Räuberataman in Kandelabrien aus dem Gürtel gerissen."

Der Herrscher betrachtete die Pistolette und konnte sich daran nicht satt schauen.

Und stieß entsetzliche ‚Achs' aus.

„Ach, ach, ach!" verlautbarte er, „und wie kann man nur so ... ja wie kann man das nur so fein-fein herstellen!" – und wendete sich auf russisch an Platow und meinte: „Da! und wenn ich nur einen einzigen solchen Meister in Rußland hätte, wie überaus glücklich wollte ich über den sein und mich seiner brüsten, so daß ich diesen Meister sogleich zum Wohlgeborenen erheben würde."

Als Platow solche Worte vernahm, senkte er sogleich seine rechte Hand in seine großen Pluderhosen und zog von dort einen Gewehrschlüssel hervor. Die Englischen riefen zwar, dies Gewehr da sei nicht aufzumachen, er aber schenkte dem keine Aufmerksamkeit und polkte am Gewehrschloß herum. Er drehte einmal, er drehte zweimal – da war das Schloß herausgenommen. Und Platow zeigte dem Herrscher das Zünglein, und an der Krümmung war da richtig eine russische Inschrift: „Iwan Moskwin zu Tula der Stadt."

Die Englischen wunderten sich sehr und einer stieß den andern an:

„Ach je, da haben wir einen Bock geschossen!"

Der Herrscher aber bemerkte verstimmt zu Platow:

„Warum hast du sie so in Verlegenheit gebracht, sie tun mir jetzt überaus leid. Fahren wir."

Sie nahmen alsdann aufs neue in der zweisitzigen Kalesche Platz und fuhren ab, denn der Herrscher war an diesem Tage zu einem Ball geladen; Platow aber, der genehmigte sich ein noch größeres Glas des Heuerlings und fiel darauf in festen Kosakenschlaf.

Ihm war sowohl freudig zumute, daß er die Englischen so in Verlegenheit gebracht und den Meister aus Tula ins Gesichtsfeld visiert hatte, als auch ärgerlich: wieso kam dem Herrscher bei einer solchen Gelegenheit in den Sinn, die Englischen zu bemitleiden!

Und was mag den Herrscher nur gekränkt haben? So überlegte Platow – das kann ich kein klein bißchen verstehen – und stand in solchen Überlegungen an die zween Male auf, bekreuzigte sich und trank ein Schnäpschen, bis er endlich mit Gewalt sich in allertiefsten Schlaf versetzt hatte.

Die Englischen jedoch schliefen in der gleichen Zeit auch nicht, da auch sie sich Kopfzerbrechen machten. Und derweil sich der Herrscher auf dem Ball amüsierte, richteten sie ihm eine solche Verwunderlichkeit her, daß es sogar Platow die gesamte Phantasie verschlug.

3

Tags darauf, als Platow vor den Herrscher trat, ihm guten Morgen zu wünschen, sprach der zu ihm:

„Man möge gleich die zweisitzige Kalesche anspannen, wir fahren zu einem neuen Museum, weiterhin Verschiedenes anzuschauen."

Da wagte Platow sogar anzumelden, ob es nicht vielleicht genug sei mit der Betrachtung fremdländischer Produkte und ob es nicht am Ende besser wäre, sich heim nach Rußland zu begeben? – der Herrscher aber meinte:

„Nein, ich wünsche noch andere Neuheiten anzuschauen: man rühmte mir, die bereiteten hier einen ganz erstklassigen Zucker."

So fuhren sie los.

Die Englischen zeigten dem Herrscher alles: welche verschiedenen Arten von Zucker erster Klasse bei ihnen zubereitet würden, Platow aber schaute nur und schaute, mit eins jedoch warf er hin:

„Könnt ihr uns nicht eure Fabriken für den Zucker ‚Mollwo' zeigen?"

Die Englischen aber wußten nicht einmal, was dieses Mollwo zu bedeuten habe. Sie flüsterten miteinander, sie zwinkerten miteinander, sie raunten einander nur das eine zu: „Mollwo, Mollwo", konnten aber nicht erfassen, daß bei uns ein solcher Zucker hergestellt würde, und mußten schließlich eingestehen, sie hätten alle Zuckerarten, nur eben den ‚Mollwo' nicht.

Platow sagte da:

„Nun, dann sollt ihr gar nicht erst prahlen. Dann fahrt lieber zu uns, und wir werden euch Tee zu trinken geben mit echtem Mollwo aus der Bobrinskschen Fabrik."

Da zupfte ihn der Herrscher am Ärmel und meinte leise:

„Bitte, stör mir meine Politik nicht."

Alsbald baten die Englischen den Herrscher in ihre allerletzte Museumsabteilung, allwo aus der ganzen Welt Mineralsteine gesammelt waren und Nymphosorien, beginnend mit der gewaltigsten ägyptischen Keramide bis zum Sandfloh, den man mit Augen unmöglich sehen kann, dessen Stiche aber zwischen Haut und Körper zu spüren sind.

So fuhr der Herrscher denn hin.

Sie betrachteten die Keramiden und sonstige ausgestopften Tiere, als sie aber hinausschritten, da dachte Platow insgeheim:

„Na Gottseidank, alles ging gut ab, der Herrscher fand nichts, worüber er sich wundern mußte."

Allein, als sie in das allerletzte Zimmer kamen, da standen dort Arbeiter in Toujourswesten, die Arbeitsschürzen vorgebunden, und präsentierten ein Tablett, auf dem sich nichts befand.

Da mußte sich der Herrscher mit eins verwundern, wieso man ihm ein leeres Tablett präsentiere.

„Und was hat das zu bedeuten?" frug er; die englischen Meister aber erwiderten: „Das ist, Euer Majestät, unser ergebenstes Präsent."

„Ja, was ist es denn?"

„Geruhen nämlich", meinten die Englischen, „das Stäubchen dort zu betrachten?"

Der Herrscher schaute hin und sah, wahrhaftig, auf dem silbernen Präsentierbrett lag was wie ein kleinwinziges Stäubchen.

Die Arbeiter sagten:

„Geruhen den Finger anzuspeicheln und es auf die Handfläche zu legen."

„Was soll ich denn mit diesem Stäubchen?"

„Das", entgegneten sie, „ist kein Stäubchen, sondern ein Nymphosorium."

„Und lebt dieses?"

„Zu Befehl, nein", antworteten sie, „das lebt nicht, das ist von uns aus reinstem englischen Stahl in der Form eines Flohs geschmiedet, in seinem Zentrum aber befinden sich ein Aufziehwerk und eine Feder. Geruhen nur das Schlüsselchen umzudrehen: der Floh wird sogleich einen Dansé tanzen ..."

Da wurde der Herrscher neugierig und fragte:

„Aber wo ist denn das Schlüsselchen?"

Die Englischen zur Antwort:

„Hier liegt auch der Schlüssel vor Ihren Augen."

„Warum", bemerkte der Herrscher, „kann ich denn seiner nicht gewahr werden?"

„Darum", lautete die Erwiderung, „weil man ihn nur durchs Bekiekroskop erblicken kann."

So wurde ein Bekiekroskop herangebracht, der Herrscher aber sah darin, daß neben dem Floh wahrhaftig ein Schlüsselchen auf dem Präsentierbrett lag.

„Geruhen, den Floh auf die Handfläche zu betten", sagten die, „im Bäuchlein hat er ein Löchlein zum Aufziehen, und den Schlüssel muß man siebenmal drehen, dann aber geht der Floh im Dansé los ..."

Mit großer Mühe gelang es dem Herrscher das Schlüsselchen zu ergreifen, und mit großer Mühe hielt er es in zwei Fingern, mit zwei andern Fingern aber packte er den Floh. Kaum jedoch hatte er den Schlüssel eingesetzt, da spürte er bereits, wie die Fühlerfäden sich bewegten, wie die Beinchen sich zu regen begannen, und mit eins sprang der Floh auf und machte im Fluge gradaus einen Dansé und zwei Spieleretten nach der einen Seite und hierauf auch nach der andern Seite und tanzte so in drei Spieleretten die ganze Quadrille vor.

Auf der Stelle befahl der Herrscher, den Englischen eine Million auszubezahlen, in welchem Gelde sie das immer wünschten, ob nun in silbernen Fünfern oder in kleinen Banknoten.

Die Englischen baten, man möge ihnen Silber anweisen, da sie sich mit den Papierchen nicht auskennten; hierauf aber brachten sie sogleich ihre andere Listigkeit vor: den Floh, den schenkten sie zwar, ein Futteral dafür aber hatten sie nicht herbeigeschafft: und wie sollte man den Floh und den Schlüssel ohne Futteral aufbewahren, man mußte die beiden ja ohne das verlieren und mit anderem Abfall fortwerfen. Doch jene hatten ein Futteral aus einer kompakten Brillantnuß angefertigt und darin für beides in der Mitte einen Platz ausgestanzt. Dieses Futteral aber, das gaben sie nicht her, denn das Futteral, sagten sie, sei Kronsgut, und im Hinblick auf Krongüter gäbe es bei ihnen strenge Vorschriften, so daß man nicht einmal für den Herrscher so was herausrücken dürfte.

Platow ärgert sich hierüber mächtig, also sagte er:

„Und wozu nur solch eine Gaunerei! – machen ein Geschenk, erhalten eine Million – und ist ihnen immer noch zuwenig! Ein Futteral", sagte er, „und das gehört zu jeder Sache."

Aber der Herrscher entgegnete:

„Laß bitte, das ist nicht deine Sache – stör mir meine Politik nicht. Die haben eben ihre Sitten." Worauf er fragte: „Was kostet die Nuß, in welcher der Floh untergebracht ist?"

Die Englischen verlangten dafür noch Fünftausend.

Alexander Pawlowitsch, der Herrscher, bestimmte also dann: „Wird ausbezahlt", und tat selber den Floh in die Nuß und mit dem Floh auch den Schlüssel; auf daß er aber die Nuß nicht verliere, steckte er sie in seine goldene Tabatiere, die Tabatiere jedoch befahl er in seiner Reiseschatulle unterzubringen, die ganz mit Perlmutt ausgelegt war und mit Fischbein. Was die englischen Meister aber anlangte, die verabschiedete der Herrscher mit allen Ehren und sagte ihnen hierbei: „Ihr seid die ersten Meister auf der ganzen Welt, und meine Leute, die können nichts im Vergleich mit euch."

Jene waren darüber sehr befriedigt, Platow dagegen konnte wider die Worte des Herrschers nichts einwenden.

Allein er nahm wenigstens das Bekiekroskop und steckte es, ohne ein Wort zu verlieren, in seine eigene Tasche, denn: hierhinein gehört es, meinte er, und Geld habt ihr ohnehin von uns mehr als genug gefaßt.

Nichts davon erfuhr der Herrscher bis zur Ankunft in Rußland, wohin die beiden bald abreisten, denn von all den Kriegsgeschäften hatte sich beim Herrscher eine Melancholie eingestellt, und ihn verlangte nach einer geistlichen Beichte beim Popen Fedot in Taganrog.[1] Unterwegs aber gab es zwischen ihm und Platow nur wenig angenehmen Plauderns, da sie völlig verschiedener Ansicht geworden waren: während der Herrscher die Meinung hegte, die Engländer hätten ihresgleichen nicht in Kunstfertigkeit, blieb Platow dabei, daß auch die Unsrigen alles das ausführen könnten, was immer sie ins Auge faßten, nur fehle ihnen die nützliche Unterweisung vorher. Und er stellte dem Herrscher vor, daß doch die engländischen Meister für alles ganz andere Regeln des Lebens hätten, der Wissenschaft und der Verpflegung, und daß ein jeder Mensch bei ihnen über alle ‚absoluten' Möglichkeiten für sich selber verfüge und somit nur hieraus herrühre, daß ein ganz anderer Sinn in einem solchen sei.

Dies mochte der Herrscher nicht lange anhören, und so trat Platow auf jeder Station ins Freie und trank vor Ärger ein großes Wasserglas voll Schnaps, wozu er eine Salzbrezel verzehrte und darauf sogleich seine Wurzelpfeife ansteckte, in die ein ganzes Pfund Tabak von Schukow auf einmal hineinging, worauf er wieder einstieg und stumm neben dem Zaren im Wagen saß. Der Herrscher schaute nach der einen Seite. Platow aber hängte sein Pfeifenrohr durchs andere Fenster und paffte in den Wind. So gelangten sie bis Petersburg, zum Popen Fedot aber nahm der Herrscher den Platow schon gar nicht mehr mit.

[1] Dieser ‚Pope Fedot' ist nicht aus der Luft gegriffen: vor seinem Hinscheiden beichtete der Kaiser Alexander Pawlowitsch in Taganrog bei dem Geistlichen Alexej Fedotow-Tschechowskoj, der sich später ‚Beichtiger seiner Majestät' nannte und es liebte, diesen völlig zufälligen Umstand hervorzuheben. Nun und eben dieser Fedotow-Tschechowskoj ist augenscheinlich der legendäre ‚Pope Fedot' (Anmerkung des Verfassers).

„Du bist", sagte er, „zu unterhaltsam für geistliche Unterredung, und du rauchst mir so viel, daß sich mir von deinem Rauch lauter Ruß im Kopfe sammelt."

So hatte denn Platow seine Kränkung weg und legte sich zu Hause auf die verdrießliche Lottermane, und dort blieb er liegen und rauchte ohne Unterbruch den Tabak von Schukow.

4

Der erstaunliche Floh aus englischem brüniertem Stahl verblieb somit bei Alexander Pawlowitsch unter dem Fischbein in der Schatulle, bis dieser ihn bei seinem Hinscheiden in Taganrog dem Popen Fedot gab, damit er ihn später der Herrscherin überreichen möge, wenn sie wieder zur Ruhe gekommen sei. Die Kaiserin Jelisaweta Alexejewna beschaute sich die Floh-Spieleretten und lachte darüber, befaßte sich jedoch nicht weiter damit.

„Denn", so sagte sie, „meine Sache ist jetzt eine Witwensache, und für mich sind keinerlei Vergnügungen mehr verführerisch", und so übermittelte sie, nach Petersburg zurückgekehrt, das Wunderding mit allen anderen Kostbarkeiten als Erbschaft dem neuen Herrscher.

Kaiser Nikolai Pawlowitsch schenkte zu Beginn dem Floh ebenfalls keinerlei Aufmerksamkeit, gab es doch bei seinem Regierungsantritt gleich einen Aufruhr; als er aber dann einmal die ihm von seinem Bruder überkommene Schatulle ansah, zog er aus ihr die Tabatiere hervor, entnahm der Tabatiere die brillantene Nuß, und in dieser fand er den stählernen Floh, der schon lange nicht mehr aufgezogen worden war und daher nicht funktionierte, sondern mäuschenfromm dalag, als sei er steif und starr geworden.

Das sah der Herrscher und staunte.

„Was ist das für ein unnützes Ding, und wozu befand es sich bei meinem Bruder in solcher kostbaren Aufbewahrung?

Die Hofleute wollten den Floh fortwerfen, allein der Herrscher meinte:

„Nein, das hat bestimmt etwas zu bedeuten."

Alsbald so berief man von der Anitschkinbrücke aus der gegenüberliegenden Apotheke einen Chemiker, der auf den allerfeinsten Waagen die Gifte abzuwiegen hatte, und dem zeigte man den Floh; dieser aber nahm sogleich den Floh, tat ihn auf seine Zunge und sagte darauf: „Ich spüre eine Kälte wie von einem starken Metall.“ Darauf drückte er leicht mit dem Zahn darauf und erklärte:

„Wie Sie belieben, allein dies ist kein waschechter Floh, sondern ist ein Nymphosorium, und dieses ist aus Metall gemacht und ist die Arbeit nicht unsere, keine russische.“

Der Herrscher ordnete an, sogleich in Erfahrung zu bringen, von wo dies Nymphosorium herstamme und was es zu bedeuten habe.

In großer Hast ging man ohne Verzug daran, die Akten und Register zu wälzen, jedoch stand in den Akten nirgends etwas aufgezeichnet. So begann man diesen und jenen auszufragen, allein da wußte keiner auch nur das geringste. Zu allem Glück jedoch lebte Platow, der donische Kosak, noch und lag sogar immer noch auf seiner verdrießlichen Lottermane, wo er die Pfeife schmauchte. Und kaum vernahm dieser, daß es im Palast solch eine Unruhe gäbe, da erhob er sich alsobald von seiner Lottermane, ließ die Pfeife Pfeife sein und trat vor den Herrscher im Schmuck aller seiner Orden hin. Der Herrscher fragte:

„Was für ein Wunsch, du herzhafter Greis, führt dich zu mir?“

Platow jedoch erwiderte:

„Euer Majestät, für mich selber steht mir nichts zu Diensten, da ich nach Wunsch zu essen und zu trinken habe und mit allem zufrieden bin. Ich kam aber“, so sprach er, „Bericht hinsichtlich dieses Nymphosoriums zu erstatten, das man aufgefunden hat: dies“, so sprach er weiter, „trug sich nämlich so und so zu und ging im Engländischen vor meinen Augen vor sich – und bei dem Floh befindet sich ein Schlüsselchen, ich aber besitze immer noch denen ihr Bekiekroskop, durch das man es erblicken kann, und mit diesem Schlüsselchen kann dieses Nymphosorium vermittels des Bäuchleins aufgezogen werden, und dann kann es springen, in welchem Raum immer, und kann nach den Seiten hin seine Spieleretten vorführen.“

Man zog den Floh auf, und der hüpfte sogleich, Platow aber redete weiter:

„Euer Majestät“, so äußerte er sich, „und dies ist in der Tat eine äußerst feinsinnige und interessante Arbeit, allein sich ihr staunend mit vollem Rausch der Gefühle hinzugeben, taugt auch zu nichts, man müßte sie vielmehr einer russischen Revision in Tula unterziehen lassen oder in Sesterbek – dazumal nannte man Sestrorezk noch Sesterbek –, ob unsere Meister das nicht noch zu übertreffen vermögen, damit die Engländischen sich nicht über uns Russen aufblähen können.“

Da Nikolai Pawlowitsch, der Herrscher, von seinen eigenen russischen Leuten eine große Meinung hatte und hinter keinem Ausländer zurückzutreten liebte, entgegnete er dem Platow so:

„Dies, du herzhafter Greis, hast du gut gesagt und so übertrage ich denn dir die Durchführung dieser Sache. Diese Schatulle ist mir ohnehin bei meinen jetzigen Sorgen nicht vonnöten – und so nimm denn du sie mit dir und lege dich nicht mehr auf deine verdrießliche Lottermane, sondern begib dich alsobald zum Stillen Don und führe dort mit meinen Donischen die zwieträglichsten Gespräche über ihr Leben und ihre Ergebenheit und frage, was ihnen nach Sinn sei. Wenn du aber durch Tula kommst, so weise meinen Meistern in Tula dieses Nymphosorium vor, und mögen sie darüber nachdenken. Und sage ihnen von mir, daß mein Bruder über dies Ding in Staunen geraten sei und daß er die fremden Leute, die dieses Nymphosorium angefertigt, mehr denn alle gepriesen habe; ich jedoch baute auf die Meinen, daß die um kein bißchen geringer seien. Sie werden meine Worte nicht mißachten und werden schon irgend etwas anfertigen.“

5

Platow nahm den stählernen Floh, und als er auf seiner Reise nach dem Don über Tula kam, wies er ihn den Tulaer Büchsenmachern vor und gab ihnen die Worte des Herrschers wieder, hiernach aber fragte er:

„Wie wollen wir verbleiben, Rechtgläubige?"

Die Büchsenmacher entgegneten:

„Das gnädige Wort des Herrschers, das empfinden wir tief, Väterchen, und werden es schon deswegen nie vergessen, weil er auf seine Untertanen baut; wie wir uns aber im gegenwärtigen Fall herausfinden sollen, das können wir so in einem Augenblick nicht sagen, denn die engländische Nationalität ist auch nicht dumm, sondern sogar ziemlich schlau, und die Künste, die sie dort ausüben, sind ungemein sinnvoll. Man sagt, wenn man wider sie ist, dann muß man das mit Überlegung anstellen und mit Gottes Segen. Wenn du aber, Gnaden, zu uns das gleiche Zutrauen hast wie unser Herrscher, dann fahr du nur zu deinem Stillen Don, das Flöhchen aber, das laß du uns hier, so wie es ist, im Futteral und in dem goldenen Tabakdöschen des Zaren. Spazier du nur am Don herum und laß deine Wunden ausheilen, die du fürs Vaterland empfingst; wenn du dann aber auf dem Rückweg wieder durch Tula kommst, mach halt und schick nach uns: wir werden zu der Zeit, so Gott will, uns was erdacht haben."

Platow war nicht ganz zufrieden damit, daß die Tulaer soviel Zeit verlangten und sich zudem nicht klar darüber ausließen, was sie denn nun zu tun gedächten. Er fragte sie so und anders aus und versuchte es auf jede Art, mit ihnen nach donischer Weise schlau daherzureden; die Tulaer aber standen ihm in Schläue nicht nach; da sie sogleich einen Gedanken gefaßt hatten, von dem sie nicht annehmen konnten, daß Platow dem Glauben schenken würde, so war es ihre Absicht, ihre verwegene Idee verschwiegen auszuführen und alsdann die Sache abzuliefern. Sie sprachen:

„Wir wissen selber noch nicht recht, was wir anstellen werden, aber wir wollen auf Gott vertrauen, und so möge durch uns das kaiserliche Wort keine Herabwürdigung erfahren."

Und welche Winkelzüge Platow auch mit dem Verstande vornahm, die Tulaer vergalten ihm mit Gleichem.

Und wieviel Kniffe über Kniffe Platow auch ersann, er erkannte, daß er die Tulaer nicht zu überkniffeln vermochte, und so gab er ihnen denn die Tabakdose mit dem Nymphosorium und versetzte:

„Ich sehe, da ist nicht viel zu wollen", so sagte er, „geschehe denn nach eurem Sinn; ich kenne euch ja, wie ihr seid, und da ist nun nichts weiter zu machen – ich glaube euch, aber schaut nur, daß ihr mir den Brillanten nicht vertauscht und daß ihr mir die feine engelländische Arbeit nicht vermaddert, und vertrödelt auch nicht zuviel Zeit damit, denn ich reise mit großer Geschwindigkeit: keine zwei Wochen werden vergehen, daß ich vom Stillen Don wieder nach Petersburg umkehre. Und daß mir dann auf jeden Fall etwas da ist, was ich dem Herrscher vorweisen kann."

Die Büchsenmacher beruhigten ihn hinsichtlich dieses Punktes völlig:

„Die feine Arbeit", meinten sie, „die werden wir schon nicht beschädigen, und auch den Brillanten werden wir nicht vertauschen und zwei Wochen sind für uns genügend Zeit. Und für den Augenblick, wenn du wiederkehrst, da wirst du schon *etwas* erhalten, das würdig sein wird, der kaiserlichen Herrlichkeit vorgewiesen zu werden."

Allein, was das sein sollte, darüber hatten sie nichts verlautbart.

6

Platow reiste aus Tula ab, die Büchsenmacher aber, drei Mann hoch, und zwar die geschicktesten unter ihnen, einer davon ein schielender Linkshänder, auf der Backe ein Muttermal, während an seinen Schläfen ihm die Haare in der Lehrzeit ausgerissen worden waren – diese nahmen Abschied von ihren Kameraden und von ihren Hausgenossen und packten, ohne jemand ein Wort weiter zu sagen, den nötigen Proviant in ihre Felleisen und verschwanden aus der Stadt.

Man bemerkte nur, daß sie sich nicht zum Moskauer Tor begaben, sondern zum entgegengesetzten, das nach der Kiewer Seite zu lag, und so glaubte man, daß sie sich nach Kiew begeben wollten zu den dort im Grabe ruhenden Märtyrern, diesen ihre Verehrung darzubringen, oder daß sie sich dort mit einem von den lebenden heiligen Männern beraten wollten, die sich stets zu Kiew im Überfluß aufhalten.

Allein dieses kam alles nur der Wahrheit nahe und war doch nicht die Wahrheit selber. Weder Zeit noch Entfernung gestatteten den Tulaer Meistern, in drei Wochen zu Fuß nach Kiew zu pilgern und darüber hinaus Zeit zu finden, eine Arbeit zu vollenden, welche die engelländische Nation beschämen müßte. Sie hätten eher nach Moskau wandern können, dort zu beten, denn bis dahin sind es ja nur alles in allem ‚zwomalneunzig' Werst, und heilige Märtyrer sind dort ebenfalls reichlich zur Ruhe gesetzt worden. In der entgegengesetzten Richtung aber, bis Orjol, sind es zwar ebenfalls nur ‚zwomalneunzig', allein von Orjol bis Kiew hat man noch gut fünfhundert Werst zurückzulegen. Solch einen Weg, und den legt man nicht schnell zurück, legt man ihn aber zurück, dann ruht einer nicht sobald davon aus – lange noch werden die Beine danach spröde wie Glas sein und die Hände zittern. Einigen andern aber kam es bei, die Meister hätten dem Platow nur einen Bären aufgebunden und seien, nachdem sie zur Vernunft gekommen, völlig verzagt und wären jetzt ganz und gar ausgerissen, wobei sie die goldene Tabaksdose des Zaren hätten mitgehen heißen, sowie den Brillanten und den so viel Unruhe stiftenden engelländischen stählernen Floh im Futteral.

7

Die von Tula, gescheite Leute, die in der Metallkunde was los haben, sind auch als die besten Kenner religiöser Dinge weit bekannt. Von ihrem Ruhm in dieser Hinsicht ist sowohl das Heimatland voll als auch der heilige Berg Athos: sie sind nicht nur große Meister im verschnörkelten Gesang, nein, sie wissen auch, wie etwa ein Bild ‚das Abendläuten' zu malen sei, und wenn einer von ihnen sich dem großen Dienst hingibt und zum Mönchtum übertritt, alsdann gelten solche für die besten Klosterökonomen, und es gehen aus diesen die allerfähigsten Almosensammler hervor. Auf dem heiligen Berg Athos weiß man, daß die Tulaer die allereinträglichsten Leute sind, denn wären nicht sie, so hätten zweifellos viele dunkle Winkel Rußlands sehr viele von den Heiligtümern des entfernten Ostens nie zu Gesicht bekommen, Athos dagegen hätte auf viele nützliche Spenden russischer Freigebigkeit und Frömmigkeit Verzicht leisten müssen. Heutzutage fahren diese ‚Tulaer Athosleute' ihre Heiligkeiten durchs ganze Vaterland und verstehen es meisterhaft, selbst dort milde Gaben zu sammeln, wo sonst nichts mehr zu holen ist. Was ein Tulaer ist, der ist erfüllt von kirchlicher Andächtigkeit, er ist aber gleichzeitig auch ein gewaltiger Praktiker in diesen Dingen, und somit begingen die drei Meister, die es unternommen hatten, Platow und mit ihm dem ganzen Rußland zu Hilfe zu kommen, keinen Fehler damit, daß sie sich nicht nach Moskau, sondern gen Süden begaben. Sie zogen nämlich keineswegs nach Kiew, sondern sie wanderten nach Mzensk, einer Kreisstadt des Gouvernements Orjol, in welcher sich eine uralte ‚steingeschnittene' Ikone des heiligen Nikolaus befindet, die in den urältesten Zeiten auf dem Fluß Suscha auf einem großen, ebenfalls aus Stein gefertigten Kreuz hierher geschwommen kam. Diese Ikone war von ‚schrecklichem und überaus fürchterlichem' Anblick, der lykische Bischof ist darauf aufrecht abgebildet, ganz in silbervergoldeten Ornat gehüllt und von dunklem Angesicht, in der einen Hand hält er einen Tempel, in der andern aber ein Schwert, als Zeichen der ‚kriegerischen Bezwingung'. Und in dieser ‚Bezwingung', da lag eben der Kern der Sache: der heilige Nikolaus ist überhaupt der Patron des Handels und des Kriegswerkes, der ‚Mzenskische Nikola' aber ganz besonders, und eben ihn anzubeten, danach trachteten die Tulaer. Sie verrichteten einen Gottesdienst vor der Ikone selber und hierauf noch einen vor dem Steinernen Kreuz und kehrten schließlich ‚mitternächtlicherweile' nach Hause zurück, wo sie, ohne ein Wörtchen zu verlieren, im gräßlichsten Geheimnis sich an ihr Werk machten. Sie begaben sich alle drei in das Häuschen des Linkshänders, verriegelten die Türen, schlossen die Fenster mit Läden dicht ab, steckten das Lämpchen vor dem Bild des heiligen Nikolaus an und begannen zu arbeiten.

So saßen sie einen Tag, zwei Tage und drei Tage und gingen nirgendshin aus, und nur ihre Hämmerchen pochten ohne Unterlaß. Sie schmiedeten etwas, doch was sie in Wahrheit schmiedeten, davon ward nichts bekannt.

Klar, daß alle im Umkreise ihre Neugierde bekundeten, doch konnte niemand nicht das geringste erfahren, dieweil die Arbeitenden nichts verlautbaren ließen und sich draußen nicht zeigten. Zwar begaben sich verschiedene Personen zu dem Häuschen und klopften unter den verschiedensten Vorwänden an die Tür, um Feuer oder um Salz zu erbitten, die Künstler aber machten, was immer auch kam, nicht auf, und so blieb es selbst ungewiß, wovon sie sich ernährten. Ja, man versuchte sogar, sie in Angst zu versetzen, man streute aus, es brenne ein Haus in der Nachbarschaft – vielleicht, daß sie in ihrem Schrecken herausspringen und dann doch erkennen lassen würden, was sie eigentlich geschmiedet hätten, allein nichts wollte bei diesen schlauen Meistern verschlagen. Auf einen kurzen Augenblick nur steckte der Linkshänder den Kopf bis an die Schultern heraus und schrie:

„Brennt nur immerzu ab, wir haben keine Zeit dafür" und zog aufs neue seinen zerzausten Kopf ein, schlug den Fensterladen zu und machte sich weiter an seine Sache.

Und nur durch die kleinwinzigsten Ritzen konnte man gewahren, daß im Innern des Hauses Feuerschein blitzte, und konnte man vernehmen, wie die feinen Hämmer auf klingenden Ambossen etwas heraushämmerten.

Mit einem Wort, das Ganze spielte sich in einem solchen schrecklichen Geheimnis ab, daß einfach nichts herauszubringen war, und zudem dauerte es genau, bis der Kosak Platow vom Stillen Don zu seinem Herrscher zurückkehrte, denn während dieser ganzen Zeit sahen unsere Meister keinen einzigen Menschen und führten auch mit keinem eine Unterredung.

8

Platow, der reiste sehr schnell, wenn auch mit Zeremonien: er selber saß in der Kalesche unter dem Schutzdach, auf dem Kutschbock aber hockten zu beiden Seiten des Kutschers zwei Kosaken mit ihren Peitschen, zwei Pfiffikusse, die egal weg die Peitschen pfeifen zu lassen hatten, und diese waren ohne Gnade und Barmherzigkeit mit dem Kutscher beschäftigt, damit die Fahrt schnell vonstatten ging. Wenn aber einer dieser Kosaken einnickte, dann stieß Platow aus der Kalesche mit dem Fuß nach dem, und sogleich ging es noch böser dahin. Diese Methoden des Antreibens wirkten so erfolgreich, daß es vor keinem der Stationsgebäude gelingen wollte, die Pferde zum Stehen zu bringen, sondern sie fegten mindestens jeweilig ihre hundert Sprünge über die Haltestelle hinaus, und dann mußte jedesmal der Kosak beim Kutscher Gegenmaßnahmen ergreifen, um zur Auffahrt zurückzukehren.

Also rollten sie auch in Tula ein – und flogen ebenso hundert Sprünge über das Moskauer Tor hinaus, und erst nachdem der eine Kosak mit seiner Peitsche auf den Kutscher in der Gegenrichtung eingewirkt hatte, hielten sie an der Vortreppe, wo die neuen Pferde angespannt werden sollten. Platow verließ die Kalesche nicht, sondern befahl dem einen Pfiffikus, so schnell wie möglich die Arbeiter vorzuführen, denen er den Floh gelassen. Alsbald setzte sich einer der Pfiffikusse in Trab: jene hätten so schnell wie möglich zu kommen und ihre Arbeit vorzuweisen, die bestimmt war, die Engelländischen zu beschämen. Allein noch konnte dieser Pfiffikus nicht weit gekommen sein, da sandte Platow bereits den zweiten Boten, einen hinter dem andern nach, man solle sich tunlichst beeilen.

Nachdem er seine beiden Pfiffikusse hingejagt, begann er schon damit, einfache Leute aus dem neugierigen Zuschauerpublikum auszuschicken, ja er setzte bereits selber vor Ungeduld ein Bein aus der Kalesche und wollte vor lauter Ungeduldigkeit in eigner Person laufen, und knirschte dabei nur so mit den Zähnen, denn es ging ihm immer noch nicht schnell genug.

Jaja, in jener Zeit, da wurde verlangt, daß alles immer außerordentlich akkurat und schnell vor sich gehe, damit nicht eine Minute für die russische Nützlichkeit verloren würde.

9

Die Tulaer Meister, die an ihrem erstaunlichen Werk waren, beendeten um diese Zeit gerade ihre Arbeit. Die Pfiffikusse langten völlig ausgepumpt vor dem Hause an, die gewöhnlichen Leute aus dem neugierigen Publikum aber, die kamen gar nicht erst bis dort hin; denn ihnen waren unterwegs vor lauter Ungewohntsein die Beine auseinandergefallen, und so waren sie hingestürzt, worauf sie sich schließlich vor Furcht, daß Platow sie nicht sehe, nach Hause retteten oder sich versteckten, wo es sich gerade traf.

Die Pfiffikusse waren kaum hingesprungen, da stießen sie auch gleich Schreie aus und wollten, als sie sahen, daß jene sich nicht anschickten zu öffnen, ungeniert die Riegelbolzen an den Fensterläden abreißen, aber die Bolzen saßen so fest, daß sie sich nicht bewegen ließen; sie rüttelten darauf an der Tür, die Tür jedoch war von innen mit eichenen Brettern fest verrammelt. Darauf faßten die Pfiffikusse auf der Straße einen Balken, schoben den nach Feuerwehrmanier unter den Vorsprung des Daches und hoben mit eins das ganze Dach von dem kleinen Hause ab. Doch kaum hatten sie das Dach abgehoben, da schmiß es sie sogleich um, weil sich bei den Meistern während der pausenlosen Arbeit in dem engen Häuslein eine derartig schweißdurchsetzte komprimierte Druckluft gebildet hatte, daß einem nicht daran gewöhnten

Menschen, der aus der frischen Luft kam, auch nur ein Atemzug davon schon gefährlich werden konnte.

Die Boten schrien:

„Was tut ihr da, ihr Diese und Jene, ihr Hallodris, und wie wagt ihr, uns mit einer solchen Druckluftsäule umzuschmeißen! Oder habt ihr etwa gar keine Furcht vor Gott mehr!"

Jene jedoch erwiderten:

„Gleich, gleich, wir hämmern nur das letzte Nägelchen ein und werden, sobald es eingehämmert ist, unsere Arbeit herausbringen."

Die Boten dagegen versetzten:

„Bis dahin wird er uns lebendigen Leibes verzehrt und nichts von uns übriggelassen haben, daß man nur unserer Seelen gedenken kann."

Allein, was die Meister waren, die antworteten:

„Er wird nicht imstande sein, auch nur den ersten Bissen hinunterzuschlucken, denn dieweil ihr hier gesprochen, haben wir bereits den letzten Nagel eingeschlagen. Lauft denn und sagt, daß wir es gleich bringen."

Da liefen die Pfiffikusse dahin, aber sie waren ihrer Sache nicht recht sicher – denn sie meinten nämlich, die Meister wollten sie nur betrügen; und so liefen sie und liefen, aber schauten sich alleweil dabei um; die Meister jedoch, die kamen hinter ihnen her und beeilten sich so sehr, daß sie nicht einmal ihre Kleider so völlig in Ordnung gebracht hatten, wie es sich gehört hätte, um vor eine so bedeutende Person zu treten, sondern sie nestelten noch während des Weges die Schließen an ihren Kaftanen zu. Und zwei von ihnen, die hielten dabei rein gar nichts in ihren Händen, während der dritte, der Linkshänder, in grünem Überzug die fürstliche Schatulle mit dem engelländischen stählernen Floh trug.

10

Die Pfiffikusse liefen zu Platow heran und sagten:

„Da sind sie schon selber!"

Platow unverzüglich zu den Meistern:

„Fertig?"

„Alles fertig", entgegneten die.

„Her damit."

Sie gaben es her.

Derweilen war die Kalesche bereits angespannt, der Kutscher aber und der Vorreiter befanden sich auf ihren Plätzen. Und die Kosaken hatten alsbald neben dem Kutscher Platz genommen, hoben ihre Peitschen über seinem Haupt und hielten sie so geschwungen.

Platow riß die grüne Stoffhülle ab, öffnete die Schatulle, nahm die goldene Tabatiere aus der Watte und zog die Brillantnuß aus der Tabatiere – und darin erblickte er dies: der engelländische Floh lag darin wie zuvor, und außer diesem war nichts weiteres darin.

Platow sagte:

„Was soll das wieder heißen? Und wo ist denn eure Arbeit, mit welcher ihr dem Herrscher Trost zusprechen wolltet?"

Da entgegneten ihm die Büchsenmacher:

„Auch unsere Arbeit ist dabei."

Frug Platow:

„Und worin beruht denn die?"

Aber die Büchsenmacher versetzten:

„Wozu das erläutern? Sie können hier alles sehen – schauen Sie nur genauer hin."

Platow zog die Schultern hoch und schrie:

„Und wo steckt der Schlüssel vom Floh?"

„Ja, dort selbst doch", entgegneten sie: „Wo der Floh ist, da liegt auch der Schlüssel, alles steckt in der gleichen Nuß."

Platow wollte nach dem Schlüssel greifen, seine Finger aber die waren recht stumpfschwänzig, und wie eifrig er auch danach haschte, er vermochte weder des Flohs habhaft zu werden noch des Schlüsselchens zum Bauchaufzug, und so wurde er plötzlich wütend und begann auf Kosakenart Schimpfworte auszustoßen.

Er schrie:

„Was soll denn das, ihr Schufte, ihr habt überhaupt nichts gemacht und vielleicht gar noch das ganze Ding ruiniert! Ich werde euch den Kopf dafür abhacken!"

Die Tulaer aber erwiderten ihm darauf:

„Ganz umsonst beleidigen Sie uns so – da Sie ein Gesandter des Herrschers sind, müssen wir alle Kränkungen von Ihnen dulden, allein weil Sie an uns gezweifelt haben und gar dachten, daß wir fähig wären, den Namen des Herrschers zu betrügen, werden wir Ihnen das Geheimnis unserer Arbeit nicht eröffnen; geruhen Sie bitte, sie zum Herrscher hinzuschaffen, der wird schon sehen: sowohl was wir für Leute sind als auch, ob er durch uns eine Herabsetzung erfahren habe."

Platow brüllte:

„Das lügt ihr mir jetzt nur vor, ihr Schufte, aber so lasse ich euch das nicht durchgehen, einer von euch muß mit mir nach Petersburg reisen, und dort werde ich schon aus ihm herauszubringen wissen, was ihr für Fisimatenten angestellt habt."

Und streckte hierbei den Arm vor und ergriff mit seinen stumpfschwänzigen Fingern den schielenden Linkshänder am Kragen, so daß mit eins alle Haken und Ösen von dessen Halbrock abflogen, und schmiß ihn in die Equipage und vor seine Füße.

„Sitz hier", sagte er dabei, „gleich einem Pudelhund, bis wir in Petersburg selber angelangt sind, dort wirst du dich für alle verantworten. Ihr aber", sprach er zu den Pfiffikussen, „heida und los! Keine Maulaffen feilhalten, auf daß ich übermorgen in Petersburg dem Herrscher mich vorstellen kann."

Die Meister erdreisteten sich, für ihren Kameraden zu sprechen, wie denn das anginge, daß man diesen so ohne jedes Piperment von ihnen fortschleppe, und auf diese Weise wäre es ihm doch unmöglich zurückzukehren! Platow aber zeigte ihnen statt jeder Antwort nur seine Faust, die so schrecklich war – höckerig und ganz und gar zerhauen, nur so irgendwie zusammengewachsen –, und bedrohte sie damit und sprach: „Da habt ihr euer Piperment!“ Den Kosaken aber rief er zu:

„Heida, Kinder!“

Die Kosaken, der Kutscher und die Pferde – all das ging mit einem los, und so wurde der Linkshänder ohne jedes Piperment verschleppt; über einen Tag aber, da rollten sie Platow, wie er dieses befohlen, vor dem Palast des Herrschers vor und fuhren dabei sogar, so groß war ihr Schwung, an den Sälen vorbei.

Platow erhob sich, hakte alle seine Orden an und begab sich zum Herrscher, der schieläugige Linkshänder aber, so befahl er den Pfiffikussen, den Kosaken, der müsse an der Auffahrt streng bewacht werden.

11

Platow, der fürchtete sich, dem Herrscher unter die Augen zu treten, denn Nikolai Pawlowitsch war ganz entsetzlich merksch und nachträgerisch – nichts, was er je vergaß. Platow wußte, daß er ihn unbedingt nach dem Floh fragen würde, und somit wurde er, obwohl ihn sonst auf der ganzen Welt kein Feind je zu schrecken vermochte, bei dieser Gelegenheit tief verzagt: mit seiner Schatulle betrat er zwar den Palast, doch stellte er sie sehr insgeheim im Saal hinter dem Ofen ab. Nachdem er solcherweise die Schatulle versteckt, erschien Platow im Kabinett vor dem Herrscher und begann ihm in großer Eile zu vermelden, was die Kosaken am Stillen Don untereinander für zwieträgliche Unterhaltung führen täten. Seine Überlegung dabei war folgende: er gedachte hiermit den Herrscher abzulenken, und erst wenn der Herrscher selber darauf käme und vom Floh zu sprechen anfinge, dann freilich müßte man ihm darüber Rede und Antwort stehen und ihm alles ausfolgen; sollte er jedoch nicht zu sprechen beginnen, dann könnte man es verschweigen und dem Kabinettkammerdiener befehlen, die Schatulle zu verstecken; den Tulaer Linkshänder aber, den würde man fristlos in der Festungskasematte festsetzen, auf daß er dort bis zu dem Zeitpunkt säße, da er benötigt würde.

Nikolai Pawlowitsch aber, der Kaiser, der vergaß eben nichts, und kaum hatte Platow von den zwieträglichen Unterhaltungen der Kosaken untereinander zu Ende erzählt, da fragte er ihn bereits auf der Stelle:

„Nun, und wie haben meine Tulaer Meister sich gegenüber dem engelländischen Nymphosorium behauptet?"

Platow jedoch erwiderte ihm so, wie sich ihm die ganze Angelegenheit darstellte:

„Das Nymphosorium", so sagte er, „das steckt immer noch im gleichen Raum, Euer Majestät, und ich habe es zurückgeschafft, die Tulaer Meister aber konnten nichts Übertreffliches damit anstellen."

Der Herrscher entgegnete:

„Du bist zwar ein herzhafter Greis, doch kann jenes, das du mir hier berichtet hast, nicht die Wahrheit sein."

Da begann Platow zu beteuern und zu erzählen, wie sich das Ganze zugetragen, als er aber bis dahin gelangt war, daß die Tulaer gebeten hatten, den Floh dem Herrscher vorzuweisen, da klopfte ihm Nikolai Pawlowitsch auf die Schulter und meinte:

„Gib nur her. Ich wußte doch, daß die Meinigen mich nicht zu betrügen vermögen. Dahinter steckt etwas, was über alle Erfahrung reicht."

12

Da wurde die Schatulle hinter dem Ofen hervorgeholt, da wurde der Tuchüberhang abgestreift, und man öffnete sowohl die goldene Tabakdose als auch die diamantene Nuß – darinnen aber lag der Floh, wie er vormals gewesen und wie er zuvor gelegen.

Der Herrscher betrachtete ihn und meinte:

„Wie unangenehm!" Allein sein Glaube an die russischen Meister erlitt dadurch keine Einbuße, sondern er befahl nur,

Alexandra Nikolajewna, seine Lieblingstochter, zu rufen, und sagte dieser:

„Du hast Hände mit feinen Fingern – so nimm mal den kleinen Schlüssel hier und zieh geschwind in diesem Nymphosorium die Bauchmaschine auf."

Die Prinzessin begann den Schlüssel zu drehen, und der Floh ließ sogleich seine Fühler spielen, die Beine aber, die bewegte er nicht. Alexandra Nikolajewna zog den ganzen Aufzug auf, allein das Nymphosorium tanzte auch keinen Dansé, noch ließ es sich wie früher auf Spieleretten ein.

Da wurde Platow ordentlich grün und schrie sogleich:

„Ach, über diese hündischen Racker! Jetzt verstehe ich alles, warum sie mir dort nichts zu sagen wünschten. Nur gut, daß ich einen dieser Narren mit mir mitgeschleppt habe."

Und lief bei diesen Worten die Freitreppe hinunter, packte den Linkshänder an den Haaren und begann ihn herumzuschütteln, daß die Büschel nur so flogen. Dieser aber brachte sich, nachdem Platow aufgehört, ihn zu zausen, wieder zurecht und sagte nur:

„Mir sind ohnehin alle Haare während meiner Lehrzeit ausgerissen worden. Jetzo aber weiß ich nicht, aus welchem Grunde diese Wiederholung über mich gekommen ist."

„Das ist deswegen", versetzte Platow, „daß ich auf euch gebaut und mich für euch verbürgt, daß ihr aber das seltene Stück ruiniert habt."

Der Linkshänder erwiderte:

„Wir sind dir sehr dankbar, daß du dich für uns verbürgt hast, ruiniert aber haben wir nichts daran: nehmt lieber das allerstärkste Bekiekroskop und schaut da durch."

Alsbald lief Platow zurück, vom Bekiekroskop zu erzählen, dem Linkshänder aber drohte er nur:

„Ich werd's dir", sprach er, „noch einträнken, du Dieser und Der und Jener."

Und befahl seinen Pfiffikussen, dem Linkshänder die Ellenbogen noch mehr nach hinten zusammenzuschnüren, selber aber stieg er die Stufen ganz atemlos hinauf und sprach das Gebet: „Des guten Königs gute Mutter, die Allerreinste, die

Reine", und so weiter, wie es sich gehört. Die Höflinge aber, die da auf den Stufen standen, die wandten sich alle von ihm ab und dachten: jetzt ist Platow hineingeschlittert, und nun wird er aus dem Palast herausgeworfen – denn sie konnten ihn seiner Tapferkeit wegen nicht ausstehen.

13

Kaum hatte Platow die Worte des Linkshänders dem Herrscher übermittelt, da sprach dieser sogleich hocherfreut:

„Ich wußte doch, daß meine Russen mich nicht betrügen", und befahl, ein Bekiekroskop auf einem Kissen zu servieren.

Den gleichen Augenblick wurde ein Bekiekroskop herbeigeschafft, der Herrscher aber ergriff den Floh und legte ihn unter das Glas, zuerst mit dem Rücken nach oben, hierauf seitlings und schließlich mit dem Bäuchlein nach oben, mit einem Wort: der Floh wurde nach allen Richtungen hin und her gewendet, zu sehen jedoch war nichts. Allein auch hierbei verlor der Herrscher seine Zuversicht nicht, sondern meinte nur:

„Man schaffe mir sogleich diesen Büchsenmacher herbei, der sich unten befindet."

Platow meldete:

„Man müßte ihn zuerst etwas herrichten – ich habe ihn in dem gleichen Aufzug mitgebracht, in dem er sich befand, und jetzt sieht er schon recht abgenutzt aus."

Der Herrscher jedoch erwiderte:

„Macht nichts, man führe ihn so vor, wie er ist."

Platow sprach:

„Na also, jetzt komm selber, du Dieser und Jener, und getrau dich, vor dem Antlitz des Herrschers Rede zu stehn."

Der Linkshänder entgegnete:

„Nun und was denn, ich will gern gehen und mich verantworten."

Er erschien so, wie er eben war: mit losgetrenntem Futter, das eine Hosenbein im Stiefel, das andere frei hängend, er trug eine alte Baumwolljacke, deren Haken nicht mehr schlossen und zum Teil abgerissen waren, während der Kragen ganz zerfetzt war; doch das machte ihm wenig aus, er wurde deswegen nicht verlegen.

„Was ist dabei?" dachte er, „wenn dem Herrscher der Willen danach steht, mich zu sehen, so muß ich folgen; und wenn ich kein Piperment bei mir habe, so ist das nicht meine Schuld, ich kann aufklären, wie sich alles zugetragen."

Gleich nachdem der Linkshänder eingetreten war und seine Verbeugungen gemacht hatte, alsbald so redete ihn auch der Herrscher an:

„Was soll das bedeuten, Bruder, daß wir sowohl so als auch so geschaut haben und sogar durchs Bekiekroskop blickten, und dennoch nichts Sonderbares zu bemerken vermochten?"

Der Linkshänder aber versetzte:

„So ist die Frage, ob Sie, Euer Majestät, auch richtig zu schauen geruht haben?"

Da winkten ihm die Würdenträger zu: „Du sprichst ja ganz verkehrt!" Er aber begriff nicht, wie die Höflinge es mit Schmeichelei oder mit Schlauheit halten, sondern sagte schlichtweg seine Sache.

Der Herrscher meinte:

„Verschont ihn mit euren Geschichten – mag er mir erwidern, so gut wie er es versteht."

Und erläuterte ihm hierbei:

„Wir haben", sagte er, „das Ding so hingelegt", und tat dabei den Floh unter das Bekiekroskop. „Schau nur selber hinein", fügte er hinzu, „da ist nichts zu sehen."

Der Linkshänder antwortete:

„Euer Majestät, auf diese Weise ist es auch unmöglich, etwas zu sehen, alldieweil, was unsere Arbeit ist, die ist solchen Mäßigkeiten gegenüber viel verborgener."

Der Herrscher fragte:

„Und wie muß man denn?"

„Man muß", sagte jener, „jeweilen nur je eines der Beinchen im besonderen unter das gesamte Bekiekroskop halten und muß speziell eine jede Ferse betrachten, auf die der Floh zu treten pflegt."

„Du lieber Gott, sieh mal an", meinte der Herrscher, „das ist aber schon wirklich zu schwer bekiegrig!"

„Was soll man da machen", erwiderte der Linkshänder, „wenn man doch nur so unsere Arbeit zu gewahren vermag: dann wird alles zur Verwunderung sichtbar werden."

So legte man den Floh hin, wie der Linkshänder es angeordnet, und kaum hatte der Herrscher durch das obere Glas geblickt, da strahlte er nur so auf; er packte den Linkshänder, so wie dieser war, nicht hergerichtet und von all dem Staub nicht gereinigt – und umarmte ihn und küßte ihn; hiernach aber wandte er sich an alle seine Höflinge und sagte:

„Da schaut her, ich wußte doch besser als alle, daß meine Russen mich nicht betrügen werden. Seht euch das bitte an: die Hallodris haben den engelländischen Floh mit Hufeisen beschlagen!"

14

Sie traten alle heran und schauten: tatsächlich, alle vier Füßchen des Flohs waren mit Hufeisen beschlagen, mit wirklichen Hufeisen, der Linkshänder aber meldete, daß dies noch nicht einmal das Allererstaunlichste daran sei.

„Denn wenn", so sagte er, „das Bekiekroskop, das doch schon fünf Millionen mal vergrößert, noch besser wäre, dann würden Sie geruhen", so sprach er weiter, „wahrzunehmen, daß auf einem jeden kleinen Hufeisen der Meistername verzeichnet ist: nämlich welcher russische Meister eben dieses Hufeisen verfertigte."

„Und ist dein Name auch dabei?" fragte der Herrscher.

„Zu Befehl, nein", entgegnete der Linkshänder, „einzig meiner fehlt hierbei."

„Warum so?"

„Darum so", versetzte er, „weil ich noch schwerer bekiekriges Zeug als die kleinen Hufeisen fertigte: ich schmiedete nämlich die kleinen Nägel, mit denen die Hufeisen festgenagelt wurden, und das sehen zu lassen, ist kein Bekiekroskop der Welt mehr imstande."

Da fragte der Herrscher:

„Ja, wo habt denn ihr euer Bekiekroskop, mittels dessen ihr solche Erstaunlichkeiten hervorbringen könnt?"

Der Linkshänder aber erwiderte:

„Wir sind arme Leute und haben aus lauter Armut kein Bekiekroskop, sondern nur unsere Augen, die das anpeilen müssen."

Alsbald begannen auch die anderen Höflinge, da sie erkannten, daß der Linkshänder seine Sache durchgesetzt hatte, ihn zu küssen und ihn zu umarmen. Platow aber, der gab ihm gleich hundert Rubel und sagte:

„Verzeih mir schon, Bruder, daß ich dich so arg an den Haaren gezaust."

Der Linkshänder erwiderte:

„Gott wird es verzeihen – es ist nicht das erstemal, daß es uns wie Schnee über den Kopf schüttet."

Und äußerte darüber hinaus kein Sterbenswörtchen und war auch nicht imstande dazu, sich mit irgend jemand zu unterhalten, denn der Herrscher befahl, sogleich das beschlagene Nymphosorium einzupacken und es nach dem Engelland zurückzuschicken – als eine Art von Geschenk, auf daß man dort zur Einsicht käme, uns könne man mit so etwas nicht in Staunen versetzen. Und befahl der Herrscher ferner, ein besonderer Kurier, der alle Sprachen studiert hatte, solle den Floh überbringen, in seiner Begleitung aber habe sich der Linkshänder zu befinden, auf daß dieser selber den Englischen seine Arbeit vorweisen und damit zeigen könne, welcherart unsere Tulaer Meister seien.

Platow bekreuzigte ihn.

„Mag denn", so versetzte er dabei, „Gottes Segen dich begleiten, auf den Weg aber will ich dir von meinem eigenen Heuerling einiges ablassen. Trink nicht zuwenig, aber trink auch nicht zuviel, sondern trink mittel."

Und wie er es gesagt, so tat er und übersandte ihm den Heuerling.

Graf Heftelmode aber befahl, der Linkshänder solle in der Volksbadestelle von Tuljakowskij gebadet werden, ferner in einer Friseurstube geschoren und in den Paraderock eines Hofsängers gekleidet werden, damit es so aussähe, als bekleide auch ihn ein Titel, der ihm verliehen worden sei.

Also wurde er auf diese Weise ausformiert, darauf tränkte man ihn auf der Reise mit Tee, wozu es den Heuerling von Platow gab, und gürtete ihn schließlich mit einem Riemengürtel so eng wie möglich, auf daß seine Eingeweide nicht erschüttert würden – und so wurde er nach London gebracht. Und hier setzten die ausländischen Erlebnisse des Linkshänders ein.

15

Der Kurier, in dessen Begleitung sich der Linkshänder befand, reiste schnell, so schnell, daß die beiden auf der Strecke von Petersburg bis London nirgends zum Verschnaufen Rast machten, doch schnallten sie auf jeder Haltestelle ihre Gürtel um ein Loch enger, damit die Eingeweide sich nicht gar mit den Lungen durcheinandermischen könnten; da aber dem Linkshänder, nachdem er dem Herrscher vorgestellt worden war, laut Befehl Platows von seiten des Fiskus eine unbegrenzte Schnapsmenge zugestanden worden war, hielt dieser sich, ohne zu essen, hiermit allein aufrecht und sang nur auf der Durchreise durch ganz Europa seine russischen Lieder, wobei er freilich einen ausländischen Refrain daran knüpfte:

„ai Ljuli – sseh treh schuli.“

Nachdem ihn der Kurier nach London geschafft, begab dieser sich sogleich zur zuständigen Stelle, wo er die Schatulle ablieferte, den Linkshänder aber brachte er im Gasthaus in einem Zimmer unter, doch wurde diesem der Aufenthalt dort bald zu langweilig, und außerdem wollte er essen. So klopfte er denn an die Tür und wies vor dem Aufwärter auf seinen Mund, jener aber brachte ihn alsbald in das Gemach zur Speiseaufnahme.

Dort setzte sich der Linkshänder an den Tisch und blieb so sitzen; wenn er aber einen Wunsch auf engelländisch aussprechen wollte, das vermochte er ja nicht. Jedoch da fiel ihm was ein: er klopfte ganz einfach mit dem Finger auf den Tisch und zeigte auf seinen Mund – da errieten die Englischen es schon und servierten ihm, freilich nicht immer das, was nötig war, doch was ihm nicht anstand, das verweigerte er. Sie reichten ihm nach ihrer Zubereitungsart einen heißen Plundring, der noch brannte, da sagte er: das kenn ich nicht, daß man so was essen kann – und darum verleibte er es sich nicht ein –, sie aber tauschten es um und stellten ihm ein anderes Gericht hin. So trank er auch denen ihren Schnaps nicht, da der grün war, gleich als wenn er mit Vitriol versetzt worden sei, und er wählte von allem immer nur das natürlichste aus und harrte so in guter Kühle hinter den Fläschchen des Kuriers.

Jene Personen aber, denen der Kurier das Nymphosorium abgeliefert hatte, untersuchten es alsobald durch das allerstärkste Bekiekroskop und sandten sogleich in die Publikatorischen Nachrichten eine Beschreibung davon, damit noch morgigen Tages zur allgemeinen Belehrung ein Fauleton darüber herauskäme.

„Und was diesen Meister selber anbetrifft", so sprachen sie, „den wollen wir unverzüglich beaugapfeln."

So geleitete sie der Kurier alsbald zum Gasthauszimmer und von hier in den speiseaufnehmenden Saal, allwo unser Linkshänder sich schon gehörig angerötet hatte, und sagte zu ihnen: „Das ist er!"

Da klopften die Englischen sogleich dem Linkshänder klapps-klapps auf die Schulter und streckten ihm wie einem Ebenbürtigen die Hände hin: „Kamrad", sagten sie, „Kamrad – guter Meister – plaudern mit dir, das werden wir mit der Zeit, jetzt aber wollen wir auf dein Wohlergehen einen heben."

Sie bestellten viel Wein und boten dem Linkshänder das erste Becherlein, er aber mochte vor lauter Höflichkeit nicht als erster trinken, ‚außerdem', so dachte er, ‚vielleicht wollt ihr mich vor Ärger vergiften'.

„Nein", versetzte er, „das geht nicht in Ordnung: auch in Polen muß man den Hausherrn holen, trinkt nur selber zuvor."

Unverzüglich probierten die Englischen alle die Weine vor seinen Augen durch, und hernach gossen sie auch ihm ein. Da erhob er sich, bekreuzigte sich mit der linken Hand und trank auf ihrer aller Gesundheit.

Sie aber bemerkten, daß er sich mit der linken Hand bekreuzigt hatte, und fragten den Kurier:

„Was ist er für einer, ein Lutherischer oder ein Protestantist?"

Alsbald so antwortete der Kurier:

„Nein, der ist kein Lutherischer und kein Protestantist, sondern von unserm russischen Glaubensbekenntnis."

„Wieso bekreuzigt er sich dann mit der linken Hand?"

Der Kurier sagte:

„Er ist ein Linkshänder und er macht alles mit der linken Hand."

Da wunderten sich die Englischen nur noch mehr und begannen sowohl Linkshänder als Kurier mit Wein vollzuschlauchen, und so ging es während ganzer dreier Tage, hierauf aber sagten sie: „Jetzt basta." Sie inhalierten je ein Symphon Wasser mit Whikser und begannen hierauf, nachdem sie sich durch und durch erfrischt, den Linkshänder auszufragen: wo er her sei und was er gelernt und bis zu welchem Ende er die Arithmetik kenne?

Der Linkshänder entgegnete:

„Unsere Wissenschaft, und die ist einfach: wir kennen den Psalter und den Traumbehalter, was aber die Arithmetik ist, die kennen wir kein klein bißchen."

Die Englischen wechselten miteinander Blicke und meinten dazu:

„Ist erstaunlich."

Der Linkshänder aber erwiderte ihnen:

„Das ist bei uns allerorten so."

„Ja, aber was ist denn das", so fragten sie, „für ein Buch in Rußland, dieser ‚Traumbehalter'?"

„Dieses Buch“, entgegnete er, „das bezieht sich darauf: wenn nämlich im Psalter Zar David im Hinblick auf die Wahrsagung etwas nicht ganz klar offenbart hat, so kann man nach dem Traumbehalter die Ergänzung erraten.“

Sie dagegen:

„Ist doch schade, besser wäre es, wenn ihr aus der Arithmetik zum Minderheitigsten die vier Grundregeln der Rechnungslegung wüßtet, das wäre für euch außerordentlich viel nutzenvoller als der ganze Traumbehalter. Dann würdet ihr euch klarmachen, daß in jeder Maschine ein gewisses Kraftgleichgewicht herrscht, denn wenn ihr auch im Handfertigen sehr gewandt seid, so habt ihr doch nicht überlegt, daß ein so kleines Maschinchen wie das Nymphosorium auf die allerakkurateste Genauigkeit durchgerechnet ist und daß es keinerlei Hufeisen zu tragen vermag. Hiervon rührt es, daß das Nymphosorium nicht mehr hüpft und auch keinen Dansé mehr zu tanzen vermag.“

Hiermit war der Linkshänder einverstanden.

„Darüber“, meinte er, „kann kein Streit herrschen, daß wir in den Wissenschaften nicht weit vorangeschritten sind, dafür aber sind wir unserm Vaterland treulich ergeben.“

Die Englischen hingegen redeten ihm zu:

„Bleiben Sie bei uns, wir werden Ihnen die allergrößte Gebildetheit vermitteln, und aus Ihnen wird ein ganz erstaunlicher Meister werden.“

Der Linkshänder aber war hiermit nicht einverstanden:

„Wo ich doch zu Hause“, sagte er, „meine Eltern habe.“

Die Englischen, und die verschworen sich da, sie würden seinen Eltern Geld schicken, doch der Linkshänder nahm es nicht an:

„Wir sind nämlich“, so meinte er, „unserer Heimat sehr zugetan, und mein Alterchen, der ist schon ein Greis, und meine Frau Mutter, die ist auch schon sehr alt und ist nun einmal gewöhnt, zur Kirche immer nur in ihrem Kirchensprengel zu gehen, und auch mir würde es hier in der Einsamkeit bald zu langweilig werden, da ich mich ja immer noch im ledigen Stande befinde.“

„Sie werden sich“, versetzten jene, „schon gewöhnen, Sie werden unseren Glauben annehmen, und wir werden Sie dann vermählen.“

„Dieses“, erwiderte der Linkshänder, „dieses wird nie geschehen.“

„Warum das?“

„Darum“, entgegnete er, „weil unser russischer Glaube der allerrichtigste ist, und so wie unsere Urvorfahren geglaubt, also müssen auch ihre Nacherzeugnisse glauben.“

„Sie kennen unsern Glauben gar nicht“, warfen die Englischen ein, „wir sind des gleichen christlichen Glaubens und halten uns an das nämliche Evangelium.“

„Das Evangelium“, antwortete der Linkshänder, „ja, das ist in der Tat bei allen das gleiche, nur sind unsere Bücher im Vergleich zu den euren dicker, und daher ist unser Glaube eben gehaltvoller.“

„Woraus glauben Sie das herauslesen zu können?“

„Bei uns“, erwiderte er, „sind alle augenscheinlichen Beweise dafür vorhanden.“

„Was denn für welche?“

„Das nämlich“, sprach er, „daß wir gottgeschaffene Heiligenbilder haben und grabüberschreitende Kapitel und Reliquien, ihr aber, ihr aber habt rein nichts und habt sogar außer dem einen Sonntag nicht mal einen extra Feiertag. Und zum andern würde es mir mit einer Engelländischen, wenn sie mir auch rechtens angetraut wäre, zu genierlich zu leben sein.“

„Ja, warum denn das?“ frugen sie ihn. „Sie müssen das nicht gering schätzen, die Unsrigen ziehen sich auch sehr sauber an und sind recht häuslich.“

Der Linkshänder aber meinte:

„Ich kenne sie nicht.“

Die Englischen erwiderten:

„Das ist nicht so wichtig; kennenlernen, das kann man jederzeit: wir werden Ihnen ein Grandewu veranstalten.“

Der Linkshänder schämte sich.

„Warum denn", versetzte er, „den Mädchen umsonst was weismachen?" und mochte nicht. „Ein Grandewu", so meinte er, „das ist eine Herrschaftssache und schickt sich nicht für unsereinen, und wenn man zu Hause in Tula etwas davon spannen täte, die würden mich dort gewaltig auslachen."

Die Englischen wurden neugierig:

„Ja wie", sprachen sie, „wenn man bei euch ohne ein Grandewu auskommt, wie stellt man es bei euch an, um eine angenehme Wahl zu treffen?"

Da erklärte ihnen der Linkshänder unsere Lage hierbei.

„Bei uns", so sprach er, „wenn ein Mannsbild einer Jungfrau eine begründete Absicht bekunden will, dann schickt er eine Unterhaltungsfrau aus, und wenn diese den Voranschlag unterbreitet hat, dann erst begeben die beiden sich gemeinsam voller Höflichkeit in das Haus und betrachten die Jungfrau nicht etwa im Verborgenen, sondern angesichts ihrer gesamten Verwandtschaftlichkeit."

Das begriffen die Englischen zwar, doch mußten sie erwidern, daß bei ihnen keine Unterhaltungsfrauen bestünden und daß keinerlei solche Gewohnlichkeit vorhanden sei; somit sprach der Linkshänder:

„Dies ist um so angenehmer; denn wenn man sich schon mit einer solchen Sache befaßt, dann muß dieses mit umständlicher Absichtlichkeit vonstatten gehen; da ich aber solches zu der fremden Nation nicht empfinde, so: wozu den Mädchen erst was weismachen?"

Auch in diesen seinen Ausführungen gefiel er den Englischen recht sehr, so daß sie ihn aufs neue auf Schultern und Knie mit Gefreundung zu klapsen begannen und selber die Frage stellten:

„Wir würden aus reiner Neugier", meinten sie, „gern in Erfahrung bringen, welche lasterhaften Anzeichen Sie bei unsern Jungfrauen in Anmerkung gebracht haben und weswegen Sie diese so fliehen?"

Da entgegnete ihnen der Linkshänder schon mit aller Offenheit:

„Ich verlästere sie nicht, nur gefällt mir bei ihnen nicht, daß ihre Kleidung sich so wölbt und daß nicht auszumachen ist, was alles auf ihnen drauf sei und zu welchem Ende; da ist eines, und darunter ist ein anderes Angesteck, auf den Händen aber, da tragen sie so was wie Gamaschen. Genau wie bei den Affen – den kleinen Äffchen, wissen Sie, so 'ne plüscherne Überhaut."

Da lachten die Englischen und meinten:

„Was denn für ein Hindernis erblicken Sie darin?"

„Hindernisse", antwortete der Linkshänder, „die gibt es zwar nicht, ich befürchte nur, daß das eine große Schande sein wird, es mit anzusehen und darauf zu warten, wie sich so eine aus all dem endlich herausschälen tut."

„Ist denn wirklich", frugen jene, „die Fasson in Ihrem Lande besser?"

„Die Fasson bei uns in Tula", erwiderte er, „die ist einfach: eine jede, und die geht in ihren eigenen Spitzen, und was unsere Spitzen sind, die werden sogar von den großen Damen getragen."

Da führten sie ihn auch ihren eigenen Damen vor, und dort wurde ihm Tee verabreicht, und jene fragten ihn:

„Warum ziehen Sie so ein Gesicht?"

Er aber erwiderte:

„Also darum", meinte er, „wo wir doch an so süß nicht gewöhnt sind."

Da wurde ihm der Tee auf russisch mit dem Stück Zucker als Zubiß serviert.

Ihnen wollte freilich scheinen, auf diese Weise wäre es weniger gut, er aber sagte:

„Nach unserm Geschmack schmeckt es so besser."

In keiner Sache vermochten die Englischen ihn aus dem Sattel zu heben, um ihn zu ihrem Leben zu verführen, doch überredeten sie ihn, auf kurze Zeit ihr Gast zu sein, denn sie wollten ihn während dieser Zeitspanne durch ihre verschiedenen Fabriken führen und ihm dabei alle ihre Künste vorweisen.

„Hernach aber", sprachen sie, „werden wir ihn auf eines unserer Schiffe verfrachten und somit lebendig nach Petersburg schaffen."

Und hiermit war er einverstanden.

16

Da nahmen die Englischen den Linkshänder in ihre Obhut, den russischen Kurier aber beförderten sie nach Rußland zurück. Denn wenn dieser Kurier auch einen Rang besaß und in verschiedenen Sprachen gelehrt war, so interessierten sie sich doch nicht für ihn, sondern interessierten sich nur für den Linkshänder und hatten nichts anderes im Sinn, als den Linkshänder herumzuführen und ihm alles zu zeigen. Er betrachtete ihre gesamte Produktion und besichtigte ihre metallischen Fabriken und ihre Seifensägeunternehmungen. Und alle ihre wirtschaftlichen Regelungen, die gefielen ihm schon sehr gut, insbesondere hinsichtlich des Arbeitergehaltes. War doch ein jeder Arbeiter bei ihnen ständig im Zustand der Sattheit und nicht etwa in Fetzen gekleidet, sondern da trug ein jeder sein befähigtes Toujoursgilet, und es trug ein jeder feste Stiegletten mit eisernen Kappen, auf daß er sich an nichts die Füße stoßen möchte, und wenn so einer arbeitete, dann geschah das nicht unter dem Zwang eines Prügelangriffs, sondern auf Grund von Unterweisungen, und so einer wußte genau, was er zu tun hatte. Vor den Augen eines jeden hing eine Tabulle mit dem Einmaleins, vor ihm aber lag griffbereit eine Schliefertafel: und was immer ein solcher Meister tat – zuvor sah er auf die Tabulle und verglich das mit seinem eigenen Verständnis, schrieb es dann auf das Schliefertäfelchen auf, schliff das andere ab, was darauf zuvor gestanden hatte, und ordnete alles zu einem Akkurat: und was in so einem Ziffierwerk dann geschrieben stand, das wurde in die Tat umgesetzt. Wenn aber ein Feiertag heranrückte, dann sammelten sie sich zu Pärchen, dann nahmen sie Stöckchen in die Hand und gingen spazieren, gesetzt und wohlgeboren, wie es sich gehört.

Also besichtigte der Linkshänder ihr gesamtes Leben und so auch all ihre Arbeiten, die mehrste Aufmerksamkeit aber verwandte er auf ein Ding, wodurch er die Englischen ganz besonders in Staunen versetzte. Denn nicht das beschäftigte ihn, wie sie die neuen Gewehre herstellten, sondern wie und in welchem Zustand sich die alten befanden. Er ging überall herum und lobte und sprach:

„Das vermögen wir auch so."

Wenn er sich aber einem alten Gewehr näherte, dann versenkte er seine Finger in dessen Lauf, fuhr damit hin und her und seufzte nur:

„Das", pflegte er zu sagen, „ist dem unseren gegenüber ganz beispiellos hervorragend."

Den Englischen gelang es auf keine Weise zu erraten, was das war, das der Linkshänder bemerkt hatte, er aber fragte nur:

„Dürfte ich erfahren", so sagte er, „ob unsere Generäle dies da irgendwann einmal besichtigt haben oder nicht?"

Man entgegnete ihm:

„Jene, die da waren, die haben es wahrscheinlich besichtigt."

„Und wie", so fragte er, „sahen die wohl aus, waren sie in Handschuhen oder ohne Handschuhe?"

„Eure Generäle", antwortete man ihm, „ja, das sind Paradegeneräle, die gehen immer in Handschuhen, mithin sind die wohl auch hier so gewesen."

Der Linkshänder erwiderte darauf nichts.

Mit eins aber begann er voller Unruhe bekümmert zu werden. Er wurde traurig und schwermütig und sprach zu den Englischen:

„Ich danke ergebenst für die gesamte Bewirtung, und ich bin mit allem bei euch sehr zufrieden und habe auch alles, was mir zu sehen not tat, nun gesehen, jetzt aber will ich schleunigst nach Hause zurück."

Sie vermochten auf keine Weise ihn länger zurückzuhalten. Ihn zu Lande heimzulassen, war unmöglich, denn er konnte sich ja nicht in allen Sprachen verständigen, die Fahrt zu Wasser jedoch war nicht gut, denn die Zeit war herbstlich fortgeschritten und somit stürmisch, er aber drängte in einem zu: laßt mich ziehen.

„Wir haben das Fahrometer betrachtet", sagten jene, „es kommt ein Sturm, da kann man ertrinken; denn dies da ist ja nicht euer Finnischer Meerbusen, dies ist das wahrhaftige Zitterländische Meer."

„Das ist alles gleich", versetzte er; „wo man sterben muß, das ist einzig Gottes Wille. Ich aber wünsche schnellstens in meine Heimat zurück, da ich sonst in etwas gleich einer Art von Verrücktheit verfallen könnte."

Man hielt ihn nicht mit Gewalt zurück: man atzte ihn recht, man versah ihn mit Geld, man schenkte ihm zur Erinnerung eine goldene Uhr mit einem Schrecker versehen, für die Meerkühle jedoch auf dem späten Herbstwege gab man ihm einen Friesmantel mit einer Windstülpe für den Kopf. Sehr warm kleidete man ihn, und alsbald brachte man den Linkshänder auf ein Schiff, das nach Rußland fuhr. Und darin wurde der Linkshänder in bester Form wie ein richtiger Herr untergebracht, doch mochte er es nicht, mit den anderen Herrschaften in der Verschlossenheit zu sitzen, das war ihm genabel, sondern er begab sich auf das Verdeck, setzte sich dort unter die Perpfenning und fragte nur:

„Und wo liegt unser Rußland?"

Der Englische, den wo er fragte, wies nur mit der Hand nach der einen Seite oder winkte mit dem Kopf dorthin, sogleich aber wandte jener das Gesicht nach der Seite und schaute ungeduldig nach seinem Vaterlande aus.

Wie sie aber aus der Buft in das Zitterländische Meer einbogen, da wuchs seine Sehnsucht nach Rußland so übermäßig, daß es unmöglich schien, ihn zu beruhigen. Der Wellenschlag wurde ganz furchtbar, der Linkshänder aber ging nicht in die Kajüte, sondern blieb unter der Perpfenning sitzen, zog die Windstülpe über und schaute nach seinem Vaterlande aus.

Und kamen auch die Englischen viele Male, ihn nach unten ins Warme zu rufen, schließlich begann er – damit man ihn nicht länger belästige – sie fortzurülpsen.

„Nein“, entgegnete er, „hier heraußen ist es mir besser, dort unter Deck könnte es sein, daß mir von dem Schunkeln das große Seeschwein zustieße.“

Und so blieb er die ganze Zeit bis zu einem besonderen Fall, und gefiel dadurch ganz ausnehmend einem Halbkapitän, der zum Unglück unseres Linkshänders russisch zu sprechen verstand. Dieser Halbkapitän oder Halbschiffer konnte sich nicht genug darüber verwundern, daß ein russischer trockenländischer Mensch so alle Unbillen der Witterung auszuhalten vermöge.

„Braver Jung“, sagte er, „du Russ' – trinken wir eins!“

Der Linkshänder trank mit.

Der Halbschiffer sagte:

„Noch eins!“

Der Linkshänder trank aufs neue, und so betranken sie sich.

Da fragte ihn der Halbschiffer:

„Was du für ein Geheimnis aus unserm Staat nach Rußland heimbringen?“

Der Linkshänder erwiderte:

„Meine Sache.“

„Wenn so“, versetzte der Halbschiffer, „dann laß uns beide ein englisches Wetten abschließen.“

Forschte der Linkshänder:

„Was für eines?“

„Ein solches, daß keiner für sich saufen darf, sondern alles gleichmäßig gesauft werden muß – was der eine, das unbedingt auch der andere, und wer dabei den andern übersäuft, der ist obenauf.“

Dachte der Linkshänder nach: wolkig war der Himmel, kolkig der Bauch – groß war die Langeweile, weit war der Weg, und hinter den Wellenkämmen war keine Heimat zu sehen – da war's immerhin lustiger, ‚einen Wetten‘ zu halten.

„Schon recht“, sagte er, „gemacht!“

„Aber ohne Mogeln.“

„In dieser Hinsicht“, erwiderte er, „keine Sorge.“

Kamen überein und schlugen mit den Händen ein.

17

Ihre Wette, die hatte noch im Zitterländischen Meere begonnen, und so tranken sie bis zum Rigaischen Dünamünde, und es ging alles nach gleichem Maße vor sich, und keiner gab dem andern was nach, ja, sie glichen einander bis zu einer solchen Akkuratheit sich an, daß, als einer ins Meer blickend sah, wie aus dem Wasser ein Teufel krabbelte, alsbald sich das gleiche auch dem andern wies. Mit dem Unterschied nur, daß der Halbschiffer eines roten Teufels gewahr wurde, derweil der Linkshänder meinte, das Teufelsding sei dunkel, gleich wie ein Mohr.

Sprach der Linkshänder:

„Bekreuzige dich und wende dich davon ab: dies ist der Teufel aus dem Abgrund."

Der Englische aber stritt dagegen:

„War nichts als ein Unterwasserschlaucher."

„Willst du", so fuhr er fort, „ich schmeiße dich ins Meer, hab keine Angst, er gibt dich mir sogleich zurück."

Und der Linkshänder entgegnete:

„Ist dem so, dann schmeiß."

Da packte ihn der Halbschiffer an den Schultern und trug ihn zum Schiffsbord.

Als die Matrosen das sahen, hielten sie die zwei auf und meldeten es dem Kapitän, dieser aber befahl, die beiden unten einzuschließen und ihnen Rum, Wein und kalte Speisen zu verabreichen, auf daß sie trinken und essen könnten, um ihre Wette durchzuhalten – heißen Plundring mit Feuer dagegen, der dürfte ihnen nicht verabreicht werden, alldieweil sich daran der Spiritus in ihrem Innern hätte entzünden können.

So hinter Schloß und Riegel wurden sie nach Petersburg geschafft, und keiner hatte dem andern die Wette abgewonnen; als man aber angelangt war, wurden die beiden auf verschiedene Fuhrwerke gebettet, und es wurde der Englische in das Botschafterhaus auf dem Englischen Kai gebracht, der Linkshänder aber ins Polizeirevier.

Und von hier ab begannen ihre Schicksale sich außerordentlich zu unterscheiden.

18

Kaum war der Englische ins Botschafterhaus hineingetragen worden, da wurden sogleich Arzt und Apotheker zu ihm berufen: der Arzt befahl, ihm in seiner Gegenwart ein warmes Bad zu verabreichen, der Apotheker aber rollte alsbald eine Guttaperchapille zusammen und steckte sie ihm selber in den Mund, hierauf jedoch packten beide an und betteten ihn auf ein Federbett und deckten ihn von oben mit einem Pelz zu und ließen ihn schwitzen, und auf daß ihn keiner hierbei störe, wurde in der ganzen Botschaft der Befehl erteilt, es dürfe sich niemand unterfangen, auch nur zu niesen. Arzt und Apotheker warteten so lange, bis der Halbschiffer eingeschlafen war, und hierauf bereiteten sie für ihn eine zweite Guttaperchapille, die sie auf einem Tischchen neben seinem Kopfkissen niederlegten, worauf sie sich fortbegaben.

Der Linkshänder aber wurde im Polizeirevier auf den Fußboden hingeworfen, wo man sogleich die Frage stellte:

„Wer und von wo und ob ein Paß da sei oder irgendein anderes Piperment?"

Sei es nun infolge von Krankheit oder vom Saufen oder vom langen Schunkeln, er war so geschwächt, daß er kein Wort hervorzubringen vermochte, sondern nur stöhnen konnte.

Alsbald wurde er visitiert, sein buntes Gewand wurde ihm abgenommen und ebenso die Uhr mit dem Schrecker und alles Geld, das er bei sich trug, während der Polizeimeister befahl, ihn selber auf einer grade des Wegs daherkommenden Droschke kostenlos ins Krankenhaus zu befördern.

Ein Schutzmann führte den Linkshänder auf die Straße, um ihn dort in einen Schlitten zu setzen, allein lange konnte kein solcher abgefangen werden, denn die Kutscher fliehen alles, was Polizei heißt. Der Linkshänder aber lag die ganze Zeit über auf dem kalten Fußsteig; schließlich freilich erwischte der Schutzmann einen Kutscher, der war jedoch ohne warme Fuchsdecke, denn in solchen Fällen verbergen sie die Fuchsdecken in dem Schlitten unter sich selber, damit dem Polizeimenschen schneller die Beine frieren möchten. Also unbedeckt wurde der Linkshänder fortgeschafft, und als man ihn von einem Schlitten in den andern hinübersetzte, da ließ man ihn gar fallen; als man ihn aber aufrichtete, riß man ihn an den Ohren, damit er das Bewußtsein wiedererlange. So schaffte man ihn schließlich in ein Krankenhaus, allein ohne Piperment wurde er dort nicht angenommen, man schaffte ihn in ein anderes – auch dort wurde er nicht angenommen, und so in ein drittes, ein viertes – bis zum frühen Morgen schleppte man ihn auf den fernsten Winkelgassen hin und her und setzte ihn beständig in andere Schlitten, so daß er am Ende ganz von Kräften kam. Endlich riet ein Unterarzt dem Schutzmann, ihn in das allgemeine Obuchwinsche Krankenhaus zu bringen, wo man all die Sterbenden unbekannter Herkunft aufnimmt.

Dort befahl man, eine Quittung auszuschreiben, der Linkshänder aber wurde bis zur Untersuchung auf den Fußboden im Korridor abgelegt.

Der englische Halbschiffer jedoch erhob sich am anderen Tage um die gleiche Zeit, schluckte die zweite Guttaperchapille in sein Inneres, verzehrte zu einem leichten Frühstück Huhn mit Reis, trank dazu einen Whikser und äußerte:

„Wo mein russischer Kamrad? Ich will ihn suchen gehen."

Und zog sich an und lief fort.

19

Erstaunlicherweise gelang es dem Halbschiffer irgendwie ganz schnell, den Linkshänder aufzufinden, freilich hatte man diesen noch auf kein Bett gebettet, sondern er lag immer noch im Korridor auf dem Fußboden und beklagte sich dem Englischen gegenüber.

„Unbedingt müßte ich", so sagte er, „zwei Worte mit meinem Herrscher sprechen."

Da lief der Englische sogleich zum Grafen Kleinmichel und schlug Lärm.

„Ist denn das denkbar! Hat er auch nur", sagte er, „den Pelz vom Schaf und nicht vom Kamele, ist doch vom Menschen seine Seele."

Aber für solche Äußerungen wurde der Englische dort sogleich hinausbefördert, er dürfe nicht wagen, auf die menschliche Seele auch nur anzuspielen. Und hernach sagte ihm ein anderer: „Du gingest am besten zum Kosaken Platow, bei dem kann man noch auf einfache Gefühle rechnen."

Dem Englischen gelang es, Platow zu fassen, der jetzt wieder auf seiner verdrießlichen Lottermane lag: Platow hörte ihn an und vermochte sich auch des Linkshänders zu entsinnen.

„Jawohl, Brüderchen", meinte er. „Und sehr gut bin ich mit ihm bekannt – ich habe ihn ja nicht umsonst am Haar gezaust – nur weiß ich nicht recht, wie ich ihm in diesem unglücklichen Fall beispringen soll; alldieweil ich schon völlig außer allem Dienst bin und bereits meine komplette Abfindung erhalten habe – und jetzt stehe ich dort nicht mehr in Ehren – du aber lauf schnell zum Kommandanten Skobelew, der hat viel Macht in Händen und hat auch in solchen Dingen Erfahrung, der ist imstande, etwas zu unternehmen."

Der Halbschiffer begab sich somit zum Skobelew und erzählte dem alles: welcherart die Krankheit des Linkshänders sei und wieso das gekommen. Skobelew meinte:

„Die Krankheit kann ich begreifen, freilich vermögen die Deutschen sie nicht zu heilen, hier braucht's irgendeinen Doktor aus dem geistlichen Stande, maßen diese in solchen Beispielen aufgewachsen sind und darum leichter beizuspringen vermögen: ich werde den russischen Doktor Martyn-Solskij gleich dorthin schicken."

Allein als Martyn-Solskij hinfuhr, war der Linkshänder bereits am Sterben, dieweil sein Hinterkopf bei der Berührung mit dem Fußsteig ein Loch erhalten hatte, und er vermochte nur das eine vernehmlich zu äußern:

„Meldet dem Herrscher, daß bei den Englischen die Gewehre nicht mit Ziegelstein gereinigt werden: so möge man sie bei uns auch nicht damit reinigen, denn wenn es, Gott behüte, einen Krieg geben sollte, werden sie nicht tauglich sein zum Schießen."

Und mit dieser Kundgebung der Treue bekreuzigte sich der Linkshänder und verstarb.

Alsbald, so begab sich Martyn-Solskij auf die Fahrt, um dieses dem Grafen Tschernyschow zu melden, damit dieser es vor den Herrscher bringe; Graf Tschernyschow aber schrie auf ihn ein:

„Kümmere dich", sagte er, „um dein Vomitiv und dein Laxativ und stopfe deine Nase nicht in fremde Angelegenheiten, denn hierfür gibt es in Rußland Generäle."

Somit wurde dem Herrscher nichts davon gemeldet, und die Reinigung der Gewehre wurde bis zum Krimkriege immer auf die alte Art durchgeführt. Und als jene Zeit herankam und man die Gewehre zu laden begann, da klapperten die Kugeln nur so drin herum, denn die Läufe waren mit Ziegelstein geputzt worden. Da erinnerte Martyn-Solskij den Grafen Tschernyschow an den Linkshänder, der Graf Tschernyschow aber sagte:

„So scher dich doch zum Teufel, du Plaisierrohr, und kümmere dich nicht um fremde Sachen, denn sonst werde ich einen derartigen Rückzieher machen, daß ich nie und nimmer irgendwas von dir darüber vernommen habe, worauf es dir die Suppe versalzen wird."

Martyn-Solskij überlegte: – Wahrhaftig, der war imstande, einen solchen Rückzieher zu machen – somit schwieg er besser.

Wenn er aber die linkshänderischen Worte damals zur rechten Zeit vor den Herrscher gebracht – in der Krim hätte der Krieg mit dem Feinde eine ganz andere Wendung genommen.

Nachwort

Jetzt sind das alles schon ‚Taten längst verschollener Zeit' und ‚Sagen des Altertums', wenn auch nicht eben eines ‚tiefen'; aber man sollte diese Überlieferungen nicht so rasch vergessen, trotz des märchenhaften Stiles der Legende und des epischen Charakters ihres Haupthelden. Der wirkliche Name des Linkshänders ist, ähnlich den Namen mancher Großen, auf ewig für die Nachwelt verloren – allein seine Gestalt bleibt gleich einem durch die Volksphantasie personifizierten Mythos lebendig, und seine Abenteuer können als ein Andenken an jene frühe Epoche gelten, deren allgemeiner Geist darin so treu und scharf erfaßt ist.

Solche Meister wie den sagenhaften Linkshänder gibt es natürlich in Tula nicht mehr: Maschinen haben die Ungleichheit der Talente und der Begabung längst ausgeglichen, und kein Genie zerbricht mehr im Kampf wider Achtsamkeit und Genauigkeit. Die Maschinen, die sich so segensreich für die Erhöhung des Einkommens erwiesen, sind für künstlerische Extravaganzen nicht segensreich, und doch überstiegen solche manchmal so sehr das Maß des Üblichen, daß sie die Volksphantasie zur Schaffung ähnlicher, märchenhafter Legenden wie die vorliegende begeisterten.

Es versteht sich, daß die Arbeiter die Vorteile zu schätzen wissen, die ihnen aus den praktischen Anwendungen der mechanischen Wissenschaft erwachsen, doch an die früheren Zeiten erinnern sie sich stets mit Stolz und Liebe. Denn dies ist ja ihr Epos, und es ist zudem ein Epos mit einer sehr ‚menschlichen Seele‘.

EIN KLEINER FEHLER

Das Geheimnis einer Moskauer Familie

1

Eines Abends in der Weihnachtszeit unterhielt man sich in einer gescheiten Gesellschaft über Glauben und Unglauben. Freilich handelte es sich hierbei nicht etwa um die erhabenen Fragen des Deismus oder Materialismus, sondern mehr um den Glauben an Menschen, begabt mit besonderen Kräften der Vorhersehung oder Prophezeiung und vielleicht sogar Wundertäter in ihrer Art. Unter den Plaudernden befand sich ein gesetzter Moskauer Mann, der folgendes zu sagen hatte:

„Meine Herren, es ist keineswegs leicht, ein Urteil darüber zu fällen, wer es mit dem Glauben hält und wer nicht glaubt, dieweil man im Leben verschiedene Beispiele kennt; es kommt nämlich vor, daß unser Verstand in solchen Fällen in Irrtümer fallen kann.“

Und nach dieser Einleitung erzählte er uns eine merkwürdige Geschichte, die ich mit seinen Worten wiederzugeben bemüht sein werde:

Mein Onkel und meine Tante glaubten auf gleiche Weise an den verstorbenen Wundertäter Iwan Jakowlewitsch[1]. Insbesondere mein Tantchen begann nichts, bevor sie ihn nicht darüber befragt hatte. Sie pflegte ihn zuerst im Irrenhaus aufzusuchen und sich mit ihm zu beraten, danach aber bat sie ihn, für ihre Angelegenheit zu beten. Mein Onkel, ein

[1] Iwan Jakowlewitsch Koreischa (1780–1861), ein Verrückter, der mehr als vierzig Jahre in einem Moskauer Psychiatrischen Krankenhaus zubrachte. Durch sein sinnloses Gelalle gewann er den Ruf eines ‚Propheten‘, was zur Folge hatte, daß er beständig von Leuten umgeben war, die danach lechzten, ‚Vorhersagen‘ zu vernehmen.

verständiger Mann, verließ sich weniger auf Iwan Jakowlewitsch, manchmal indes vertraute er ihm doch und hinderte niemand, ihm Gaben und Opfer darzubringen. Sie waren keine reichen Leute, doch recht vermögend, sie trieben Handel mit Tee und Zucker in einem Laden im eigenen Hause. Söhne hatten sie nicht, hingegen drei Töchter: Kapitolina Nikitischna, Katerina Nikitischna und Olga Nikitischna. Alle recht hübsch und kannten sich gut in mancherlei Arbeiten und in der Sorge ums Hauswesen aus. Kapitolina Nikitischna war verheiratet, freilich nicht mit einem Kaufmann, sondern mit einem Maler, einem sehr braven Mann jedoch, der genügend verdiente – er bewarb sich stets um lukrative Aufträge, zur Ausmalung ganzer Kirchen. Eines freilich war der ganzen Verwandtschaft nicht recht: daß er mit göttlichen Arbeiten beschäftigt war und dabei allerlei Freigeisterei aus Kurganows ‚Briefsteller' kannte. Er liebte es, vom Chaos zu sprechen, von Ovidius, von Promitèus, und hatte eine besondere Neigung, Fabeln und Sittenschilderung gleichzustellen. Ohne diesen Umstand wäre alles in bester Ordnung gewesen. Und zweitens – sie hatten keine Kinder, was Onkel und Tantchen recht bekümmerte. Da hatten sie nun ihre erste Tochter heiraten lassen, und plötzlich blieb die drei Jahre hindurch kinderlos. Dafür freilich schwirrte es nur so von Freiern um die beiden anderen.

Tantchen fragte den Iwan Jakowlewitsch, warum ihre Tochter kein Kind bekäme: „Wo sie doch beide", sagte sie, „hübsch und jung sind, also wieso keine Kinder?"

Iwan Jakowlewitsch lallte:

„Dieweil vom Himmel das Himmlische; es ist ein Himmel der Himmel."

Seine Deuterinnen übersetzten das der Tante. Väterchen befehle, sagten sie, ihrem Schwiegersohn auszurichten, er möge zu Gott beten, weil er offenbar zu wenig Glauben habe.

Tantchen ächzte nur: „Ihm", sagte sie, „ist alles offenbar!" Und setzte alsbald dem Maler zu, er möge zur Beichte gehen; dem aber war alles völlig Wurst. Der nahm alles auf die leichte Schulter ... er aß sogar in der Fastenzeit Fleischernes . . . und außerdem hatte man ihnen zugetragen, daß er sich sogar vor Würmern und Austern nicht scheue. Sie lebten alle im gleichen Hause und waren häufig darüber bekümmert, daß es in ihrer kaufmännischen Verwandtschaft so einen Mann ohne Glauben gebe.

2

Somit begab sich Tantchen zu Iwan Jakowlewitsch, um ihn mit eins darum zu bitten, daß er seine Dienerin Kapitolina fruchtbar mache und seinen Diener Larij (so hieß der Maler) durch Glauben erleuchte.

Onkel wie Tantchen baten beide um das gleiche.

Iwan Jakowlewitsch lallte etwas, was man überhaupt nicht verstehen konnte, seine dienenden Weiberchen aber, die ständig um ihn herum waren, erläuterten es:

„Er ist heute unverständlich", sagten sie. „Sie jedoch sollten uns sagen, worum Sie bitten, und das wollen wir ihm morgen auf einem Notizzettel vorlegen."

Tantchen hub an zu berichten, und jene notierten: „Der Dienerin Gottes Kapitolina den Mutterleib öffnen, dem Knecht Gottes Larij aber den Glauben vertiefen."

Die alten Leute ließen diesen Bittzettel da und schritten mit lustigen Füßen nach Hause.

Daheim sagten sie keinem ein Sterbenswörtchen, außer einzig der Kapotschka, und auch der nur mit dem Vorbehalt, sie dürfe ihrem Gatten, dem ungläubigen Maler, nichts davon vermelden, solle vielmehr mit ihm möglichst zärtlich und harmonisch umgehen und trachten, daß er an Iwan Jakowlewitsch glauben möge. Er war aber ein schrecklicher Teufelsager und hatte stets muntere Redensarten bereit, gleichsam ein Gaukler von der Pressnja. Nichts als Späße und Anzüglichkeiten. Wenn er in der Dämmerung zum Schwiegervater kam, sagte er: „Gehen wir, das Stundenbuch mit den zweiundfünfzig Blättern studieren", das heißt: Karten spielen . . . Oder er setzte sich und sagte: „Nur unter der Bedingung, daß wir bis zur ersten Ohnmacht spielen."

Tantchen, also die konnte solche Worte nicht hören. Der Onkel sagte ihm dann: „Mach sie nicht traurig, sie liebt dich und hat für dich ein Gelübde getan." Er aber lachte nur und sagte zur Schwiegermutter:

„Was geben Sie bloß für unbekannte Versprechungen? Oder wissen Sie vielleicht nicht, daß durch solche Versprechungen das Haupt Johannes des Täufers abgehauen wurde? Schauen Sie nur zu, daß nicht am Ende gar in unserem eigenen Hause ein unverhofftes Unglück eintritt."

Das erschreckte die Schwiegermutter noch mehr, und so lief sie bald jeden Tag aufgeregt ins Irrenhaus. Dort beruhigte man sie, man sagte ihr, es wäre alles in guter Ordnung: das Väterchen lese jeden Tag den Bittzettel, und was jetzt dort aufgezeichnet stünde, würde nur allzubald wahr werden.

Und es wurde auch plötzlich wahr, aber es war so etwas, was man nicht gerne ausspricht.

3

Da kam also zum Tantchen ihre mittlere Tochter, die Jungfrau Katetschka, und kniete direkt vor ihr nieder und schluchzte und weinte bitterlich.

Tantchen zu ihr:

„Was hast du, hat dich wer gekränkt?"

Jene aber antwortete mit Schluchzen:

„Liebes Mütterchen, und ich weiß selber nicht mal, was das ist und wieso ... zum ersten- und zum letztenmal ist es geschehen... Und nur vor Väterchen, ach vor dem verbergen Sie meine Sünde."

Tantchen sah sie nur an und tippte mit dem Finger auf ihren Bauch und sagte:

„Handelt es sich um das?"

Katetschka entgegnete:

„Ja, Mamachen ... und wie haben Sie das nur erraten ... wo ich doch selber nicht weiß, wieso ..."

Tantchen ächzte nur und schlug die Hände zusammen.

„Mein Kind", sagte sie darauf, „grüble nicht weiter darüber nach: es könnte sein, daß ich selber schuld an dem Fehler bin, ich werde gleich hinfahren, es in Erfahrung zu bringen." Und flog alsbald mit einer Droschke zu Iwan Jakowlewitsch.

„Zeigen Sie mir", sagte sie, „meinen Zettel mit unserer Bitte, wo draufsteht, daß das Väterchen beten soll, der Dienerin Gottes eine Leibesfrucht zu vermitteln: was steht dort geschrieben?"

Die Knickserinnen suchten auf dem Fensterbrett nach und händigten ihn ihr aus.

Tantchen warf nur einen Blick darauf und kam fast um den Verstand. Was meinen Sie wohl? In der Tat war alles nach einem fehlerhaften Gebet eingetroffen: dieweil dort statt der verheirateten Dienerin Gottes Kapitolina zu lesen war: die Dienerin Gottes Katerina, noch unvermählt, eine Jungfrau.

Die Weiberchen sprachen:

„Das ist doch keine Sünde! Wo doch die Namen einander so ähnlich sehen . . . aber es macht nichts aus, das kann man noch *in Ordnung bringen.*"

Tantchen dagegen dachte: nein, ihr schwindelt, jetzt könnt ihr das nicht mehr in Ordnung bringen: das Gebet für Katja ist schon erhört worden – und sie zerriß das Papier in winzige Stücke.

4

Die Hauptsache: sie fürchteten, wie man es Onkel beibringen sollte. Der war nämlich ein Mann, der, wenn er außer sich geriet, nur schwer zurückzuhalten war. Zudem liebte er Katja weniger als die anderen, seine Lieblingstochter war Olenka, die jüngste, der hatte er am meisten von allen zugedacht.

Tantchen überlegte hin und her, doch wurde ihr nur das eine klar, daß man mit dem Verstand allein dieser Not nicht Herr werden könne – so rief sie den Schwiegersohn, den Maler, zu Rat und eröffnete ihm alles in allen Einzelheiten und fragt ihn hierauf:

„Du bist zwar ein Ungläubiger", sagte sie, „aber es könnte trotzdem sein, daß auch in dir Gefühle vorhanden sind, und da bitte ich dich, hilf der Katja und steh mir bei, ihre Mädchensünde zu verbergen."

Der Maler doch runzelte plötzlich die Stirn und sagte streng:

„Verzeihen Sie bitte, Sie sind zwar die Mutter meiner Frau, aber erstens kann ich auf den Tod nicht leiden, daß man mich für einen Ungläubigen hält, und zum anderen verstehe ich nicht, wieso Sie Katja eine Sünde ankreiden, wenn Iwan Jakowlewitsch doch so lange Zeit für sie gebetet hat? Ich empfinde für Katetschka alle denkbaren brüderlichen Gefühle und werde für sie eintreten, dieweil sie hierbei in nichts schuldig geworden ist."

Tantchen biß sich auf die Finger und weinte, dann sagte sie:

„Na, na ... wirklich in nichts schuldig?"

„Versteht sich, in nichts. Das hat Ihr Wundertäter alles verkohlt, rechnen Sie also mit dem ab."

„Wie soll ich mit ihm abrechnen! Wo er doch ein Gerechter ist."

„Alsdann, wenn er ein Gerechter ist, dann schweigen Sie. Und schicken Sie mir durch Katja drei Flaschen Champagnerwein."

Tantchen fragte zurück:

„Was sagen Sie?"

Jener aber wiederholte:

„Drei Flaschen Champagner – die eine auf der Stelle in meine Gemächer, die zwei anderen später, wenn ich sie anfordere, doch sehen Sie zu, daß sie im Hause sind und daß sie auf Eis gestellt werden."

Tantchen blickte ihn nur an und nickte mit dem Kopf.

„Gott mit dir", sagte sie, „und da meinte ich doch, daß du nur ungläubig seist, du bildest jedoch heilige Antlitze ab und bist dabei ohne jedes Gefühl... Darum kann ich vor deinen Ikonen auch keine Demut empfinden."

Jener aber erwiderte:

„Nein, was den Glauben anbetrifft, hören Sie auf: mir scheint, daß Sie im Glauben schwanken und immer nur an das Natürliche denken, als ob bei Katja der Grund zu allem zu suchen sei, ich aber glaube fest daran, daß der Grund zu alldem allein bei Iwan Jakowlewitsch liegt; und meine Gefühle werden Sie sehen, wenn Sie mir durch Katja den Champagner in meine Werkstatt bringen lassen."

5

Tantchen dachte hin und dachte her und schickte schließlich dem Maler den Wein, und zwar durch Katetschka selber. Die trat, ganz in Tränen, mit dem Tablett bei ihm ein, er aber sprang auf, faßte ihre beiden Hände und brach selber in Tränen aus.

„Es macht mir so viel Kummer, mein Täubchen", sagte er, „was dir zugestoßen ist, aber jetzt ist keine Zeit, zu dösen, rücke lieber so schnell als möglich mit all deinen Heimlichkeiten heraus."

Da enthüllte ihm die Jungfrau, was sie für Dummheiten gemacht habe, er jedoch führte sie in sein Atelier und sperrte es fest ab.

Tantchen empfing den Schwiegersohn mit verweinten Augen und schwieg. Aber er umarmte sie, küßte sie und sagte:

„Haben Sie keine Angst, weinen Sie nicht. Gott wird uns vielleicht helfen."

„So sage mir zum mindesten", raunte Tantchen, „wer schuld an allem ist?"

Der Maler drohte ihr nur zärtlich mit dem Finger und sagte:

„Also das ist gar nicht recht: mir machen Sie beständig Vorwürfe, daß ich ungläubig wäre, jetzt aber, da Ihrem Glauben eine Prüfung zustößt, sehe ich, daß Sie selber kein bißchen gläubig sind. Ist Ihnen denn nicht klar, daß es keine Schuldigen gibt, sondern daß dem Wundertäter einfach ein kleiner Fehler unterlaufen ist?"

„Und wo ist meine arme Katetschka?"

„Die habe ich mit der schlimmsten künstlerischen Beschwörung beschworen, und da ist sie wie ein Schatz nach dem Amen zu Staub zerfallen."

Und wies selber der Tante den Schlüssel vor.

Tantchen erriet, daß er das Mädchen vor dem ersten väterlichen Zorn verborgen habe und umarmte ihn.

Und raunte:

„Verzeih mir – du verfügst freilich über zarte Gefühle."

6

Der Onkel erschien, trank nach seiner Gewohnheit Tee und sagte:

„Alsdann wollen wir das Stundenbuch mit den zweiundfünfzig Blättern lesen."

Sie setzten sich. Die Hausgenossen aber schlossen alle Türen ringsum zu und gingen auf Zehenspitzen. Tantchen jedoch lief bald von der Tür weg, bald wieder trat sie heran – und horchte immer und bekreuzigte sich.

Endlich klirrte dort was. . . Da lief sie gleich fort und versteckte sich.

„Hat es gesagt", sagte sie, „hat das Geheimnis offenbart! Und jetzt wird gleich die Hölle los sein."

Und wahrhaftig: mit eins ging die Tür auf und der Onkel schrie:

„Meinen Pelz und den großen Stock!"

Der Maler zog ihn am Arm zurück und sagte:

„Was hast du? Wohin willst du?"

Der Onkel:

„Ich will ins Irrenhaus fahren, den Wundertäter verhauen!"

Tantchen stöhnte hinter einer anderen Tür:

„Lauft", sagte sie, „lauft schnell ins Irrenhaus, damit man Väterchen Iwan Jakowlewitsch verstecke!"

Und in der Tat, der Onkel hätte ihn bestimmt verhauen, indes der Schwiegersohn und Maler hielt ihn kraft seines Glaubens auch hiervon zurück.

7

Denn der Schwiegersohn erinnerte den Schwiegervater daran, daß dieser doch noch eine Tochter habe.

„Macht nichts“, sagte der darauf, „die hat ihr eigenes Los, ich aber will den Koreischa hauen. Und mag man mich dann hinterher verurteilen.“

„Ich will dir gar nicht“, sagte der andere, „mit dem Gericht bange machen, aber überlege lieber: wieviel Unheil kann Iwan Jakowlewitsch der Olga zufügen. Es ist doch ganz gräßlich, was du dabei riskierst!“

Der Onkel blieb stehen und wurde nachdenklich:

„Ja wieso“, sagte er, „und was für ein Unheil könnte er ihr zufügen?“

„Na, genau das gleiche doch, was er der Katetschka an Unheil zugefügt hat.“

Da schaute der Onkel nur so und meinte:

„Hör auf mit dem Quatsch! Liegt das denn in seiner Macht?“

Der Maler aber entgegnete:

„Also, wenn du, wie ich sehe, ein Ungläubiger bist, dann tu, was du für gut hältst, aber jammere hinterher nicht und schwärze keine armen Mädchen mehr an.“

Da schwieg der Onkel. Und der Schwiegersohn zog ihn ins Zimmer zurück und begann auf ihn einzureden.

„Meiner Ansicht nach“, sagte er, „wäre es besser, den Wundertäter beiseite zu lassen und diese Angelegenheit mit Hausmitteln zurechtzubiegen.“

Der Alte stimmte zu, nur wußte er nicht recht, wie man das in Ordnung bringen solle, doch der Maler und Schwiegersohn half ihm auch hierbei und sagte:

„Gute Gedanken soll man nicht im Zorn finden, sondern im Vergnügen.“

„Ja wie denn“, entgegnete jener, „was denn, Brüderlein, für ein Vergnügen bei so einer Geschichte?“

„Na, ich meine, da habe ich doch zwei Glasphiolen mit Brausewasser stehen und solange du die nicht mit mir austrinkst, werde ich kein Sterbenswörtchen mehr sprechen. Sag, daß du einverstanden bist. Denn du weißt ja, was für einen Charakter ich habe.“

Da schaute ihn der Alte an und sagte:

„Also los, her damit! Und was wird das weiter geben?“

Im übrigen war er einverstanden.

8

Da traf der Maler geschwind seine Anordnungen und kam zurück und hinter ihm schritt sein Meister, ein junger Künstler, mit einem Tablett, und darauf standen zwei Flaschen mit den Gläsern.

Kaum waren sie eingetreten, da sperrte der Maler die Tür hinter sich zu und steckte den Schlüssel in die Tasche. Der Onkel sah ihn nur an und begriff sogleich alles, der Schwiegersohn aber nickte dem Künstler zu und der stellte sich demütig als Bittsteller auf.

„Meine Schuld – verzeihen Sie und geben Sie ihren Segen.“

Der Onkel fragte den Schwiegersohn nur:

„Kann man ihn hauen?“

Der Schwiegersohn:

„Man kann schon, ist aber nicht notwendig.“

„Dann soll er wenigstens vor mir niederknien.“

Der Schwiegersohn flüsterte dem Künstler ins Ohr:

„Also knie des geliebten Mädchens wegen vor dem Vater nieder.“

Das tat jener.

Der Alte brach in Tränen aus.

„Liebst du sie wirklich sehr?“ sagte er.

„Ich liebe sie.“

„Na, dann küß mich.“

Auf diese Weise wurde der kleine Fehler des Iwan Jakowlewitsch vertuscht. Und alles blieb in wohltätiger Heimlichkeit und die Freiersleute umschwirrten die jüngere Tochter, dieweil sie ja sahen: es waren zuverlässige Mädchen.

DAS ERLESENE KORN

Eine kurze Trilogie im Halbschlummer

Da aber die Leute schliefen, kam sein Feind und säte Unkraut zwischen den Weizen ...
Matth. 13, 25

DER Wunsch, teure Freunde wiederzusehen, trieb mich, sie aufzusuchen; Zeitmangel aber zwang mich, die aus diesem Anlaß notwendige Reise während der Feiertage zurückzulegen. Aus diesem Grunde mußte ich den Beginn des neuen Jahres im Eisenbahnwagen begehen. Meine Stimmung war unfroh und bedrückt. Moralprediger bestärken uns darin, jeden Abend unser Gewissen zu prüfen. Daran halte ich mich nicht. Bei Beendigung des verbrachten Jahres aber muß ich jedesmal an den moralischen Rat dieser Lehrer denken und beginne daraufhin, mich selber zu prüfen. Ich tue das damit einmalig für das gesamte Jahr, es endet aber mit großer Bestimmtheit jedes Mal damit, daß ich allseitig unzufrieden mit mir bin. Dieses Mal jedoch wurde meine bereits übliche Unzufriedenheit noch durch Ärger über andere kompliziert – insbesondere über den Fürsten Bismarck wegen seiner verächtlichen Äußerungen über meine Landsleute und ebenso wegen seiner für uns ungünstigen Voraussagen. Seine eiserne Grobheit hatte ihm nämlich geradeheraus und ohne die geringste Zurückhaltung auszusprechen erlaubt, daß Rußland seiner Ansicht nach nichts übrigbleibe als „unterzugehen". Ja, wie denn? und warum denn untergehen? Und so verfiel ich ins Grübeln und Sinnieren, ob es sich in der Tat so verhielte – oder war es vielleicht doch nicht so? Um mich herum schlief alles. Die fünf, sechs Passagiere, die mir der Zufall als Reisegefährten beschert, hatten sich alle voneinander abgewandt und schnarchten wie vor lauter Erbitterung.

Und da schämte ich mich meiner Bedrücktheit sowohl wie meiner nichtigen Gedanken und daß ich nicht schlafen könne, obwohl doch alle anderen schliefen. Und was ging es mich denn überhaupt an, was der Bismarck über uns geäußert, und wieso sei ich verpflichtet, seinen Voraussagen Glauben zu schenken? Besser, nichts davon in sich selber aufnehmen, sondern sich anpassen und einschlafen gleich den übrigen Menschen, und alsbald würde alles heiterer und anziehender aussehen.

Das versuchte ich denn auch: ich wandte mich von den anderen ab, die mir ohnehin bereits vorher die Rücken zugekehrt hatten, und begann eifrig den Schlummer herbeizusehnen; doch gelang mir dieses nur schlecht und unter unablässigen Unterbrechungen, bis mir endlich das Schicksal eine unerwartete Ablenkung bescherte, die für eine gewisse Spanne meine Schlaftrunkenheit verscheuchte und mich zu gleicher Zeit wieder den ungünstigen Folgerungen, die ich aus unserer Disharmonie zog, entriß.

Als der Zug in dem Bahnhof eines kleinen Städtchens hielt, betraten zwei Männer den Wagen – der eine behende, offenbar jung, während der andere schwerfälliger und älter schien. Übrigens konnte ich sie nicht genau sehen, denn die Kupeelaternen waren durch dunkelblaue Gaze verdunkelt und ließen nicht so viel Licht durch, daß man die unbekannten Gesichter hätte betrachten können. Trotzdem war ich sogleich geneigt zu glauben, daß die neuen Passagiere nicht nur der wohlhabenden, sondern auch der gebildeten Klasse angehörten. Sie machten beim Eintreten keinen Lärm, sie sprachen auch nicht besonders laut und gaben sich überhaupt alle erdenkbare Mühe, niemand durch ihr Kommen zu behelligen, sondern sie nahmen still und wohlmeinend dort Platz, wo sie einen freien Raum fanden. Zufällig war das ganz in der Nähe von jenem Sitz, wo ich, in eine dunkle Polsterecke gedrückt, vor mich hin nickte. Ob ich wollte oder nicht, ich mußte ein jedes ihrer Worte hören, selbst wenn sie es in halbem Flüsterton ausgesprochen hätten. Also geschah es denn auch, und ich kann darüber nicht Klage führen, da die

Unterhaltung, die meine neuen Nachbarn leise und mit gedämpfter Stimme begannen, mir so interessant schien, daß ich sie, kaum heimgekehrt, sogleich niederschrieb und sie jetzt sogar der Aufmerksamkeit der Leser vorzulegen mich anschicke.

Gleich nach den ersten Worten, welche die neuen Passagiere wechselten, war zu erkennen, daß sie schon vorher, als sie in Erwartung des Zuges im Bahnhofsgebäude hatten warten müssen, über das gleiche interessante Thema geplaudert hatten und daß sie jetzt nur fortfuhren, die Punkte zu beleuchten, die sie schon vorher berührt hatten.

Der ältere der beiden Passagiere sprach mit einem schon ziemlich abgenutzten Bariton – einer Stimme, die sich sozusagen für einen reichen Aktionär schickte oder nicht minder für irgendeinen Geheimrat, der irgendwelche Bodenschätze des Landes zu verwalten hat. Der andere hörte meist zu und warf nur ab und zu ein Wörtchen ein oder fragte nach irgendeiner Einzelheit. Dieser sprach mit einer ziemlich lebhaften Fistelstimme, wie man sie häufig bei fortschrittlich gesinnten Beamten findet, die eine gewisse Neigung spüren, sich mit Literatur zu befassen. Der Bariton begann zu sprechen, und seine Rede war folgende:

– Ich werde Ihnen sogleich unsere ganze gesellschaftliche Struktur in figura vorführen, und zwar wie diese bei einer Begebenheit Gestalt fand, die sich ganz vor kurzem zutrug und die meines Erachtens überaus merkwürdig ist. Dieser Vorfall mag Ihnen beweisen, daß unser urwüchsiges russisches Genie, das Sie verneinen, durchaus kein leeres Gerede ist. Mag man immer auch sagen, ‚das Reußenland sei ein Zerreußenland' und daß, wohin man auch blicke, bei uns nichts als Zwietracht und Dissonanz herrsche – in Wahrheit aber muß ein jeder, der die Erscheinungen leidenschaftslos zu betrachten weiß, auch in diesem Zwiespalt etwas ungewöhnlich Geschlossenes erblicken oder sozusagen, wie Sie es ausdrückten, etwas gesellschaftlich Strukturelles. Der Bismarck hat irgendwo gesagt, Rußland bleibe nichts übrig als unterzugehen; die Schwätzer in den Gazetten aber haben das aufgegriffen und schwatzen nun und tratschen ... Sie jedoch sollten auf dieses Geschwätz nicht hören, sondern besser in die Dinge eindringen, wie sie sich in Wahrheit abspielen, und dann werden Sie erkennen, daß in uns die Fähigkeit liegt, uns vor jeder Not zu schützen, wie kein anderer dies zu tun weiß, und daß uns, wahr und wahrhaftig, sogar solche Lagen nicht gefährlich werden können, an die vielleicht selbst Herr Bismarck nicht gedacht hat und die andere Leute, die nicht so hart gesotten sind, einfach zerdrücken würden.

– Sie geben der Frage damit eine ungemein bemerkenswerte Wendung, und ich bin gern bereit, Sie anzuhören, bemerkte die Fistelstimme.

Der Bariton fuhr fort.

– Wenn ich die drei kleinen Geschichten, die ich Ihnen über unsere gesellschaftliche Struktur erzählen möchte, für die Presse bestimmt hätte, dann würde ich sie wahrscheinlich als eine Trilogie darüber bezeichnen, wie der Dieb dem Diebe einen Stecken stahl und wie es dadurch für alle zu einer großen Lebenswohlfahrt kam. Da sich zur Zeit übrigens sogar eine jede Null bei uns als Literat ausgibt, so will ich versuchen, Ihnen meine Erzählung möglichst literarisch auszuschmücken ... Und zwar werde ich Ihnen meine Erzählung in Art einer Trilogie nach Rubriken vortragen, in deren erste ich den intelligenten Menschen zu setzen gedenke, das heißt den Herrn, der, nach Meinung vieler, am meisten ‚den Anschluß an die Natur verloren' hat. Und da werden Sie sogleich selber erkennen, was für ein leeres Gerede das ist, und wie bei uns nach unserem Sprichwort ‚eine jede Fichte dem eigenen Fichtenwald zurauscht'.

1

Der Herr

Ich befand mich im Sommer auf Reisen und gelangte so auch auf die Landwirtschaftliche Ausstellung. Ich schritt in Gedanken durch alle Abteilungen und gab mir Mühe, mich an irgend etwas Vaterländischem zu delektieren – allein, wie das zu erwarten stand, ich sah, daß nichts dergleichen möglich wäre: es gab nichts, woran man sich delektieren konnte. Das Einzige, was mir ins Auge stach und was mir, gesteh ichs nur, sogar erstaunlich schien, das war irgendwessen Weizen, den ich in einer Vitrine erblickte.

Zeit meines Lebens hatte ich noch nimmer ein solch großes reines und volles Korn gesehen. Es machte den Eindruck, dies sei kein Weizen, sondern eine Probe ausgesuchter Mandeln, wie ich solche zuweilen in der Kindheit zu Hause erblickt hatte, wenn Mütterchen zu Ostern die Osterkuchen mit Mandeln verzierte.

Ich schaute nach dem Herkunftszeichen und geriet noch mehr in Verwunderung: dort stand nämlich zu lesen, daß dieses erstaunliche, daß dieses prachtvolle Korn von den Feldern meiner Heimat stamme, und zwar von einem Gut, das einem Nachbarn meiner Verwandten gehörte, einem sehr namhaften Herrn, den ich Ihnen natürlich nicht nennen werde. Ich füge nur hinzu, daß er ein bekannter Förderer aller slawischen Dinge ist, daß er in der Verwaltung des Roten Kreuzes zu Hause war, und so weiter und so weiter.

Ich kannte diesen Herrn noch vom Gymnasium her, doch gestehe ich offen, daß ich damals keine rechte Sympathie für ihn empfunden habe. Das rührte übrigens noch aus den Kindertagen her, da er in der Klasse immer die Federmesser klaute und sie dann verkaufte; hernach aber begann er sich die Augenbrauen schwarz zu färben und befaßte sich gar mit noch schlimmerem.

So dachte ich mir denn: mag sein, daß auch hierin so was wie ein Betrug steckt! Die Wahrscheinlichkeit sprach dafür, daß er von deutschen Kolonisten einen Sack trefflichen Weizens erstanden und diesen nun ausstellte, als rühre er von seinen eignen Feldern her.

Daß ich solche Überlegungen anstellte, lag darin begründet, daß unsere Felder Roggenfelder sind und daß sie, wenn sie schon Weizen hergeben, dann auf keinen Fall einen, der Nutzen bringt. Um jedoch nicht allzulange meinen Nächsten auf diese Weise zu verunglimpfen, beschloß ich lieber, zum

Büfett zu gehen, dort einen Schluck unseres guten russischen Branntweins zu trinken und dazu ein Stück Fischpastete zu verzehren. Denn ist man gesättigt, schwindet jegliche Lust an der Kritik.

Kaum jedoch hatte ich im Restaurant Platz genommen, da bemerkte ich unweit von mir einen Herrn, der mir von Ansehen irgendwie bekannt schien. Ich blickte ihn an und sah dann wieder weg, allein ich fühlte, daß auch er mich genau betrachtete, und plötzlich beugte er sich zu mir herüber und sagte:

„Verzeihen Sie bitte, täusche ich mich nicht, so sind Sie der und der." Ich entgegnete: „Sie täuschen sich nicht – ich bin in der Tat jener, dessen Namen Sie eben nannten." „Und ich", sagte jener, „bin der und der", und nannte dabei auch seinen Namen.

Ich hoffe, Sie vermögen zu erraten, daß es ausgerechnet jener Schulkamerad aus alter Zeit war, der im Gymnasium die Federmesser klaute und sich die Augenbrauen schwärzte und der jetzt diesen erstaunlichen Weizen produzierte und gar noch ausstellte.

Je nun, vortrefflich: kommt Berg auch nie mit Berg zusammen, Mensch und Mensch ist es durchaus möglich, zusammenzutreffen. Zunächst wechselten wir einige Fragen: wieso, von wo und warum? Ich schilderte ihm, daß ich einfach wie Tschitschikow[1] zu meinem eignen Vergnügen reise. Er aber soufflierte mir scherzhaft: „Und orientieren sich augenscheinlich dabei."

„Ich orientiere mich nicht", erwiderte ich, „es ist lediglich zu meinem eignen Vergnügen, daß ich mir dies alles anschaue."

Er jedoch stellte sich mir sogleich als einer der Aussteller vor und teilte mir mit, er habe Weizen ausgestellt.

Ich erwiderte, diesen seinen Weizen hätte ich schon bemerkt, und ich bekundete ihm meine Neugier, von was für

[1] Tschitschikow, der Held des Romanes ‚Tote Seelen' von Gogol, reist durch Rußland und kauft tote Seelen, d. h. die Registernummern von Leibeigenen, die verstorben, aber noch nicht abgemeldet sind: der Nachweis des Besitzes von vielen ‚Seelen' soll ihm Kredit verschaffen (Anmerkung des Übersetzers).

einem Saatkorn und in welcher Gegend der eigentlich gezogen worden sei. Und er erzählte mir alles mit großer Wortgewandtheit und er erschlug mich geradezu mit seinen Einzelheiten. Und aufs neue staunte ich, als ich so erfuhr, daß selbst das Saatkorn aus unserer Gegend stamme und daß die Felder, die solch erstaunliches Korn hervorgebracht, an die Felder meines Vetters grenzten.

Ich wiederhole Ihnen, ich wunderte mich, weil unser Landstrich noch niemals guten Weizen hergegeben hatte. Er aber erwiderte:

„Na ja, das war früher, jetzt jedoch liegen die Dinge bei uns völlig anders. Zumal in meiner Landwirtschaft. Das kann man nicht mit den Zuständen aus alter Zeit vergleichen. Der Unterschied ist riesig, Väterchen, denn seit jener Zeit ist in allem eine gewaltige Änderung eingetreten, seit Sie unser Gouvernement verlassen haben, um zu Rang und Würden zu gelangen und durch kühne Börsenmanöver zu leicht erworbenem Kapital. Wir, mein Väterchen, wir hocken gleich den Bauern aus Murom fest auf dem Erdboden, ja, so hocken wir und haben dabei etwas ausgebrütet. Jetzt ist nämlich unsere Zeit gekommen, die Zeit des Landadels, Ihre Zeit dagegen, die Beamtenzeit, ist im Vergehen. Die Menschen haben sich an das Sprichwort aus Großväterzeit erinnert: ‚Der Erdrubel ist schmal und lang, der Handelsrubel dagegen breit und kurz.' Wir Landadel sind zum Pfluge zurückgekehrt und halten nicht rechts noch links Maulaffen feil – wir wissen nämlich, daß nicht die Hauptstadt, daß nur der Pflug uns retten kann."

„Gewiß", meinte ich, „alles schön und gut, allein da wohnt doch in Ihrer Gegend mein eigener Vetter, und den habe ich immer wieder besucht und dennoch niemals vernommen, daß man dort solch ein erstaunliches Korn erzielt hätte."

„Und was folgt daraus? Besuchen heißt noch nicht den Hausherrn spielen. Da haust bei mir beispielsweise im Dorf ein junger Pope, na, und wenn der verreist ist, pflege ich seine Frau aufzusuchen, kann aber damit nicht sagen, daß ich bei ihm den Hausherrn spiele, denn Hausherr bleibt nach wie vor der Pope. Und was Ihren Vetter anlangt, so ist der, verzeihen Sie schon, ein Gewohnheitsmensch."

„Freilich", erwiderte ich, „mein Vetter ist kein Freund von Unternehmen mit Risiko."

„Das ist nichts für ihn! Nein, nein! Solche wie ich gibt es bislang nur einige wenige, doch sind wir mit unserer Landwirtschaft schon gut vorangekommen, und Sie sehen die Ergebnisse: da ist mein Weizen. Sie haben es gewiß noch nicht gelesen: man hat mir hier für mein Korn die Goldene Medaille verliehen. Das ist für mich von einer ebensolchen Bedeutung wie die Konsolidierung unserer slawischen Fürstentümer, die vom Berliner Traktat gefährdet worden sind; doch woran wir nicht schuld sind, daran sind wir nun einmal nicht schuld; und was unsere landwirtschaftlichen Grundsätze anlangt, da erkennen wir für uns keine Vorschriften an. Kommen Sie doch bitte noch einmal zu meiner Vitrine."

Ich war darüber recht froh, um nur nicht weiter über diese „Fürstentümer" reden zu müssen, denn in dieser Frage bin ich Laie. Wir traten an die Vitrine heran. Er bediente sich vor meinen Augen eines kleinen silbernen schaufelähnlichen Gerätes, um das Korn umzurühren.

„Ich bin wirklich sehr überrascht", bemerkte ich. „Ich sehe zwar und doch will ich meinen eignen Augen nicht trauen, wie ist es nur möglich, daß ein so wunderbares riesiges Korn in unserem Ländchen erzeugt werden konnte!"

„Da lesen Sie", er wies auf die Bezeichnung an der Vitrine. „Sie sehen: meine Name. Und dabei ist hier, mein Väterchen, jede Möglichkeit eines Unterschleifs ausgeschlossen: dort in der Ausstellungsverwaltung liegen nämlich alle Dokumente, all die Zeugnisse und die verschiedenen Beglaubigungen. Alle Beweise liegen vor, daß dies in der Tat Korn aus meiner Ernte ist. Für den Fall, daß Sie Ihren Vetter aufsuchen sollten, darf ich Sie vielleicht um Ihren Besuch bitten – bei der Gelegenheit könnten Ihnen unsere Bauern bestätigen, daß dies hier Korn von meinen Feldern ist. Das ganze Geheimnis beruht in der Art des Anbaus, mein Väterchen, in nichts anderem als in der Art des Anbaus."

Ich dachte für mich, daß ich es eigentlich nicht glauben könne, allein Gott geb's!

„Und wie hoch", fragte ich, „stellt sich der Preis dieses seltenen Kornes?"

„Der Preis ist gesalzen: diese wurmstichigen Französlinge und Engländer hier, die rücken mir nicht von der Pelle und belagern mich in einem fort, sie bieten mir einen Preis, doppelt so hoch als den Höchstpreis, aber ich werde diesen Schuften natürlich nichts verkaufen."

„Warum das?"

„Na hören Sie mal – diesen Ausländern? ... Gott bewahre, Väterchen, nein, denen wird nichts verkauft! Nein, nein, Väterchen, auch ohne das gibt es bei uns mehr als genug dieser unseligen Diskrepanz zwischen Wort und Tat. Es ist doch nicht unbedingt nötig? Wozu uns diese Ausländer? Und da wir einmal echt russische Leute sind, so ist es unsere Pflicht, die echt russischen Händler zu unterstützen und nicht die Fremden. Mag ein echt russischer Kaufmann zu mir kommen, um zu kaufen, dem werde ich mein Korn ablassen und sogar gern ablassen. Ja, ich werde dem rechtgläubigen Russen sogar von jenem Preise nachlassen, den die Ausländer bieten, mag der echte Russe daran verdienen."

Derweil wir aber so plauderten, bemerkte ich, daß zu ihm in der Tat zwei Ausländer heranflatterten.

Es machte mir den Eindruck, daß dies Juden seien, allein sie sprachen vortrefflich Französisch und sie begannen ihn hitzig zu bearbeiten, er müsse ihnen seinen Weizen verkaufen.

„Da sehen Sie, wie sie wetzen", meinte er russisch zu mir. „Dort aber, schauen Sie nur, der rote Teufel, wie er den Smolensker Hanf prüft. Das ist nur ein Ablenkungsmanöver. Er braucht den Hanf kein klein bißchen, das ist nämlich ein Engländer, der mir ebenfalls keine Ruhe läßt."

Je nun, überlegte ich, mag sein, daß dies alles auf Wahrheit beruht. Dann könnte es ja auch sein, daß diese ausländischen Agenten bei uns ihr blaues Wunder erleben werden, und sind wir denn bei uns nicht immer wieder solchen Personen unter unseren namhaften Leuten begegnet, die sich anschickten, den verfaulten Westen mit dem Stiefelabsatz zu zertreten? Offenbar ist dieser einer davon.

Seit der Begegnung waren zwei oder drei Tage vergangen, und fast hatte ich diesen Herrn schon vergessen, da traf es sich aufs neue, daß ich ihm begegnete und diesmal näher mit ihm bekannt wurde. Dies spielte sich in einem unserer besten Hotels beim Mittagessen ab; als ich Platz nahm, gewahrte ich, daß unweit von mir der hervorragende Landwirt mit einem sehr solide aussehenden Mann am Tisch saß, der zweifellos von echt russischer und sogar ohne jeden Zweifel von kaufmännischer Leibesbeschaffenheit war. Beide aßen gut und tranken dazu einen noch besseren Tropfen.

Doch auch er hatte mich bemerkt und sandte mir sofort durch den Kellner seine Visitenkarte nebst einem Sektpokal auf einem silbernen Tablett zu.

Zurückweisen wäre unhöflich gewesen, so nahm ich denn den Pokal und winkte ihm von fern einen Gruß durch die Luft.

Auf der Visitenkarte stand mit Bleistift geschrieben: „Sie können mir Glück wünschen! Ich habe mein Korn diesem glücklichen Russen verkauft, und wir begießen es mit ‚Tremtete'. Wenn Sie mit Ihrem Mittagessen fertig sind, dann gesellen Sie sich doch zu uns!"

Dies letztere war ich auf keinen Fall zu tun bereit, er aber schien meine Gedanken gelesen zu haben und kam selber heran.

„Fertig", sagte er, „wir sind einig geworden, Väterchen, ich habe nach meinem Willen verkauft: einem Russen. Der Kaufmann dort hat meine ganze Ernte gekauft und gleich Fünftausend als Anzahlung auf meinen Weizen gegeben. Es ist keine Bagatelle – macht alles in allem einige Vierzigtausend. Offengestanden hat er mich recht gedrückt, doch ich tröste mich damit, daß einer der Unsern daran verdienen wird, ein Russe. Die Franzosen und der Engländer fahren aus der

Haut, sie sind wütend, ich aber bin froh. Der Teufel soll sie alle holen, mögen sie keinen solchen Unsinn daherreden, daß es bei uns zulande keinen Patriotismus gäbe. Kommen Sie, ich werde Sie mit meinem Käufer bekannt machen. In seiner Art ein originelles Subjekt: er stammt von einfachen, echt russischen Leuten ab und hat sich zum Kaufmann emporgearbeitet, jetzt aber ist er schrecklich reich und spendet in einem fort für Gotteshäuser; bei Gelegenheit freilich ist er nicht ungern dabei, einen zu heben. Und jetzt eben ist er im besten Zuge: was meinen Sie dazu, wenn wir gemeinsam von hier abschwirren dorthin, wo ,ein Winkel fürs beleidigte Gefühl' zu finden ist?"

„Ach nein", versetzte ich, „trinken, das ist nichts mehr für mich."

„Und warum denn nicht? Hier kann man Rang und Würde außer acht lassen – wir sind schlichte Leute und jeder auf seine Weise verrückt."

„Das ist ja der Jammer", erwiderte ich, „meine Gesundheit erlaubt mir nicht mehr zu trinken."

„Alsdann, was soll man schon mit Ihnen anfangen, Sie sollen Ihren Willen haben – bleiben Sie zu Hause. Derweilen aber schauen Sie vielleicht den Vertrag da an – delektieren Sie sich, wie das alles genau ausgeführt ist. Ich, mein Väterchen, was mich anlangt, bei mir geht es nur nach der notariellen Ordnung. Tjawoll, mit unsern Reußlingen, da muß man's genau halten, das geht nun einmal nicht anders, so einen muß man zuerst nach Noten ,einwickeln', und dann erst darf man ,Tremtete' mit ihm konsumieren. Da schauen Sie, wir haben alles genau bestimmt: Fünftausend Anzahlung, das Korn wird bei mir auf meinem Gut übernommen – die ganze Ernte, schon ausgedroschen, die in den Scheuern des Dorfes Tscheritajewo aufgespeichert liegt, wogegen das Geld alsbald ausbezahlt wird noch vor Verladung der Säcke auf die Barken.

Was meinen Sie, ist da noch etwas übersehen? Mir scheint, es ist ziemlich genau."

„Der Ansicht bin auch ich", erwiderte ich.

„Jawohl“, versetzte er, „ich kenne ihn nämlich ein wenig: er hat viel für die Slawen gespendet, es ist gefährlich, so einem den Finger in den Mund zu stecken.“

Der Herr war eindeutig aufgekratzt und der Kaufmann ebenfalls.

Abends sah ich die beiden im Theater in einer Loge mit einer nur allzu hübschen und äußerst raffiniert angezogenen Frau, die zweifellos weder des einen noch des andern Gattin oder Anverwandte war und offenbar erst vor ganz kurzem mit den beiden Bekanntschaft geschlossen hatte.

In den Zwischenpausen erschien der Kaufmann am Theaterbüffet und verlangte nach ‚Tremtete‘.

Und alsbald folgte ihm der Kellner mit Pfirsichen und anderen Früchten und einer Flasche Crème de Thé.

Beim Theaterausgang fing mich der alte Schulkamerad noch einmal ab und bestürmte mich, mit ihm und den beiden das Abendessen zu teilen, wobei er mir außerdem noch versicherte, ihre Dame sei ein ‚Subjekt allerhöchster Schule‘.

„Wirkliche Haute École!“

„Um so besser für Sie“, erklärte ich, „in meinen Jahren aber –“ und so weiter und so fort – mit einem Worte, ich lehnte den verführerischen Vorschlag ab, der für mich um so weniger schicklich schien, als ich ja beabsichtigte, am Tage darauf in aller Frühe diese lustige Stadt zu verlassen und meine Reise fortzusetzen.

Mein Landsmann gab mich frei, nahm mir aber das Wort ab, ihn, wenn ich auf dem Lande bei meinem Vetter weile, auf jeden Fall zu besuchen, um seine Musterwirtschaft anzuschauen und insbesondere seinen erstaunlichen Weizen.

Ich leistete das gewünschte Versprechen, wenn auch nicht eben gern. Ich weiß nicht recht, wie ich Ihnen das erklären soll: ob mir die Schulerinnerungen an die Federmesserchen und an noch Schlimmeres aus dem Gebiet der Haute École störend dazwischenkamen, oder ob mich die ‚Schwammigkeit‘ an ihm abstieß, mir war in einem fort – wenn ich ihn in seinem Hause besuchen ginge, würde er mir entweder einen Windhund anhängen oder eine Drehorgel.

Nachdem ich mich hier und dort herumgetrieben und mich sogar ein wenig einer Kur unterzogen hatte, gelangte ich wahrhaftig ein oder zwei Monate darauf in meine heimatlichen Gefilde, und dort fragte ich, nachdem ich ein wenig ausgeruht hatte, meinen Vetter:

„Sag mal, bitte, wo steckt bei euch der und der? Und was ist das für ein Mensch? Ich soll ihn nämlich besuchen."

Der Vetter warf mir einen Blick zu und erwiderte:

„Ja, wie, den kennst du?"

Ich sagte, daß wir gemeinsam die Schule besucht hätten und daß ich nunmehr nach langer Zeit auf der Landwirtschaftlichen Ausstellung die Bekanntschaft erneuert habe.

„Ich kann dir zu der Bekanntschaft nicht gratulieren."

„Und wieso das?"

„Er ist nämlich der illuminierteste Lügner und ein patentierter Gauner."

„Offengestanden, das war auch mein Eindruck", erwiderte ich.

Und erzählte, wie wir einander auf der Ausstellung begegnet, wie wir unserer Schulfreundschaft gedacht und was alles er mir von seiner Ökonomie erzählt habe und von seiner Tätigkeit zugunsten der slawischen Brudervölker.

Mein Vetter lachte laut auf.

„Was ist daran Komisches?"

„Es ist alles lächerlich, zudem auch etwas eklig. Ich hoffe übrigens, daß du in politischer Hinsicht ihm gegenüber nicht allzu offenherzig gewesen bist."

„Warum?"

„Du mußt wissen, er hat eine recht sonderbare Angewohnheit: er sucht ständig jedem Gespräch eine gewisse Richtung zu geben, dann aber pflegt er sich plötzlich daran zu erinnern, daß er ein ‚Edelmann' sei, und beginnt zu protestieren und sogar zu drohen. Er hat mitunter Schläge einstecken müssen, noch häufiger jedoch hat man ihm so lange Sekt eingepumpt, bis ihm die Erinnerung schwand."

„Nein, nein", erwiderte ich, „ich ließ mich in keine politische Unterhaltung ein, doch selbst wenn ich mich darin eingelassen hätte, es wäre nichts daraus entstanden, denn meine ganze Politik besteht in einer absoluten Abkehr von der Politik."

„Das spielt keine Rolle."

„Wie das?"

„Je nun, er ist imstande zu lügen und zu denunzieren, daß du irgendwie schweigend deiner Mißachtung Ausdruck verliehen hättest ..."

„Das bedeutet allerdings, daß man sich auf keinen Fall vor ihm schützen kann."

„Ja und nein, wenn man nämlich nicht die Courage hat, ihn einfach an die Luft zu setzen."

Dies letztere erschien mir ein wenig zu starker Tobak.

„Da muß ich mich aber wundern", warf ich ein, „wieso alle andern sich in bezug auf ihn so irren."

„Wer denn, zum Beispiel?"

„Ja, ist er denn nicht", erwiderte ich, „noch zu Zeiten des Slawenkrieges aus eurer Gegend gekommen, und hat man denn bei euch nicht über ihn in den Zeitungen geschrieben? Und wurde er nicht auch von respektablen Leuten empfangen?"

Da lachte mein Vetter und meinte, keiner habe diesen Herrn je entsandt oder gar bevollmächtigt, zugunsten der Slawen tätig zu sein, sondern er habe ganz von selber hierin ein ungewöhnlich gutes Mittel entdeckt, seine üblen Geldverhältnisse zu verbessern und seine noch üblere Reputation.

„Daß er bei euch in der Hauptstadt so herumgezeigt und überall empfangen wurde, daran ist nur eure Modeäfferei schuld. Bei euch ist ja alles so: wenn ihr einen Wirbel in einer bestimmten Richtung ausgeheckt habt, dann gebt ihr euch mit jedem ab, ohne groß Federlesens zu machen."

„Da schau an", versetzte ich, „somit sollen wir also an allem schuld sein? Man kann es euch nun einmal nicht recht machen: bald scheint euch Petersburg kalt und steif, dann aber seid ihr bereit zu beschwören, daß Petersburg eine Einfalt wäre, die ein jeder eurer Gauner an der Nase herumführen könne."

„Ja, und stelle dir vor, das kann er in der Tat."

„Freilich!"

„Sei überzeugt davon. Die ganze Weisheit besteht darin, daß man bei euch nur aufpassen muß, was euch im gegebenen Augenblick im Kopf herumgeht und welche Torheit an der Reihe ist. Ob ihr gerade die slawischen Brudervölker entdeckt oder ob ihr mit eurem Geist die Freunde jenseits des Atlantik betören wollt oder ob ihr gar bereit seid, statt der Glocken Bauernbastschuhe zu läuten ... Festzustellen, was euch gerade in Wallungen versetzt, ist nie schwer, und wenn man dann zu eurer Primgeige die zweite Violine anstimmt, ist alles in Butter. Dann geht bei euch das Gebrüll los: ‚da haben wir unsere Provinz! – da ist sie, unsere frische, unsere unverbrauchte Kraft! Die gibt gleich ein anderes Echo als wir, die Untauglichen, Übeln, Schlimmen, Unnatürlichen, wir, erstickt in den Sümpfen von Ingermanland.' Ihr schwärzt euch selber an und geißelt euch unter Mitwirkung irgendeines literarischen Lügenbolds, unsere Provinzler aber lesen es und denken dabei: ‚Na, Brüder, da haben wir aber mal Karriere gemacht!' Ja und da ist es eben kein Wunder, daß jene, die noch schuftiger sind als die andern, sich, nachdem sie gelesen, wie ihr euch selber zur Last fallt und von uns, den Provinzlern, die Erneuerung erharrt – daß sie sich maskieren und zu euch nach Petersburg reisen, um euch etwas von unserer Tüchtigkeit abzugeben, von unsern ‚gesunden und festen nationalen Ideen'. Es versteht sich, daß die guten und ruhigen Leute dies alles mit Verwunderung betrachten, die Schläulinge aber machen derweil das Geschäft, und zwar bringen euch diese Lügenschippel eben genau das, was ihr von der Provinz haben wollt: sie sind sowohl mit den Slawen verbrüdert als auch mit den Transatlantikern befreundet, und sie sind gewillt, gleichzeitig nach vorn zu laufen und froh nach rückwärts bis dort hinaus zu retirieren. Mit einem Wort, was immer ihr verlangt, das geben sie an. Ihr aber meint, ‚das ist *bodenständig*! das ist die Provinz'. Wir jedoch, wir, die wir zu Hause sitzen, wir wissen, daß dies weder bodenständig ist noch Provinz, sondern daß dies lediglich unsere kleinen Lügner sind. Und jener, zu dem du dich begeben willst, der ist nämlich eben von dieser Sorte. Bei euch hat man ihn Gott weiß wie gepriesen, nach unserer Ansicht aber ist er nicht einmal die Bezeichnung Mensch wert, und bei uns will seit Gott weiß wie langer Zeit keiner mehr mit ihm zu schaffen haben."

„Aber er ist doch zum mindesten ein guter Landwirt?"

„Kein bißchen."

„Außerdem hat er Geld – das ist jetzt eine Seltenheit."

„Ja, seit der Zeit nämlich, da er nach Petersburg reiste, euch die nationalen Ideen zu lehren, seit damals klirrt in seinem Beutel etwas; uns aber ist bekannt, was er dort gekauft und wen er dort verkauft hat."

„In jedem Fall", erklärte ich, „weiß ich mehr als ihr alle, habe ich doch selber mit angesehen, wie er seinen vortrefflichen Weizen verkaufte."

„Dabei hat er gar keinen vortrefflichen Weizen."

„Wieso nicht?"

„Er hat ihn nun einmal nicht. Er hat ihn nicht und hat ihn nie gehabt."

„Verzeih, mein Lieber – aber ich habe ihn selber gesehen."

„In der Vitrine?"

„Jawohl, in der Vitrine."

„Nun, das ist nicht weiter verwunderlich, den haben ihm unsere eigenen Weiber mit ihren eigenen Händen ausgelesen."

„Das mußt du mir nicht sagen", antwortete ich, „wie wäre es möglich, solch Korn mit den Händen auszulesen?"

„Welche Frage – mit den Händen? Natürlich geht das. Du mußt wissen, die Weiber und Mädel sitzen im Frühling im Schatten der Scheuer, sie singen ‚Anton führt die Ziege heim' und lesen auf den Handflächen Korn um Korn aus. Das geht sehr gut."

„Dummes Zeug!" erwiderte ich.

„Durchaus kein dummes Zeug. Für dummes Zeug wird ein so schmutziger Geizhals wie unser Nachbar nie und nimmer Geld zahlen, und dieser hat vierzig Weibern einen ganzen Monat hindurch fünfzehn Kopeken täglich gezahlt. Er hat freilich die Zeit gut gewählt: im Frühling kann man unsere Weiber billig anstellen."

„Aber wie", fragte ich, „wie ist es möglich, daß er auf der Ausstellung ein Zeugnis beibringen konnte, daß dieses Korn von seinen Feldern stammt?"

„Wie denn nicht, das ist doch die reine Wahrheit. Denn die ausgelesenen Körner sind ja auf seinen Feldern gewachsen."

„Wenn das so ist, dann bedeutet es einen glatten und äußerst kecken Betrug."

„Und vergiß nicht, daß es weder der erste noch der letzte ist."

„Ja wie denn ... und der Kaufmann, den er mit so ausweglosen Bedingungen ‚eingesponnen' hat ... Hat der nicht selbstverständlich gegen diesen Herrn ein Gerichtsverfahren eingeleitet, oder hat er Pleite gemacht?"

„Freilich, das könnte schon stimmen, daß er ein Verfahren gegen ihn eingeleitet hat, allerdings bei einer sehr besonderen Instanz."

„Ja wo denn?"

„Beim Bauern. Nach eurer Denkweise gibt es zur Zeit keine höhere Instanz als diese."

„Nun, nun", meinte ich, „dir stehen solche Drehs und solche Scherze nicht. Berichte mir lieber einfach und wie es sich gehört, was eigentlich bei eurem Selbstdünkel vorgeht?"

„Bitte", entgegnete mein Vetter, „ich will es dir erzählen.

– Tja, mein Väterchen, und nun er erzählte mir etwas, das in der Tat durchaus imstande ist, alle engherzigen ausländischen Begriffe über die Geschäftsbelebung im Lande in Schatten zu stellen ... Ich weiß nicht, was Sie dazu sagen werden, meiner Ansicht nach aber ist es originell und muß dem Geist eines wahrhaften und ursprünglichen Menschen Spaß machen.

Hier unterbrach die Fistelstimme den Erzähler und überschüttete ihn mit Bitten, die begonnene Trilogie zu Ende zu führen, das heißt, zu erzählen, wie der Kaufmann mit dem Hallodri von Herrn fertig geworden und wie die alle der Bauer zur Raison brachte und auslöste, er, an den man heute anscheinend in allen lebenswichtigen Fällen appelliert.

Der Bariton erklärte sich bereit fortzufahren.

– Das alles ist sehr merkwürdig. Stellen Sie sich bitte vor, wie dreist und erfinderisch der soeben auch von mir geschilderte Edelmann war, dem zu begegnen Gott jeden schützen möge; der Kaufmann, den er so erbarmungslos betrogen und eingewickelt hatte, stellte sich als noch findiger und noch dreister heraus. Irgendein windiger Ausländer hätte hier in der Tat nur zwei Auswege gesehen: entweder sich ans Gericht zu wenden oder hieraus – der Teufel soll's holen – eine Frage des Blutvergießens zu machen. Unser klarer einfacher russischer Verstand aber fand noch eine andere Wendung, und zwar einen Ausweg, bei dem man weder zum Gericht lief noch in Streit geriet und nicht einmal Haare ließ, sondern im Gegenteil – alle bewahrten ihre völlige Unschuld und ein jeder machte seinen Schnitt dabei.

– Überaus bemerkenswert!

– Ja freilich! Aus dieser empörenden betrügerischen und sogar widerwärtigen Geschichte, die einen jeden Ausländer in Grund und Boden ruiniert hätte, ging unser rechtgläubiger, feister Kaufmann wie ein großer Held hervor und verdiente daran sogar enorme Summen; was aber noch wichtiger ist, mein bester Herr, er machte sogar ein gemeinnütziges Werk daraus: eine Menge wahrhaft unglücklicher Leute unterstützte er damit, brachte deren Verhältnisse in Ordnung und schaffte somit für viele eine Art von Wohlfahrt.

– Überaus bemerkenswert, wiederholte die Fistelstimme.

– Nun ja, mit einem Wort, hören Sie nur: der Kaufmann, den ich Ihnen jetzt vorführen werde, der, seien Sie überzeugt, steckt den Herrn noch in die Tasche.

2

Der Kaufmann

Es versteht sich, daß der Kaufmann, dem das erlesene Korn verkauft wurde, freilich erbarmungslos betrogen worden war. All diese Franzosen jüdischer Färbung und dieser Engländer, genau wie die Dame der Haute École, waren nur vorgeschobene Personen, sozusagen Agenten unseres Gutsbesitzers, die so zu handeln hatten, wie jener bekannte Trostvolle in den ‚Spielern' von Gogol. Dieses erlesene Korn an Ausländer zu verkaufen, das war ausgeschlossen, da diese erstens kein Mittel gefunden hätten, mit ihrem Einkauf ins reine zu kommen, und einen gerichtlichen Skandal angezettelt hätten, zum anderen aber verfügten sie ja alle über Konsulate und Gesandtschaften, die sich nicht an die Regeln der Nichteinmischung unserer Diplomaten halten, sondern stets bereit sind, sich wegen jeder Kleinigkeit für ihre Leute einzusetzen. Mit Ausländern hätte es eine überaus eklige Geschichte geben können, und da unser Herr mit beiden Beinen fest auf der Erde stand, war es ihm klar, daß eine russische Erfindung lediglich durch ein russisches Nationalgenie bewältigt werden könne. Darum war das erlesene Korn auch an einen ‚Glaubensgenossen' verkauft worden.

Der Kaufmann sandte einen Handelsbevollmächtigten zu unserem Herrn, den Weizen zu übernehmen. Dieser Angestellte betrat die Scheuern, warf einen Blick in die Kornböden, rührte mit der Schaufel herum und sah natürlich sofort, daß man seinen Chef auf das ärgste betrogen habe. Der Kaufmann seinerseits aber hatte auf die Ausstellungsproben hin das Korn bereits ins Ausland verkauft. Der erste Gedanke des fassungslosen Kommissionärs war, es wäre das Gescheiteste, von allem zurückzutreten und die Anzahlung zurückzufordern; allein die vertraglichen Bedingungen waren so abgefaßt, daß es keinen Rücktritt zu geben schien: die Ernte, das Jahr, die Lagerräume – alles war darin genau aufgeführt und die Anzahlung war in keinem Fall rückzahlbar. Man sagt ja bei uns: ‚Was einer bekommen, das wird nicht weggenommen'. Der Angestellte lief hierhin, lief dorthin, lief zu den Gesetzeskundigen, allein die sagten, da sei nichts zu machen. Man müsse das Getreide abnehmen, wie immer es beschaffen sei, und die Restsumme auszahlen. Man könne natürlich einen Prozeß anstrengen, aber es sei völlig unsicher, wie der ausgehen würde. Und die Anzahlung sei ohnehin flötengegangen und außerdem sei es nicht geraten, mit Auslandkäufern zu spaßen. Man müsse denen liefern, was man ihnen verkauft habe.

Da sandte der Bevollmächtigte ein Telegramm an seinen Brotgeber, damit dieser auf dem schnellsten Wege herreise. Der Kaufmann kam, er hörte den Kommis an, prüfte selber das Korn und sagte darauf zu seinem jungen Mann:

„Du bist ein großer Dummkopf, Bruder, und hast deine Sache sehr dumm gemacht. Das Korn ist gut, und es gibt hierbei keinerlei Streit und keinerlei Gerede; der Handel liebt die Heimlichkeit: man muß die Ware abnehmen und das Geld ausbezahlen."

Mit unserem Herrn freilich führte er ein Gespräch anderer Art.

Er trat bei ihm ein, bekreuzigte sich vor dem Heiligenbild und sagte: „Grüß dich Gott, Herr!"

Und jener erwiderte: „Grüß dich Gott ebenfalls!"

„Was dich anlangt, Herr, du bist ein Gauner", sagte der Kaufmann. „Betrogen hast du mich, wie es nur so im Buch steht."

„Was tun, Freund! Treibt ihr es denn anders, wenn ihr uns vornehmt und unsereinen lackiert? Dies ist ein wechselseitiges Geschäft."

„Freilich ist das so", gab der Kaufmann zu. „Das Ding ist wirklich wechselseitig; man muß aber schauen, daß es nun zu einem guten Ende kommt."

Damit war unser Herr sehr einverstanden, allein er sagte:

„Da wäre ich doch neugierig zu erfahren, in welchem Sinne das zu einem guten Ende kommen soll?"

„Na ja, in einem solchen Sinne, daß wenn du mich schon seinerzeit betrogen hast, du mir jetzt auf christliche Weise beispringen mußt; ich aber werde dir das ganze Geld bezahlen und vielleicht sogar noch ein wenig darüber."

Alsbald der Edelmann: unter diesen Bedingungen wäre er zu jeder Guttat bereit, doch „sage mir offen heraus, was und wie: was steht in deinem Belieben, welche neue Mechanik ist dazu erforderlich?"

Der Kaufmann in aller Kürze:

„Ich brauche nur wenig von dir, aber handle du mit mir so, wie jener verständige Hausverwalter, von welchem im Evangelium berichtet wird."

Erwiderte der Gutsherr:

„In die Kirche gehe ich immer erst nach dem Evangelium, so weiß ich nicht, wovon dort die Rede ist."

Der Kaufmann rief es ihm ins Gedächtnis: „Und er bestellte zu sich die Gläubiger seines Herrn und sprach zu denen: Wieviel beträgt die Schuld? Nimm deine Schuldbriefe und schreibe ein anderes drauf. Und da lobte der Herr den ungerechten Hausverwalter."

Der Edelmann hörte das an und sagte:

„Verstehe. Du willst wahrscheinlich von mir noch mehr von diesem seltenen Weizen kaufen."

„In der Tat", entgegnete der Kaufmann, „jetzt muß man schon auf diesem Wege fortfahren, weil es sonst kein anderes Mittel gibt, sich selber zu erhalten. Zudem ist es unrecht, wenn man immer nur an sich denkt, man muß auch dem armen Völkchen etwas zu verdienen geben."

Dies mit dem Völkchen, das nahm der Herr nicht auf, sondern fragte nur:

„Und wieviel Korn willst du noch von mir erstehen?"

„Je nun, ich werde viel kaufen ... Ich brauche so viel, daß ich eine ganze Flußbarke mit diesem guten Getreide volladen kann."

„Hm! Soso! Da ist es wohl deine Absicht, die Ladung besonders sorgsam fortzuschaffen?"

„Genauso verhält es sich."

„Aha! verstehe. Freut mich, freut mich sehr, denn da kann ich dienlich sein."

„Es handelt sich um ein bestätigendes Dokument, daß ich Korn für eine ganze Barkenladung erhalten habe."

„Versteht sich von selber. Wie wäre denn bei uns zulande etwas möglich ohne Dokumente?"

„Und der Preis? Wieviel verlangst du für diesen zusätzlichen Kauf?"

„Dafür will ich nicht viel, genausowenig wie Tschitschikow für die toten Seelen."

Der Kaufmann verstand nicht recht, was er meine, und bekreuzigte sich.

„Was denn da für tote Seelen? Was redest du mir für einen Unsinn vor! Die haben zu verwesen, derweilen wir genesen. Wir sprechen vom Lebenden: sag mir, wieviel du forderst, um das nicht Existierende an mich zu verkaufen?"

„Mit einem Satz?"

„Mit einem Satz."

„Zwei Rubel für den Sack."

„Da schau an!"

„Ist nicht teuer."

„Nein, denk an Gott – ich biete einen halben Rubel für den Sack."

Der Edelmann schnitt eine Grimasse des Staunens.

„Na hör mal – einen halben Rubel für den Sack Weizen?"

Jener aber wollte ihn zur Vernunft bringen:

„Was ist denn das schon für ein Weizen!" sagte er.

„Darüber brauchen wir nicht zu streiten, ob er und wie er beschaffen ist, es handelt sich darum, daß du irgend jemand dafür wirkliches Geld abknöpfen wirst."

„Steht alles noch in Gottes Hand."

„Was dich anlangt, Gott wird es dir unbedingt geben. Euch Kaufleuten gegenüber ist Gott entsetzlich gnädig, weiß man auch nicht warum. Und bei Gott, man könnte neidisch werden."

„So sei nicht neidisch, Neid ist eine Sünde."

„Durchaus nicht, und wieso muß denn eigentlich alles Geld zu euch schwimmen? Mit dem Geld seid ihr immer obenauf."

„Weil wir niederknien und beten – darum bete auch du! Wer betet, dem gibt Gott reichlich."

„Klar, aber ihr seid auch danach – ihr gebt viel für Gotteshäuser her."

„Ist richtig."

„Nun, da haben wir es. Bewillige du mir einen höheren Preis, dann werde auch ich von mir aus zu solch einer Spende bereit sein."

Der Kaufmann brach in ein Gelächter aus.

„Du bist ein rechter Gauner", sagte er.

Doch jener entgegnete:

„Na, und du?"

„Nein, was wahr ist, muß wahr bleiben. So hör mal: da ich sehe, wie gut du die Schrift kennst und daß du dich an die Vorschriften des Glaubens halten willst, so will ich dir einen Zehner pro Sack mehr geben, als ich mir gedacht. Du erhältst somit sechzig Kopeken und niemand soll über das, was wir getan, etwas erfahren."

Der Edelmann aber antwortete:

„Schon recht, noch besser freilich wäre, wenn du mir einen Rubel pro Sack geben wolltest, dann könntest du wem immer du wolltest davon erzählen."

Da sah ihn der Kaufmann an, und beide mußten mit eins lachen.

„Na", meinte der Kaufmann, „ich will dir was sagen, Herr, einen Gerisseneren als dich wird man keinen finden, selbst in der niedersten Schicht nicht."

Jener aber versetzte, ohne in Verwirrung zu geraten:

„In unserm Zeitalter geht es nun einmal nicht anders, Bruder: es fehlen uns die Bauern, die vormals unsern Adel behüteten; jetzt müssen wir selber dazu sehen; zum andern aber schreibt es heuer sogar die Mode vor, sich der russischen Volkseinfalt anzupassen."

Da hörte der Kaufmann auf zu feilschen.

„Ich seh schon, was soll ich mit dir noch weiter reden – du bist ein ganz Gehängter – so bekreuz' dich denn vor dem Heiligenbild und lass' uns einschlagen."

Und der Herr war einverstanden, sich zu bekreuzigen, er verlangte nur das Geld im voraus und wies auf dem Tisch den Platz an, wo es vor ihm deponiert werden sollte.

Und der Kaufmann zählte auf dem bezeichneten Platz das Geld auf.

„Schon recht, befiehl nur, daß man die Säcke so schnell als möglich womit immer vollstopfe, denn es ist mein Wunsch, daß die Verladung in meiner Gegenwart stattfinde und daß meine Karawane abschwimme."

So wurde denn die Barke mit Säcken vollgeladen, in die weiß der Teufel was für ein Dreck hineingeschüttet worden war, gewissermaßen als kostbarer Weizen; darauf versicherte der Kaufmann dieses alles so hoch als nur immer möglich, dann wurde ein Gottesdienst mit der entsprechenden Wasserweihe abgehalten, während man das rechtgläubige Völkchen mit Piroggen speiste, wozu es einen Leichten aber Herzhaften gab, und schließlich wurde das Schiff in Fahrt gesetzt. Die Barke schwamm mit anderen ihres Weges dahin, der Kaufmann aber beendete ohne Zeit zu verlieren mit dem Herrn sein Geschäft in Gottes Namen, erhielt die Papiere ausgehändigt und eilte nach Petersburg, wo er sich auf dem Englischen Kai zu jenem dicken Engländer begab, dem er schon zuvor auf Grund der wunderbaren Probe, die sich auf der Ausstellung befunden, alles verkauft hatte.

„Das Getreide", sagte er, „ist auf dem Wege, und da sind die Dokumente darüber, und hier ist der Versicherungsschein: ich bitte mir jetzt auszufolgen, was mir zukommt, den zweiten Teil der Summe für soundso viel."

Der Engländer prüfte die Dokumente, dann gab er sie ins Kontor und entnahm darauf dem unverbrennbaren Geldschrank das Geld und zahlte. Der Kaufmann aber schlug das Geld in ein Tuch ein und begab sich fort.

Hier unterbrach die Fistelstimme den Erzähler mit folgenden Worten:

– Sie erzählen Räubergeschichten.

– Ich schildere Ihnen nur das, was sich in Wirklichkeit zutrug.

– Das bedeutet wohl, daß der Kaufmann, nachdem er vom Engländer das Geld erhalten, mit diesem über die Grenze ausrückte?

– Keineswegs rückte er aus. Wozu soll ein echter russischer Mensch über die Grenze fliehen? So etwas liegt ganz und gar nicht in seinem Charakter. Zudem kennt er doch keine Sprache außer seiner russischen Muttersprache. Nein, nein, der ist nirgendwohin geflohen.

– Wie wäre es wohl denkbar, daß er weder den englischen Konsul noch den Botschafter fürchtete? Wie ist es möglich, daß der Edelmann Angst vor diesen hatte, während der Kaufmann sie nicht scheute?

– Je nun, vermutlich, weil der Kaufmann erfahrener war und mehr in den völkischen Möglichkeiten bewandert.

– Na hören Sie einmal, bitte, was gibt es denn für völkische Möglichkeiten wider die Engländer! ... Diese Allerweltskrämer sind ja selber imstande, wen immer hereinzulegen.

– Ja, wer hat Ihnen denn gesagt, daß er beabsichtigte, den Engländer zu betrügen? Er wußte, daß man mit denen nicht spaßen dürfe, und somit erdachte er für den weiteren guten Verlauf der Dinge eine andere Richtung, in diesem Raum aber sicherte er sich einen durchaus nützlichen Faktor, in dessen Händen alle Mittel lagen, das Geschäft zu begrenzen und ihm einen entsprechenden Rahmen zu geben. Und dieser Faktor war es, der dem Ding einen solchen Dreh zu geben wußte, wie es weder Rothschild noch Thompson Boner noch irgendein anderes kommerzielles Genie sich je hätte erdenken können.

– Und wer war denn dieser gewaltige Faktor: ein Rechtsanwalt oder ein Makler?

– Nein, ein Bauer.

– Wie, ein Bauer?

– Jawohl, dieses ganze Geschäft erledigte er, unser einfacher, unser findiger und gescheiter Bauer! Ich verstehe offen gestanden nicht recht, warum Sie das wundert? Haben Sie denn nicht bei unserem Stschedrin gelesen, wie ein Bauer drei Generäle durchfütterte?

– Natürlich habe ich das gelesen.

– Wieso scheint es Ihnen dann sonderbar, daß der Bauer es zuwege brachte, den Spitzbubenstreich zu entwirren?

– Sie sollen recht haben: ich will zunächst meine Zweifel unterdrücken.

– Nun, dann will ich Ihnen also zum Abschluß vom Bauern erzählen, und zwar von einem Bauern, der nicht nur drei Generäle, nein, der ein ganzes Dorf durchfütterte.

3
Der Bauer

Der Bauer, den der Kaufmann zu Hilfe rief, war wie jeder russische Bauer, ‚von außen grau zu sehn, doch den Verstand ließ der Teufel stehn'. Sein Geburtsort lag an dem Mütterchen, dem breiten Strome, der Nährmutter, und gerufen wurde er, sagen wir einmal – Iwan Petrow. Und war dieser Knecht Gottes Iwan zu seiner Zeit jung gewesen, jetzt aber hatte er ein ehrwürdiges Alter erreicht, doch wollte er trotzdem sein Brot nicht auf der Ofenbank liegend verzehren, sondern er verrichtete seinen Dienst als Lotse durch die Stromschnellen von Tolmatschow, wo die Hühnerfurt ist. Es ist Ihnen wahrscheinlich bekannt, daß das Amt des Lotsen darin besteht, die Fahrzeuge, wenn sie die gefahrvollen Strecken im Strom zu passieren haben, zu geleiten. Dafür erhält der Lotse eine bestimmte Summe, dieses Geld wird in die Genossenschaft eingezahlt und später unter die gesamten Lotsen des Ortes aufgeteilt.

Ein jeder Unternehmer kann sein Fahrzeug freilich auch auf eigene Verantwortung führen, ohne Lotsen; wenn aber in so einem Fall dem ‚Schifflein' ein Unheil zustößt, trägt die Genossenschaft der Lotsen keine Verantwortung. Und darum fordern, wenn ein Schiff mit versicherter Fracht fährt, die Bedingungen der Versicherungsgesellschaften, daß ein Lotse unbedingt zugegen sei. Dies geschieht natürlich in Nachahmung ausländischer Bräuche, ohne unsere beispiellose Originalität und Unmittelbarkeit dabei gebührend in

Betracht zu ziehen. Diese Versicherungssitten haben bei uns die Herren Ausländer eingeführt, denn die meinten, daß ihr Rhein oder ihre Donau das gleiche wären wie unser Swir oder unsere Wolga, und daß ihre Lotsen und unsere Lotsen ein und dasselbe wären. Nein, nein, Bruderherz, verzeih schon!

Unsere Flußlotsen, das sind einfache Leute, sind keine Gelehrten, die führen ihre Schiffe, während sie selber der einige Gott führt. Freilich gibt es dabei auch Gewohnheiten und Kunstgriffe. Man sagt, daß sie nach dem Frühlingshochwasser das Flußbett zu untersuchen und zu überprüfen pflegen, doch kann man annehmen, daß all dies mehr in das Gebiet der beruhigenden allrussischen Illusionen fällt; in ihrer Art aber sind diese Lotsen ganz große Geschäftsleute und sie verdienen zuweilen runde Sümmchen. Und all das in Einfalt und Demut – Gott preisend und die Welt nicht kränkend, das heißt, ohne die eigenen Leute dabei zu vergessen.

Iwan Petrow, der Bauer, gehörte zu den Begüterten; seine Kohlsuppe aß er nicht nur mit Fleisch, sondern er tat auch in den fetten Brei einen Löffel saure Sahne, weniger dem Geschmack zuliebe, als ‚von wegen der Respektabilität', damit es ihm längs dem Bart hinunterliefe, und er genehmigte hierzu zur besseren Verdauung ein, zwei Gläschen unseres einfachen guten russischen Branntweins, von dem keiner je das Podagra kriegt. An den Samstagen ging er in die Badstube, an den Sonntagen aber betete er ebenso fleißig wie höflich, das heißt, er wagte für seine eigene Person und von sich aus direkt nichts zu erbitten, er suchte vielmehr hierzu die Vermittlung der durchläuchtigen Nothelfer; allein auch denen fiel er nicht mit leeren Händen zur Last, sondern er trug Geschenke und Opfergaben in die Kirche: Altartücher, Meßgewänder, Kerzen und Weihrauch. Mit einem Wort, er war ein Christenmensch von echtester Moskauer Färbung.

Dem Kaufmann, den unser Edelmann mit seinem erlesenen Korn so gekränkt hatte, war der fromme Bauer Iwan Petrow aus zuverlässigen Aussagen eben von jener Seite her bekannt, die ihm heuer nötig erschien. Iwan Petrow war eben der Faktor, der das Ganze so zurechtbringen konnte, daß niemand einen Verlust dabei erlitte, sondern daß *alle Nutzen davon* hatten.

Da er andern herausgeholfen hat, wird er auch mir heraushelfen – so überlegte der Kaufmann und rief jenen Angestellten in sein Arbeitszimmer, der einzig und allein davon Kenntnis hatte, was in die versicherten Säcke auf der Barke gestopft worden war, und sagte zu diesem:

„Du hast die Leitung über den Zug, ich meinerseits werde später dort zu euch stoßen, wo es notwendig ist."

Selber aber reiste er mit leichtem Gepäck als einfacher, andächtiger Mann gradenwegs zur Muttergottesikone von Tichwin, geriet jedoch statt dessen an die Stromschnellen von Tolmatschow bei der Hühnerfurt. ‚Wo dein Schatz, da ist dein Herz'. Unser Kaufmann stieg hier im Dorfwirtshaus ab und ging dann auf Erkundung aus: wo der große Mann Iwan Petrow zu finden sei und wie man ihm begegnen könne.

Der Kaufmann spazierte längs des Ufers und überlegte, wie er das Ding drehen solle. Denn es einfach anpacken, das ging nicht, hier war doch eine Diebsgeschichte im Gange.

Zu seinem Glück sah der Kaufmann am Uferrande auf einem dort kieloben ruhenden Boot einen weißhaarigen außerordentlich großen alten Mann sitzen, der eine wattierte Plüschmütze trug, sein greiser Bart spielte schon ins Grünliche, während das aus der Nowgoroder Sophienkirche stammende Kupferkreuz über dem rotgemusterten Bauernhemd nach außen hing.

Das ordentliche Aussehen des alten Mannes gefiel unserm Kaufmann.

Der Kaufmann ging ein-, zweimal an dem alten Mann vorbei, so daß dieser ihn schließlich fragte:

„Wonach suchst du hier, Herr, und was willst du hier? Willst du, was du nicht hattest, oder suchst du, was du verlorst?"

Der Kaufmann erwiderte, er ginge so für sich hin, der Alte aber war klug, er lächelte dazu nur und entgegnete:

„Was soll denn so ein zweckloses Aufundabgehen? Spazierengehen, das ist Herren- und nicht Christensache, ein gesetzter Mann geht seinem Geschäft nach und schaut nach seinen Geschäften – er prüft die Sachen, sucht sie nicht leichter zu machen. Wäre es denkbar, daß du bei deinen Jahren nutzlos und müßig die Zeit verbringst?"

Da sah der Kaufmann, daß er auf einen Mann von großem Verstande und großer Einsicht gestoßen, und so enthüllte er ihm alsbald, in der Tat prüfe auch er die Sachen, nicht um sie leichter zu machen.

„Und zwar im Hinblick auf welchen Ort?"

„Im Hinblick auf eben diesen Ort hier."

„Und worin beruhend?"

„Darin beruhend, daß ich von einem ungerechten Mann auf das tiefste gekränkt bin."

„Soso; heuer, Freund, lebt man nicht der Wahrheit gemäß, sondern immer im Mißstand. Und wen suchst du denn hier an unserem Strande?"

„Ich suche nach einem Mann, der mir zu Hilfe kommen könnte."

„Soso; und in welchem Sinne?"

„In dem allerhauptsächlichsten Sinne, welcher Sünde und Kränkung hinwegnimmt."

„Ih, Bruder! Wie willst du die ganze Sünde wegwaschen? In der Schrift steht, wo es von den Aposteln handelt, zu lesen: ‚Und die Welt verharrte in Sünde', da kannst du nicht alles abwaschen, vielleicht nur ein kleines bißchen."

„Und wenn es auch nur ein kleines bißchen ist."

„Denn so ist es nun einmal: wusch auch der Herr die Sünde mit der Sintflut ab, sie hub aufs neue an."

„Willst du mich nicht unterweisen, Großväterchen, wo ich hier den für mich nützlichen Mann finden könnte?"

„Und welchen Namen trägt dieser vor Gott?"

„Sein Name ist Iwan."

„Und war ein Mann gesandt von Gott, des Name lautete Iwan (Johannes)", murmelte der Alte. „Und wie lautet sein Vatersname?"

„Petrowitsch.“

„Nun, derselbe steht vor dir, ich bins – Iwan Petrow. Sag mir, welche Not dich zu mir führt?“

Und da erzählte ihm jener seine Sache, im übrigen nur die erste Hälfte, das heißt, er erzählte ihm, welch ein Gauner der Herr gewesen sei, der ihm das erlesene Korn verkaufte; davon aber, was er selber für ein Schelmenstück angestellt – darüber schwieg er, und es bestand auch keine Notwendigkeit das zu schildern, da der Alte im Schweigen alles wohl erfaßte und mit seiner Antwort ihm gleich Gestalt verlieh:

„Die Ware ist mithin versichert?“

„Ja.“

„Und kontraktlich abgeschlossen?“

„Ja, kontraktlich.“

„Mit Ausländern?“

„Mit Engländern.“

„Och! Die sind aber gerieben!“

Der Alte gähnte, bekreuzigte den Mund hierbei, darauf erhob er sich und fügte nur noch hinzu:

„So besuch mich denn, du geschlagnes Haupt, bei mir zu Hause; über ein solches Geschäft soll man reden, nachdem man nachgedacht.“

Nach einer Weile kam, wie sie es verabredet, der Kaufmann, das ‚geschlagne Haupt‘, zu Iwan Petrow, dieser aber führte ihn in den Küchengarten und nahm mit ihm auf der Treppe zur Badstube Platz und sprach also:

„Ich habe mir deine Sache überlegt. Man muß dir bei deinen Umständen in der Tat beistehen, denn es wäre eine Sünde, den eignen russischen Landsmann fremden Leuten preiszugeben. Und es liegt auch in unserer Hand, wie man dich vor allem bewahren könnte, allein wir haben da eine Gemeindeursache, die uns das in diesem Falle nicht erlauben will.“

Der Kaufmann legte sich aufs Bitten.

„Sei doch so gut“, sagte er, „und ich will einen Tausender nicht ansehn, und will auch das Geld im voraus für einen

Heiligenbildmaler nicht scheuen, der euch einen Nikolaus oder einen Heiland stiften soll."

„Weiß ich, weiß ich, doch ist es unmöglich, das anzunehmen."

„Warum?"

„Es ist sehr gefährlich."

„Seit wann hast denn du solche Bange?"

Der Alte sah ihn nur an und bemerkte mit solider Würde, er habe sich immer gescheut, sich in Gefahr zu begeben.

„Und hast dennoch andern geholfen."

„Versteht sich, ich habe geholfen, wo es nach den Regeln zugeht und die ganze Welt hinter einem steht."

„Und heuer, da mag wohl die ganze Welt gegen dich stehen?"

„Eben das meine ich."

„Und warum so?"

„Nämlich, weil bei uns auf der Hühnerfurt im vorigen Jahr ein versichertes Schiff untergegangen ist und unsere Gemeinde beim Ausladen nach Herzenslust verdient hat; wenn aber heuer aufs neue das gleiche sich zutragen sollte, dann werden die Leute an der Ferkelfurt böse werden und sogleich zu einer Denunziation schreiten. Du mußt wissen, daß heuer dort ein Feuer gewütet hat, es ist fast das ganze Dorf verbrannt, so müssen sie bauen und müssen auch die Kirche reparieren. Man darf nicht das ganze Almosen für sich selber beanspruchen, auch jene brauchen welches. Darum reise du heute nacht dorthin an die Ferkelfurt und klopf im dritten Hof des Dorfes den Mann Pjotr Iwanow heraus – der ist dein Knecht, der zu deiner Errettung dir alles aufs beste bestellen wird. Und spar dabei kein Geld – die müssen ja bauen."

„Kein Geld soll mir leid tun."

In der gleichen Nacht fuhr der Kaufmann dorthin, wohin ihn Großvater Iwan wohlwollend gewiesen, er fand dort im dritten Hof ohne Mühe den ihm bezeichneten hilfsbereiten Pjotr und kam sehr schnell mit diesem überein. Es kann sein, daß er ein bißchen viel hergeben mußte, allein alles ging so sauber und akkurat vonstatten, daß es trostvoll anzuschauen war.

– Das heißt, wieso eigentlich trostvoll? fragte die Fistelstimme.

– Darin eben so besonders trostvoll, daß, als die Karawane von Lastkähnen herankam, in der auch jene Barke mit Fegsel anstatt des teuren Weizens schwamm, der ganze Zug gegenüber der kleinen Kapelle am Ufer hielt, worauf ein Bittgottesdienst stattfand und alsbald Pjotr Iwanow als Lotse den Schleppdampfer betrat und die Leitung übernahm und alles großartig lenkte und nur plötzlich mit dem Steuer eine ganz geringe Drehung vollführte und das ganze so kunstvoll dirigierte, daß alle Barken durchkamen und lediglich diese eine Barke irgendwo anhakte und sich sogleich wie ein Frosch mit dem Bauch nach oben umdrehte und absackte.

Haufen von Menschen standen an beiden Ufern, und die sahen alles mit an und riefen: ‚o daß dich!' und ‚da schau her!' Es machte völlig den Eindruck, als sei ‚ein Unglück passiert', ohne daß man wissen konnte, wieso. Die Mannschaft legte sich mit voller Kraft in die Riemen, Onkel Pjotr am Steuer troff nur so von Schweiß und war ganz desperat, der Kaufmann aber stand blaß wie der Tod am Ufer und betete – und doch wollte nichts helfen. Die Barke ging unter, der Besitzer aber gewann alle durch seine Demut; er bekreuzigte sich, er seufzte und sagte nur:

„Gott hat es gegeben, Gott hat es genommen. Sein Wille sei gelobt."

Am aufrichtigsten und temperamentvollsten war das Volk. Alsbald drängten sich die Leute aus dem Volk an den Kaufmann heran und überschütteten ihn mit Bitten: „Jetzt sei uns nicht bös, dies hat Gott uns Verwaisten beschert." Und darauf ging es an ein fröhliches Werkeln: auf der einen Seite wurden all die Formen und Gebräuche der gesetzlichen Bestätigungen ausgeübt, die dem Kaufmann seine Versicherungsprämie für die zugrunde gegangene Spreu, als sei es kostbarer Weizen, verschaffte; auf der andern Seite aber kochte das Volk nur so vor Lebensmut auf, und es zeigte sich alsbald eine Verbesserung der Lage der ganzen Ortschaft.

– Wie denn das?

– Nun sehr einfach; diese Deutschen müssen doch alles stets nach den Regeln ihrer ausländischen Bestimmungen durchführen. So kam denn alsbald ein Versicherungsagent hergereist, der die Leute anstellte, die versoffene Fracht aus dem Wasser zu heben. Man war sehr besorgt, daß nicht alles verlorenginge. Keine geringe Mühe und vor allem eine langwierige. Die abgebrannten Bäuerlein wußten sich die Verhältnisse zunutze zu machen: je Mannsbild und Tag wurden anderthalb Rubel verlangt, für die Weiber ein Rubel. Und sie arbeiteten ganz sacht vor sich hin – mit Gottes Hilfe gelang es, diese Arbeit über den ganzen Sommer hinzuziehen. Dafür aber fand am Ufer ein ständiges Festefeiern statt – der Abgebrannten Tränen trockneten, es sangen die Menschen Lieder und sprangen im Reigen; vom Hügel her klangen heiter die Äxte der angeworbenen Zimmerleute, und Häuser wuchsen auf der Brandstätte auf gleichwie Pilze. Und so, mein Herr, wurde das ganze Dorf aufgebaut; was an Armut und Not vorhanden war, wurde bekleidet und gespeist, und auch Gottes Tempel ward zurechtgeflickt. Alle hatten es gut, alle führten ein Leben zum Preise des Herrn, dem sie dankten, und niemand, kein einziger Mensch war dabei im Verlust, keiner verspürte irgendeine Bitternis. Niemand hatte Schaden!

– Wie das, niemand?

– Ja, wer denn sollte Schaden erleiden? Der Herr, der Kaufmann, das Volk, das heißt die Bäuerlein – alle machten ihr Geschäft dabei.

– Und die Versicherungsgesellschaft?!

– Die Versicherungsgesellschaft?

– Jawohl.

– O mein Väterchen, was führen Sie da für Reden!

– Ja wie, hat die denn etwa nicht gezahlt?

– Wie wäre das möglich gewesen, nicht zu zahlen – klar, daß sie gezahlt hat.

– Dann ist das wohl ihrer Ansicht nach kein Gaunerstück, dann bezeichnen Sie wohl das als soziale Struktur?

– Aber natürlich ist das eine soziale Struktur! Wieviel russische Leute haben dabei ihre Verhältnisse saniert, ein ganzes Dorf hat ein Jahr lang davon gelebt, großartige Gebäude wurden errichtet, erlauben Sie mal, können sie wirklich verantworten, so etwas ein ‚Gaunerstück' zu nennen?

– Und die Versicherungsgesellschaft? Ja, ist die denn vielleicht keine soziale Unternehmung?

– Natürlich nicht.

– Ja was denn sonst?

– Ist eine deutsche Erfindung.

– Aber die Aktionäre sind doch auch Russen.

– Gewiß, nur eben solche, die mit den Deutschen zusammengehen und alles Ausländische preisen und von Bismarck ganz weg sind.

– Und Sie, preisen Sie ihn denn etwa nicht?

– Gott soll mich schützen! Hat er denn nicht bereits zu predigen angefangen, daß wir Russen schon ‚allzusehr unsere Dummheit zu mißbrauchen' begonnen hätten – mag er auf diese Weise erfahren, wie dumm wir sind; ich will nichts von ihm wissen.

– Weiß der Teufel, was das alles bedeuten soll!

– Was denn nur?

– Ja eben das, was Sie mir da erzählt haben.

Die Fistelstimme brach in ein Gelächter aus und fügte hinzu:

– Nein, nein, ich kann Sie absolut nicht verstehen.

– Stellen Sie sich vor, ich kann Sie ebenfalls nicht verstehen.

– Wenn ein Unbeteiligter, der uns nicht kennt, uns belauscht hätte, er wäre bestimmt im Recht, dächte er, daß wir entweder Gauner oder Narren seien.

– Das wäre durchaus die Möglichkeit, aber er würde damit nur seinen eignen Leichtsinn beweisen, da wir weder Gauner noch Narren sind.

– Doch wenn dem so ist, dann wissen wir möglicherweise selber nicht, wer wir eigentlich sind.

– Wie sollten wir das nicht wissen? Was mich selber anlangt, so weiß ich mit aller Bestimmtheit, daß wir einfach gesegnete Russen sind, die aus den Sümpfen Ingermanlands zu sich nach Hause zurückkehren – zu den warmen Pritschen, zu der Kohlsuppe und zu unsern Weibern ... Und hier kommt übrigens auch unsere Haltestelle.

Der Zug begann langsamer zu fahren, das Gewinsel der Bremsen wurde hörbar, irgendwo erscholl eine Glocke, und die Sprechenden stiegen aus.

Ich erhob mich ein wenig, um sie genauer zu betrachten, doch gelang mir dieses im dichten Halbdunkel nicht. Ich konnte nur wahrnehmen, daß beide große und wohlgenährte Männer waren.

PSYCHOPATHEN VON DAZUMAL

Die Epopöe von Pan Wischnewskij und den Seinen

„Da schaut ihn an, den Gutsbesitzer
in seiner unverfälschten Natur."
Iwan Turgenjew

1

Im Perejaslawschen Kreise des Gouvernements Poltawa lebte der Gutsbesitzer Iwan Gawrilowitsch Wischnewskij. Die Freigebigkeit der Kaiserin Elisabeth hatte ihm ein großes Gut beschert, das an den beiden Ufern des Flusses Ssupoi lag (die Flüsse Udai und Ssupoi werden in einem Handbuch der Geographie als ‚aus Gründen vieler Mängel zur Schiffahrt ungeeignet' bezeichnet). Das Gut setzte sich aus zwei großen Dörfern zusammen, von denen das eine Farbowanaja hieß und das andere Soßnowka.

Auf diesem Gute also lebte und starb der alte Pan Iwan Wischnewskij, nach seinem Tode aber fielen sowohl Farbowanaja als auch Soßnowka seinem Sohne Stepan Iwanowitsch Wischnewskij zu, eben jenem, der den gewaltigen Ruhm hinterlassen hat, wenn es auch freilich leicht möglich ist, daß dieser Ruhm im Laufe der Zeit von allerhand Phantasien nach der Art der dortigen Bevölkerung stark ergänzt und gefärbt worden ist.

Stepan Iwanowitsch war ein Athlet und ein Recke, er war in ebenso hohem Maße gastfreundlich als auch starrköpfig und zu alledem ein außergewöhnlicher Wüstling, obwohl er eine vortreffliche Bildung genossen hatte. Er war einer aus der Schar jener jungen Leute, die von der Kaiserin Katharina nach England ‚zur Aufklärung des Geistes und des Herzens' geschickt worden waren.

Nachdem er aus England zurückgekommen war, verbrachte er seine Dienstjahre im Garde-Kavallerie-Regiment, doch nahm er, kaum daß er den Leutnantsrang erreicht, seinen Abschied und heiratete die adlige Jungfrau Stepanida Wassiljewna Schubin aus dem Twerschen und ließ sich in seinem eigenen Hause in Moskau nieder.

Da Wischnewskij hier keinerlei Geschäfte hatte, begann er alsbald ein absonderliches Treiben.

Zunächst einmal war es seine Absicht, den Moskauern durch seine ‚kleinrussische Nationalität' zu imponieren. Er wollte keinen Menschen mehr kennen und kleidete sich nach kleinrussischer Art, er trank nur noch echt ukrainische Getränke und aß, zum mindesten sagt das Gerücht so, nichts als Bärenfleisch.

Man berichtete der Kaiserin, daß Wischnewskij sich ‚den Gebräuchen der Gesellschaft nicht füge', und aus diesem Grunde erhielt der Starrkopf die erste Rüge von oben her. Er beschloß, sich zu bessern, und ließ zu dem Zwecke aus Kleinrußland einen ukrainischen Bauernwagen nach Moskau kommen und dazu zwei Ochsen und einen Burschen, der mit diesen Ochsen umzugehen verstand. Und als der Tag gekommen war, an dem sich die Moskauer von Stand ihre Visiten zu machen pflegten, beschloß auch unser Stepan Iwanowitsch, allen namhaften Leuten Besuche abzustatten. Allein er benutzte zu dieser Ausfahrt nicht etwa seine Equipage, sondern fuhr in einem ganzen Wagenzug vor. Voran ritt auf einer englischen Stute mit gestutztem Schweif der Jockei, hintennach folgte, lang bespannt, ein wundervoller Wagen, in dem jedoch nur der Kammerdiener saß, und erst hinter dieser Kutsche kam der Wagen oder vielmehr die kleinrussische Fuhre, vor die zwei dunkelgraue und spitzhörnige Ochsen gespannt waren, und auf dieser Fuhre befand sich der Pan Stepan. Er saß, wie nur die ukrainischen Bauern zu sitzen pflegen, inmitten des Wagens auf aufgeschichteten Bündeln von Roggenstroh und rauchte mit der Ruhe des größten Phlegmas sein Pfeifchen, das wiederum ein echt kleinrussisches Erzeugnis war. Die Ochsen führte ein Kleinrusse in Pluderhosen ‚breiter als Wolken', der außerdem eine Teerjacke mit steifem Kragen trug, schwere Stiefel und eine hohe Pelzmütze. Der Kleinrusse schritt neben den

Ochsen einher, schwang einen dicken Prügel und führte sie mit einem festen Lenkseil an den Hörnern, damit sie nicht wild würden durch den Lärm der Stadt, und schrie, wenn es notwendig wurde: „He!“ und wo es angebracht war: „Hopp!“

Der Jockei besaß ein Verzeichnis derjenigen Personen, die dieser verwilderte Europäer besuchen mußte. Nach der Reihenfolge dieses Verzeichnisses ritt er vor und rief, wenn er vor den Palast des auf dem Verzeichnis angegebenen Würdenträgers kam:

„Mein Pan nähert sich!“

Sobald sich darauf der Zug zeigte, wandte der Jockei sein Gesicht dorthin und rief mit lauter Stimme:

„Dort hält der Pan Wischnewskij selber!“

Die Kutsche pflegte darauf an der Freitreppe zu halten. Stepan Iwanowitschs Kammerdiener trat hinaus, um sich zu erkundigen, ob es dem Hausherrn beliebe, seinen Herrn zu empfangen.

Wenn Wischnewskij empfangen wurde, fuhr die Kutsche beiseite, an ihrer Stelle näherte sich die ‚Fuhre‘ mit dem Ochsengespann, Stepan Iwanowitsch stieg aus und betrat die Vorräume, wo er die gesamte ihm entgegeneilende Dienerschaft auf das reichlichste bedachte. In den Salons war sein Benehmen das eines großen Herrn und eines Europäers, hier prahlte er mit glänzenden Manieren, mit ausgezeichneten Sprachkenntnissen und der scharfen Treffsicherheit seines kleinrussischen Witzes.

‚Ja, so war er, alleweil spaßhaft und sprach die Mundart der Franzmänner und wußte in allen Zungen Gott zu preisen – wenn er nicht sogar dazu zu faul gewesen wäre.‘[1]

[1] Die ganze Erzählung ist voll von kleinrussischen Redewendungen, die der Geschichte einen originellen, zum Teil scherzhaften Unterton verleihen. Es ist leider völlig unmöglich, diesen Unterton hier wiederzugeben, da jeder deutsche Dialekt nur stören würde und das Kolorit verändern müßte; wir nahmen daher Abstand, irgend etwas anderes an Stelle des Kleinrussischen zu setzen, und beschränkten uns darauf, allen diesen Sätzen eine kleine archaisierende Tonfärbung zu geben (Anmerkung des Herausgebers).

2

Es hieß, daß Wischnewskij, wie wir bereits oben mitzuteilen Gelegenheit hatten, nur Bärenfleisch äße, zu diesem Zwecke wurde auf einer der im Twerschen befindlichen Besitzungen seiner Frau ein Bärenzwinger unterhalten. Die Bären wurden dort aufgezogen und darauf nach Moskau geschickt, wo sie auf Stepan Iwanowitschs Tafel kamen. Gegen die Polizei empfand Wischnewskij einen angeborenen und unbesiegbaren Haß, und kein Polizist durfte es wagen, in sein Haus einzudringen, es sei denn, er tat es auf die Gefahr hin, alle nur erdenkbaren Kränkungen zu erleiden, wenn er Stepan Iwanowitsch unter die Augen geriet. Wischnewskijs Haus war für die Moskauer Polizei unzugänglich und stand, ob nun aus diesem oder einem anderen Grunde, schon bald in einem äußerst geheimnisvollen, aber nicht gerade schmeichelhaften Rufe. Am meisten trug hierzu Wischnewskijs lasterhafter Trieb zu den Frauen bei, oder vielmehr genauer gesagt, sein Trieb zu den Kindern weiblichen Geschlechtes. Die Polizei haßte natürlich ihrerseits Stepan Iwanowitsch mit dem gleichen Hasse und suchte nach einer Gelegenheit, sich an ihm, seiner vielen Ungezogenheiten wegen, rächen zu können, doch es verging eine lange Weile, ehe sich ein passender Grund hierzu bot. Endlich kam ihr ein Zufall zu Hilfe: einer der Hofhunde verschleppte einmal einen Knochen auf die Straße, an dem noch das Muskelgewebe zu sehen war, und ließ ihn dort liegen; darin erkannte man das Gelenk und den Ballen eines kleinen menschlichen Fußes. Einige Tage darauf wiederholte sich das. Man beobachtete den Hund und entdeckte, daß er diese Knochen aus der im Hofe befindlichen Müllgrube scharrte. Die Dienerschaft der Nachbarhäuser sprach laut davon, daß Wischnewskij mit seinen leibeigenen jungen Mädchen Ungebührliches treibe und sie nachher umbringe. Und bald darauf wußte man bereits die genaue Anzahl der jungen Dinger, die dem Gerücht nach spurlos verschwunden waren, und nannte sie sogar mit Namen.

Hierin ersah die Polizei nicht nur einen genügenden Grund, um sich in die Sache zu mischen, sondern hielt es geradezu für ihre heilige Pflicht, was ja auch in der Tat richtig war. Und somit erschienen denn ein Polizeichef und ein Revierchef bei Stepan Iwanowitsch und schickten sich an, die Müllgrube, aus der der Hund die verdächtigen Knochen gescharrt hatte, zu erforschen. Stepan Iwanowitschs getreue Diener wollten der Polizei nicht gestatten, diese Besichtigung vorzunehmen, ehe nicht ihr ‚Pan‘ verständigt sei. Stepan Iwanowitsch zog sich an und ging selber zu den Polizeileuten hinaus und befahl ihnen, die Grube zu öffnen. Dort wurde zur Freude der Polizei eine Menge genau solcher Knochen gefunden wie jene, die zu dem Verdacht Anlaß gegeben hatten, doch wurde gleichzeitig erwiesen, daß es sich keineswegs um menschliche Füße handelte, sondern um die Tatzen der jungen Bären, die man getötet hatte, um sie auf Wischnewskijs Tafel zu bringen.

Die Verlegenheit der beiden Polizeibeamten war groß, sie entschuldigten sich vor Stepan Iwanowitsch und sagten, daß allerhand Unklares und lügenhafte Gerüchte sie zu diesem Irrtum gebracht hätten.

Und Wischnewskij entschuldigte sie ... und züchtigte sie dortselbst mit seiner Knute.

Dieses äußerst schroffe Betragen hatte für ihn zur Folge, daß ihm befohlen wurde, Moskau zu verlassen und von nun ab auf seinen kleinrussischen Dörfern zu leben, die die Freigebigkeit der Kaiserin Elisabeth seinem Vater Iwan Gawrilowitsch verliehen hatte.

Wischnewskij konnte nicht anders, als sich der besagten Forderung unterwerfen, und ließ sich nunmehr auf seinem Dorf Farbowanaja im Perejaslawschen Kreise nieder, um dort in voller Fahrt sein tolles Treiben fortzusetzen.

Die Sache mit den Bärentatzen wird von den Moskauer Überlieferungen verschiedenen Personen zugeschrieben, lediglich die kleinrussischen Chroniken, die zum größten Teile in den Niederungen der Flüsse Udai und Ssupoi entstanden, dichten sie Stepan Iwanowitsch Wischnewskij an.

Was aber die Moskauer Fahrt auf dem Ochsengespann anlangt, so muß etwas in dieser Art freilich geschehen sein. Es ist mir zwar nicht gelungen, in den Moskauer Überlieferungen auch nur die geringste Erinnerung an diesen originellen Einfall aufzustöbern; aus diesem Grunde könnte es vielleicht angebracht erscheinen, die Geschichte als zweifelhaft anzusehen, allein es gibt unter den Bewohnern der Ebenen des Udai und des Ssupoi viele, die auf das nachdrücklichste die Wahrheit des Begebnisses beteuern und die auf alle Einwände, daß man in Moskau nichts darüber wisse, mit kräftiger Verächtlichkeit ihre dicken Kosakenlippen aufwerfen und nichts als dies entgegnen:

„Auch was Rechtes – in Moskau nach der Wahrheit zu suchen!"

3

Als Stepan Iwanowitsch Wischnewskij sich auf solche Weise gezwungen sah, sein Leben in seinen kleinrussischen Ortschaften zu verbringen, war sein erstes, sich in den beiden Dörfern, die an den Ufern des ruhmwürdigen Ssupoi lagen, in Farbowanaja also wie auch in Soßnowka, Raum zu schaffen. Die vorhandenen Gebäude wurden den großen herrschaftlichen Ansprüchen gemäß umgebaut; darin wurden gewaltige Scharen von Dienstboten gehalten, riesige Jagdkoppeln, ganze Gestüte und vor allem die Harems, mit welch letzteren sich Stepan Iwanowitsch übrigens keineswegs begnügte, sondern er übte außerdem noch seine Pascha-Rechte bei allen Frauen der ihm untergebenen Gebiete im vollsten Maße aus. Er wohnte abwechselnd bald auf dem einen, bald auf dem anderen seiner Güter, doch wo immer er auch weilte, überall mußte die von ihm eingesetzte, eigenmächtige Ordnung befolgt werden. So hielt er es zum Beispiel für sein gutes Recht, jeden Menschen zu seinem, wie er es ausdrückte, ‚getauften Glauben' zu bekehren, und er erreichte ohne jedes Hindernis alles, was er sich zu erreichen vorgenommen.

Allein auch hier trat vor all den anderen Launen seines Eigensinns der durch nichts zu stillende Haß gegen die Polizei zutage. Kaum war er auf seinen Besitzungen angekommen, erließ er augenblicks den Befehl, weder der Kreisrichter noch der Polizeikommissar noch irgendein anderer Beamter dürfe auf den Besitzungen Wischnewskijs die Pferdeglocken beim Fahren läuten lassen. Den Bauern wurde eingeschärft, einen jeden, der mit Glöckchenschall des Weges fahre, anzuhalten und nachzuforschen, wer er sei. War der Reisende ein Edelmann oder auch nur sonst eine Privatperson, so war befohlen worden, ihn ziehen zu lassen, doch mußte ihm zuvor gesagt werden, daß das Land, durch das ihn sein Weg führe, dem Pan Wischnewskij gehöre und daß dieser Pan ehrliche Gäste ‚liebe und schätze' – und darauf wurde der Reisende aufgefordert, ‚den Herrn' zu besuchen und sich ein wenig zu ‚stärken', das heißt, von den Anstrengungen der Reise auszuruhen und sich ‚die Gastfreundschaft des Pans wohlschmecken zu lassen'. Hatte der Reisende Eile und konnte er der Aufforderung nicht nachkommen, dann durfte man ihn, hatte er sich höflich bedankt, nicht etwa mit Gewalt zurückhalten, sondern man hatte ihm ebenso ‚höflich' zu gestatten, seine Fahrt fortzusetzen, wobei ihm auch keineswegs verboten wurde, die Schellen klingeln zu lassen. Wenn jedoch der Reisende keine Eile hatte und einverstanden war, zum Pan zu kommen, dann wurde er nach Farbowanaja oder Soßnowka geleitet, je nachdem auf welchem dieser beiden Dörfer der Pan gerade lebte.

Gäste wurden von Stepan Iwanowitsch mit offenen Armen empfangen, wobei es ihm weder auf ihre Titel noch auf ihren Stand ankam, sie wurden, wie es damals üblich war, prunkvoll und reichlich bewirtet – hie und da sogar zu reichlich, so daß seine Gastfreundschaft für einige ein Unwohlsein nach sich zog. Freilich wurde niemand gezwungen zu essen oder zu trinken, es wurde nur alles bis zum Übermaß angeboten, und wenn der oder jener sich hierbei übernahm und sich überfraß, so war Wischnewskij schließlich nicht schuld daran, denn er hatte ihn ja nicht dazu gezwungen, und der unvorsichtige Gast durfte nur über sich selber klagen und mußte die Strafe für seine Unmäßigkeit eben hinnehmen ohne zu murren.

Wenn sich herausstellte, daß die Gäste bedürftige Menschen waren, so geschah es oft, daß Stepan Iwanowitsch ihnen auch noch weiter half, und zwar konnte diese Hilfe gelegentlich recht bedeutend sein, und waren es gar Offiziere, so erhielten sie immer etwas Wertvolles zum Andenken. Diese Art der Lebensführung mußte es mit sich bringen, daß seine Güte und seine Gastfreundlichkeit ihn zu einem äußerst liebenswerten Charakter stempelten. Wenn es sich aber um Beamte oder gar die Polizei handelte, dann verwandelte sich Stepan Iwanowitsch sogleich zum allerschrecklichsten Tyrannen, denn was er von diesen unglückseligen Personen verlangte, war in so hohem Maße roh und für sie so erniedrigend, daß man kaum glauben mag, daß sie sich diesen Forderungen überhaupt unterwerfen konnten, und daß sie keine Mittel fanden, sich vor dem Sonderling auf Farbowanaja zu schützen.

Wenn irgendein Polizeibeamter an die Grenze der Wischnewskijschen Besitzungen kam, mußte er augenblicks haltmachen und etwas um den Klöppel seiner Schelle herumtun, damit sie nicht mehr läuten konnte. Denn die Bauern waren andernfalls angewiesen, den Hüter der Ordnung anzuhalten, ihm die Schelle fortzunehmen und sie unverzüglich ins Herrenhaus dem Pan abzuliefern. Widerstand der Polizeimann, so drohten ihm doppelte Widerwärtigkeiten, denn erstens konnte er von den Bauern verhauen werden, die das ‚auf den Kopf des Pans' hin taten, das heißt auf die Verantwortung des Gutsbesitzers hin – zweitens aber war es möglich, daß der Schuldige dem ‚Pan' selber vorgeführt wurde, wo einen jeden, der zur Polizei gehörte, eine unglaublich erniedrigende und noch jedesmal mit unnachsichtlicher Strenge durchgeführte besondere Zeremonie erwartete.

Mochte einer nun treu oder untreu, einfach oder anspruchsvoll sein, war er ein Polizeibeamter, dann machte Stepan Iwanowitsch keinerlei Unterschiede mehr. An die

Ehrlichkeit dieser Personen glaubte er nicht, und es scheint, daß er sich in dieser Hinsicht auch nicht gerade getäuscht hat. Seine Regel war es, daß kein einziger Beamter, aus welchem Grunde oder zu welchem Zwecke er auch komme, jemals die Schwelle seines Hauses überschreiten dürfe. Wenn irgendeine dienstliche Sache den Beamten zu ihm führte oder irgendeine Bitte oder eine Klage Wischnewskij vorgetragen werden mußte, die Polizei wußte von vorneherein, daß sie auf seinem Grund und Boden ohne Schellengeläut und so leise als möglich zu fahren hatte und daß der Wagen in der Nähe des Gutsgebäudes halten mußte – denn es war auf das strengste verboten, vor dem Hause selber vorzufahren. Im Bereich des Gutsgebäudes hatte die Polizei zu Fuß zu gehen, am Tor schon die Mütze abzunehmen und am Haus entlang nie anders als mit unbedecktem Haupte zu gehen.

Geschah das nicht oder wurde diese Regel auch nur in einem Punkt verletzt, dann hatte die wohlabgerichtete Dienerschaft den Befehl, den Missetäter augenblicks am Arm zu packen und ihm den Weg zurück zu zeigen, ‚nicht ohne ihm bei der Gelegenheit einen derben Nackenstoß zu versetzen'. Und da diese Anordnung getreulich und kräftig ausgeführt wurde, wagte es keiner, die Regel zu umgehen oder sich ihr zu widersetzen. Hiermit waren jedoch die Erniedrigungen noch keineswegs zu Ende: der Beamte durfte nicht weiter gehen als bis zur Freitreppe, unter der die großen Hetzhunde hausten. Hier hatte er stehenzubleiben und so lange zu warten, bis Stepan Iwanowitsch geruhte, seinen ‚Zimmerkosaken' zu ihm hinauszuschicken, das heißt mit anderen Worten, einen Kammerdiener. Mit diesem Lakaien hatte der Beamte sich zu begrüßen, ‚als stünden sie auf gleichem Fuße', das heißt er hatte ihm die Hand zu schütteln, und dann erst war es ihm gestattet, dem Kammerdiener zu eröffnen, aus welchem Grunde er den Pan aufsuchte.

Schien es nun Wischnewskij, daß die Angelegenheit, die den Beamten zu ihm geführt hatte, nicht der Rede wert sei, dann befahl er, ‚ihn einfach fortzujagen'. Betraf aber die Angelegenheit etwa den Adel oder handelte es sich um eine Mitteilung, die ihm von höheren Sphären aus zukam, dann zog Stepan Iwanowitsch seinen Pelzrock an, setzte die Mütze auf, ging hinaus und hörte den Beamten an, wobei er jedoch die ganze Zeit über von ihm abgewandt stand und ihn kein einziges Mal ansah.

War jener fertig, dann pflegte Wischnewskij wortlos fortzugehen, der Diener aber reichte dem Beamten auf einem Teller ein Glas Schnaps und eine Fünfzigrubelnote. Den Schnaps hatte der Beamte zu trinken, die Fünfzigrubelnote aber als ‚Imbiß‘ einzustecken (denn im Wischnewskijschen Hause wurde keinem Beamten jemals ‚Brot und Salz‘ angeboten). War jedoch wider Erwarten der Beamte von so hoher Meinung, daß er den ihm vor der Freitreppe servierten Schnaps nicht trank, so ging er auch des Anrechtes auf das Geld, das als Imbiß bestimmt war, verlustig. Der Diener war angewiesen, ihn in diesem Falle die Treppe hinunterzustoßen, den Schnaps ihm auf den Rücken zu gießen, die als Imbiß bestimmt gewesenen fünfzig Rubel sich selber zu nehmen und schließlich an einem Strick zu ziehen, und dieser Strick öffnete den Eisenriegel vor der Tür, hinter welcher die großen Hetzhunde unter der Freitreppe saßen. Und da das alles bekannt war, wagten die Beamten es niemals, auch nur den geringsten Widerspruch gegen Stepan Iwanowitschs Maßregeln zu verlautbaren und ... waren sogar sehr froh darüber, wenn irgendeine Angelegenheit sie vor die Freitreppe des Pan von Farbowanaja führte.

Wenn das alles in der Tat so war, wie die Überlieferung uns berichtet, so müssen damals fünfzig Rubel als Imbiß augenscheinlich viel Geld gewesen sein.

4

Hinsichtlich seiner Keuschheit und Moral galt Stepan Iwanowitsch als ein Mensch, der wenig Umstände machte und von großer Naivität war. Allerdings muß man zugeben, daß es dazumal viele gab, die ihm ähnlich und geradezu gleich waren, die originellste Rolle jedoch spielte bei dieser Art von Dingen in unserer Epopöe seine Gattin Stepanida Wassiljewna, geborene Schubinskaja, die man so gut wie ihn ‚psychopathisch' nennen könnte – wenn auch freilich von anderer Art.

Sie entstammte, wie wir bereits oben mitteilten, einem adligen Geschlecht aus Twer und war eine sehr gebildete Frau aus ausgezeichnetem Hause. Sie liebte ihren Mann sehr und lebte mit ihm in ständiger Eintracht. Aus ihrer Verbindung mit Stepan Iwanowitsch hatte sie zwei Töchter, doch verlief die Geburt der zweiten für sie äußerst unheilvoll, denn Stepanida Wassiljewna war seitdem für alle Zeit ‚kein voller Mensch mehr'. Stepan Iwanowitsch begann nach und nach, sich von ihr zu separieren: wenn sie in Farbowanaja weilte, fuhr er nach Soßnowka, wenn sie dagegen in Soßnowka war, reiste er nach Farbowanaja. Stepanida Wassiljewna sah das mit Kummer, und da sie, wie sie sagte, ihren Mann liebte, ließ sie es sich angelegen sein, alles zu tun, damit er ‚sich nicht von ihr entferne' und damit es ihm in ihrer Nähe zu leben ‚nicht langweilig sei'. Aus diesem Grunde richtete sie bei sich für die Mädchen so etwas wie Spinnstuben ein; zwar kamen die Mädchen anfangs nur ungern und unter Tränen, aber Stepanida Wassiljewna verstand es bald, ihnen schön zu tun und es ihnen so anheimelnd zu machen, daß sie sich endlich daran gewöhnten und zu weinen aufhörten. Und nun schrieb Stepanida Wassiljewna ihrem Gatten und lud ihn ein, sie zu besuchen und sich an ihren Mädchen zu weiden. Und er antwortete ihr: „Ich bin Dir sehr dankbar und verstehe die Mühe, die Du mit mir hast, vollauf zu würdigen, im übrigen verlasse ich mich, was die Auswahl anbetrifft, mehr auf Deinen Geschmack als auf meinen eigenen."

Diese Antwort ihres Gemahls freute Stepanida Wassiljewna nicht nur, nein, sie rührte sie auch. Ihre Gefühle für Stepan Iwanowitsch brannten doppelt so heiß wie zuvor, und bald darauf schrieb sie ihm aufs neue voller Ungeduld: „Für Dein Zutrauen, mein unschätzbarer Freund, danke ich

Dir sehr, und hinsichtlich meines Geschmacks, auf den Du Dich, wie Du schreibst, verläßt, hoffe ich von ganzem Herzen, es Dir recht zu machen, jetzt aber bitte ich Dich, Du Engel meiner Seele – komm doch zu mir, so schnell wie Du nur immer kannst, denn mein Herz ist betrübt nach Dir, und Du wirst schon sehen, daß ich mich nicht allein um mich sorge, sondern daß ich auch Deinen Geschmack sehr wohl erfaßt habe. Unsere beiden Kinder sind gesund und grüßen Dich und küssen Deine Hände." Die Unterschrift lautete: „Deine getreue Frau und Sklavin Stepanida."

Nachdem Stepan Iwanowitsch dieses Sendschreiben erhalten, ließ er sein Junggesellenleben fahren und reiste wieder zu seiner Gemahlin, die es nun erreicht hatte, daß es ihm ‚mit ihr im gleichen Hause zu leben nicht mehr langweilig erschien'.

Nicht nur daß sie gegen die von ihrem Manne erwählten Favoritinnen freundlich und zärtlich war, mehr, sie pflegte und besorgte sogar seine Kinder, deren es bei dieser patriarchalischen Ordnung des Herrenlebens in Farbowanaja mit der Zeit natürlich eine ganze Menge geben mußte.

Wischnewskij selber war längst nicht so reinen Herzens und so aufrichtig wie seine Frau: sobald der verderbte Stepan Iwanowitsch jene Person, die berufen war, durch ihre Anwesenheit sein ‚Leben kurzweilig zu gestalten', satt hatte, begann er aufs neue alle Anstalten zu treffen, ‚allein auf seinem anderen Dorf zu leben'.

Stepanida Wassiljewna erfaßte das bald, und wenn sie auch ihrem Gatten nicht widersprach, denn sie stellte nach den Vorschriften ihrer Ahnen den Frieden und die Eintracht des ehelichen Lebens über alles auf der Welt, so verging doch jedesmal nur eine kurze Spanne, und sie hatte alles in Ordnung gebracht und konnte ihrem Gemahl einen stillen und zärtlichen Brief schreiben, darin etwa zu lesen war: „Deine List und daß Du gegen mich in wichtigen Dingen so unaufrichtig bist, ist mir ein großer Kummer, mein Freund, und eine rechte Plage, denn nichts dergleichen habe ich um Dich verdient. Gott sieht, daß ich wahr und aufrichtig bin und daß ich Dich mehr als alles auf der Welt liebe, die Trennung von Dir dörrt mein Herze aus wie dürres Gras, und nicht trocknen wollen die bitteren strömenden Tränen. Jene Person aber, deren Reizlosigkeit Dich ermüdet hat und derer Du überdrüssig geworden bist, habe ich durch meine Bemühungen ohne große Schwierigkeiten aus dem Weg geräumt, und sie ist gegenwärtig mit ihrer Lage sehr zufrieden und läßt Dir danken. Wenn Du jetzt her zu mir eilen wolltest, würdest Du sehr angenehme Gesichter zu sehen bekommen. Was unsere beiden Kinder anbelangt, durch Gottes Güte ist ihnen nicht das geringste zugestoßen, sie leben und sind gesund und beten für ihren Vater.“ Und wiederum folgte die alte Unterschrift: „Frau und Sklavin.“

Zur Antwort hierauf erfolgten von Wischnewskij Komplimente für seine Frau und kam aufs neue die Versicherung, daß er zu ihrem Geschmack volles Zutrauen habe, und kurze Zeit darauf kehrte Stepan Iwanowitsch erneut unter sein häusliches Dach zurück. Timpani und Jubel begrüßten ihn natürlich, Zärtlichkeit und laute Ausbrüche, das gemästete Kalb war da und alles, alles was notwendig war, ihn so glücklich zu machen, wie er es verlangte, und so gut es seine zärtliche, ja überzärtliche Frau verstand, die das Unglück gehabt hatte, obwohl sie eine lebendige und sehr reizvolle junge Frau war, ‚kein voller Mensch mehr zu sein‘.

5

Nach einigen dieser von uns oben beschriebenen Peripetien besserte sich Stepan Iwanowitsch in puncto seiner Verschlossenheit und seines mangelnden Vertrauens nach und nach, griff nie mehr zu den Hinterlisten seiner Separatpolitik.

Stepanida Wassiljewna war, wie die Bauern sagten, zu ihm ‚wie eine Mutter, die ihr Kind hütet‘.

Die geradezu unwahrscheinliche, primitive Einfachheit dieser Beziehungen, die fast an die biblische Erzählung von Sarah und Hagar erinnert, wird noch unwahrscheinlicher, wenn man den Einzelheiten Glauben schenken will, die von dem Leben der zwei Ehegatten erzählt werden.

Stepan Iwanowitsch war ein richtiger Türke. Es war ihm leicht, die verschiedenartigsten Beziehungen zu unterhalten, er vereinigte alle Arten von Liebe in sich, beginnend mit der vorübergehenden Aufwallung bis zu der Anhänglichkeit, die er seinen Odalisken entgegenbrachte und erst recht der ersten Sultanin. Das Vorübergehende galt ihm natürlich wenig und wurde nicht erst in Rechnung gestellt, die Stellung der ersten Sultanin aber nahm, wie es sich auch von selber verstand, seine gesetzliche Gattin ein, die er seinerseits ebenfalls in gewisser Beziehung liebte, jedenfalls beteuerte er immer, daß er sie außerordentlich ‚verehre'.

„Wenn einer irgend etwas gegen mich anstellen sollte", pflegte er zu sagen, „das könnte ich vielleicht noch verzeihen, sollte sich aber irgend jemand einfallen lassen, irgend etwas zu äußern, das für Stepanida Wassiljewna kränkend wäre, wer und wo immer er auch sei, ich würde ihn schon zu packen wissen, und selbst Zar Iwan Wassiljewitsch dürfte keine Marter erdacht haben, so grausam wie die, mit der ich den Beleidiger meiner unschätzbaren Gemahlin peinigen wollte."

Das wußten alle, und ebenso war allen wohl bekannt, daß Stepan Iwanowitsch keine Späßchen machte und daß er, was er sagte, auch tat, darum ließ es sich keiner einfallen, gegen Stepanida Wassiljewna auch nur das geringste Anzeichen der Unbotmäßigkeit oder Widersetzlichkeit zu bekunden. Dennoch waren die Ansichten über den besorgten Eifer, den Wischnewskij seiner Gattin gegenüber zu haben behauptete, sehr geteilt; während einige ihn aus der grenzenlosen Zärtlichkeit, die er für seine Gemahlin empfand, herleiteten, wollten andere nichts als die Listigkeit darin erblicken, die der kleinrussischen Natur Wischnewskijs in hohem Maße eigen war. Man war der Ansicht, er bezwecke damit, allen Menschen vor seiner Frau ‚Angst einzuflößen', damit ihre Wünsche, die ja nur darauf gerichtet waren, ihm sein Leben durch die Liebe der leibeigenen Odalisken zu versüßen, nirgends Widerstand fänden, da andernfalls die geringste Zuwiderhandlung so grausam bestraft werden sollte, daß selbst Zar Iwan Wassiljewitsch in seinem Grabe darüber erbeben würde.

Im übrigen, ob das nun so war oder anders, ist jetzt nicht mehr genau festzustellen, doch gibt es eine ganze Menge bestimmter Erzählungen darüber, daß Stepan Iwanowitsch, der in allen seinen beiläufigen Erlebnissen von äußerster Lasterhaftigkeit und bis zur Grausamkeit hemmungslos war, es dennoch vermochte, in seine Beziehungen zu den Odalisken, die ihm der Geschmack seiner ersten Sultansfrau auswählte, eine gewisse eigenartige Poesie zu legen. Und zwar gelang ihm das, ohne daß er je seine Natur zu vergewaltigen brauchte, denn in solchen Fällen konnte er sowohl zärtlich wie auch empfindsam sein. Gleich jenem Don Juan konnte er sich rühmen, daß er nicht nur keines der jungen Geschöpfe jemals durch Rauheit gekränkt, sondern auch, daß er sie ‚nie verführt durch Kälte ohne Leidenschaften'. Nein, ins Haus seiner Frau, deren Liebe ihm eine Freude vorbereitet hatte, kam er stets voll zärtlicher Gefühle, und die beiden Ehegatten verhätschelten die Erwählte ‚wie ein Falkenweibchen ums Morgenrot'. Sie taten ihr schön und schmückten und liebkosten sie – prächtig gekleidet, in Genüssen geradezu ertrinkend, mit Leckerbissen überfüttert, durfte sie in Stepanida Wassiljewnas Zimmern leben und bemerkte selber kaum, wie sie so von einer Rolle in die andere glitt; sie kam, als wandle sie im Nebel, lange Zeit hindurch nicht zum Bewußtsein dessen, was mit ihr geschehen war und wie das enden mußte. Alle diese Odalisken traten in einem Alter, da sie die Kindheit kaum vollendet, ihre Rollen an, ihre Köpfe hatten noch keine Erfahrungen, die Begriffe von dem, was Zukunft heißt, waren noch zu schwach, so verlockend war dagegen das Leben der Gegenwart, so voll Ergötzungen. Viele von ihnen erschlossen aufrichtig ihrem Gebieter Seele und Herz, zum mindesten war er ihnen keine Last; Stepanida Wassiljewna aber liebten sie sogar ‚wie eine Mutter'. Und wahrhaftig, sie war zu ihnen wie eine Mutter zärtlich und stand ihnen mit Rat und Tat wie eine ältere Haremsgenossin bei, die einstmals das gleiche Glück genossen hatte, das jetzt die jüngeren Odalisken dem geliebten Padischah verband. Der Mann, seine Gattin und die Favoritin du jour waren im Hause fast unzertrennlich und verbrachten die meiste Zeit miteinander selbdritt, einigen seiner Odalisken war Stepan Iwanowitsch so zugetan, daß er sich von ihnen auch nicht auf eine Minute zu trennen vermochte. Und zwar war es nicht etwa nur Sinnlichkeit, die Wischnewskij an sie fesselte, nein, er war wie ein feuriger Jüngling in sie verliebt und nahm sie, wenn er in unaufschiebbaren Geschäften das Haus verlassen mußte, stets mit sich, wobei sie Pagentracht tragen mußten; sie hatten alsdann die Aufsicht über seine wirklich prachtvollen Bernsteinpfeifen und den Tabaksbeutel, den er beständig brauchte, denn Iwan Stepanowitsch rauchte sogar nachts, und darum mußte sein ‚Pfeifenknabe' immer um ihn sein.

Aus diesen Grunde war vermutlich die Annahme entstanden, daß Stepan Iwanowitsch sich bis zu einem gewissen Grade von Eifersucht leiten lasse, doch sollte man andrerseits meinen, daß Wischnewskij nicht die geringste Gefahr gelaufen wäre, wenn er das Mädchen unter Aufsicht von Stepanida Wassiljewna zurückgelassen hätte; darum scheint es viel richtiger zu sein, sich der Ansicht der Leute anzuschließen, die diesen kleinrussischen Psychopathen näher kannten: daß er sich nämlich in seine Favoritinnen leidenschaftlich zu verlieben pflegte und sich so lange nicht von ihnen trennen konnte, bis die Leidenschaft nicht ihren Umlauf vollzogen und wieder abgekühlt war.

Je heißer Stepan Iwanowitsch seiner Odaliske zugetan war, desto zärtlicher bemühte sich seine Frau um diese Person. Wenn aber Wischnewskijs Leidenschaft erloschen war und er ‚hinter den Ssupoi' reiste, dann nahm es Stepanida Wassiljewna auf sich, die alte ‚Ergötzung' anderweitig unterzubringen und eine neue herbeizuschaffen, die geeignet wäre, den Pan aufs neue vom anderen Ufer herbeizulocken.

Tragisch waren diese Lösungen niemals. Alles wurde dank dem Takt, dem warmen Herzen und der Freigebigkeit

Stepanida Wassiljewnas noch jedesmal ordentlich und gut und zur allgemeinen Befriedigung aller, die dem betreffenden Mädchen nahestanden, erledigt. Ein einziger Fall bildete eine Ausnahme, und zwar war das die fünfzehnjährige Tochter eines Bauern, die einen besonders großen Platz in Wischnewskijs Herzen eingenommen hatte und die ihm einen Sohn, aber auch einen unangenehmen Bodensatz in seinen Erinnerungen zurückließ.

6

Die örtlichen Überlieferungen haben uns sogar den Namen dieses gertenschlanken und schwarzäugigen Mädchens erhalten, was der Pan an sich heranzog, als er bereits älter gegeworden war. Man nennt sie Hapka Petrunenko. Sie war so außergewöhnlich schön, ‚daß es den Augen angenehm war, sie anzustaunen', und hatte, wie man aus ihrer Geschichte ersehen kann, ein empfindsames Herz und eine empfängliche Seele. Wischnewskij konnte ihren schlanken Leib umspannen, indem er die Finger spreizte, und er liebte sie so wie keine einzige von allen, die sich seiner Gunst erfreuten, vor oder nach ihr. Er kleidete sie in rosenfarbigen Atlas und ließ sie Jäckchen tragen, die aus kostbaren türkischen Geweben gemacht waren, er trug sie auf Händen und küßte ihre Füße.

Als Stepanida Wassiljewna die unersättliche Neigung ihres Mannes für das Mädchen erkannte, steigerte sich ihre Sorgfalt für sie bis zur Selbstvergessenheit, ja, sie vernachlässigte über ihr sogar ihre eigenen Töchter, deren ältere damals schon gegen zwölf Jahre alt war. Stepanida Wassiljewna flocht selber am Morgen Hapotschkas schwarze Zöpfe, selber löste sie die Flechten, wenn es Nacht wurde, und beräucherte sie mit aromatischen Dämpfen, deren Wohlgeruch die dichten Haare durchdrang und sich in ihnen mit der Kraft des Harzes hielt. Sie gestattete nicht, daß irgendwelche niederen Hände diesen Körper berührten, und badete selber mit einer starken Essenz aus duftenden Rosen ihre Füße, die Stepan Iwanowitsch oftmals vor ihren eigenen Augen in leidenschaftlicher Selbstvergessenheit inbrünstig küßte. Mit einem Worte, das reizende Mädchen war die Favoritin der Favoritinnen und ihr Dasein im Wischnewskijschen Hause umschloß vieles, das sehr von dem der anderen Schönen verschieden war. Wenn Stepan Iwanowitsch mit seinen Windhunden auf die Jagd ritt, nahm er Hapka mit und begnügte sich nicht damit, daß sie in ihrer Tscherkessentracht neben ihm in dem bequemen Wagen fuhr, sondern hob sie von dort zu sich herüber und ließ sie vor sich auf seinem Sattel reiten. Wenn das Mädchen vom unbequemen und anstrengenden Reiten müde wurde und ihr Köpfchen schläfrig zu nicken begann, übergab Wischnewskij sie nicht etwa fremden Händen, sondern brach augenblicks die Jagd ab und trug Hapotschka in seinen eigenen Armen behutsam nach Hause. Und Gott bewahre, wenn um die Zeit irgend jemand aus seinem Gefolge auch nur den leisesten Lärm gemacht und den Kinderschlaf der Geliebten des Pans gestört hätte ...! Für den Schuldigen hätte es keine Rettung vor der feuchten Grube und den ledernen Hetzpeitschen gegeben.

Auf der Freitreppe angelangt, gab Wischnewskij ebenso behutsam das Kind in die Arme seiner herbeieilenden Diener und folgte ihnen, während sie Hapka so still als überhaupt nur möglich zu den Gemächern Stepanida Wassiljewnas brachten.

Hier wurde sie alsdann entkleidet und auf die Atlaskissen des breiten türkischen Diwans gebettet, auf dessen Rand die Ehegatten Platz nahmen, um ihren Tee zu trinken. Aber sie sprachen nicht, sie schauten nur stumm und entzückt das schlafende Mädchen an. Wenn dann die Zeit kam, zur Ruhe zu gehn, erhob sich Stepanida Wassiljewna, um sich mit leichten Schritten über die weichen Teppiche ins nebenanliegende Zimmer zu begeben, das sie als Schlafgemach benützte, Stepan Iwanowitsch jedoch küßte in dankbarem Schweigen mehrfach die Hand seiner Frau und flüsterte ihr zu:

„Mein Schutzengel, du – ich vergöttere dich!"

Stepanida Wassiljewna versuchte das Glück ihres Mannes nachzuempfinden und teilte es mit einer Fähigkeit, die in dieser unwahrscheinlichen Absonderlichkeit nicht ihresgleichen hatte.

Sie schritt in ihr Schlafgemach und betete dort lange vor dem immerglühenden Lämpchen und trat alsdann mit unhörbaren Schritten wieder ins Nebenzimmer; dort lag die rosige Hapka und umarmte im Schlaf das Kopfkissen mit ihren festen jungen Armen, zu Füßen des jungen Mädchens aber lag auf dem Teppich, den Kopf an den Diwan gelehnt, die athletische Gestalt Wischnewskijs.

Stepanida Wassiljewna bekreuzigte die beiden und legte sich jetzt endlich in *ihr* Witwenbettchen, und wie still, wie friedvoll, wie erquickend war ihr Schlaf... In all diesem sonderbaren und scheinbar so gar nicht übereinstimmenden Zusammenspiel der Gefühle und der Beziehungen konnte sie für sich selber nichts Erniedrigendes erblicken, ja nicht einmal etwas Unbequemes, es schien ihr im Gegenteil, daß alles so vortrefflich ginge, als es überhaupt nur gehen konnte.

Die grenzenlose Liebe, die diese Frau für ihren Mann empfand, und das große Unglück, das ihre Gesundheit betroffen hatte, waren auf eine höchst merkwürdige Weise in ihr verschmolzen, freilich gab es keinen anderen Menschen, dem ihre sittlichen Begriffe klar oder verständlich geworden wären. Ich, der ich diese Nachrichten aus vielen unzusammenhängenden mündlichen Mitteilungen zusammengetragen habe, will hier nicht einmal versuchen, Stepanida Wassiljewnas Persönlichkeit irgendwie genauer zu deuten. Ich denke nur, daß all das ein wenig unter den heutigen Begriff des ‚Psychopathischen' fällt. Ich beschränke mich hier darauf, eine interessante Erzählung so wiederzugeben, wie ich sie selber gehört habe, und will die Charaktere und die Grundsätze der Helden dieser legendären Überlieferungen gar nicht irgendwie kritisch beleuchten.

Ich meine nämlich, daß es sich in diesem Bericht keineswegs um eine Kritik handeln darf, der sich alle hier geschilderten Personen sowieso schon längst ins Reich der Schatten entzogen haben, sondern nur darum, der Nachwelt die erstaunliche Unmittelbarkeit dieser Charaktere und die Tatsachen ihres absonderlichen und originellen Lebens zu übermitteln.

Wie gut bekannt sind uns die stürmischen Gestalten unserer großrussischen Edelleute, deren Leben nach dem Wort des Dichters

> *,in Festen stets verrann, in sinnlos eitlem Prahlen,*
> *in Lastern viel und klein und auserlesenen Qualen,*
> *wo für der Diener und Leibeigenen Sklavenschar*
> *das Leben eines Hunds noch zu beneiden war.'*

Die Gesundheit und die reale Richtung unserer russischen Literatur, die man gelegentlich sogar ihres übertriebenen Realismus wegen tadeln könnte, hat uns dieses großrussische Leben geschildert, wie es war. Wir wissen nur zu gut, wie diese ,alten Schläuche' bedenklich zu krachen begannen, als sich der junge Wein in sie ergoß. Leider folgten die Schriftsteller ukrainischer Herkunft jedoch diesem in der gegenwärtigen Periode literarischer Bestrebungen vielleicht ganz einzigartig nützlichen Beispiele nicht. Das Leben der kleinrussischen Adels-Trümpfe ist vor unseren Augen von einem Schleier der Romantik verhüllt, verschattet von der ungemeinen Volkstümlichkeit der kleinrussischen Schriftsteller. Und selbst wo es gelegentlich hervortritt, geschieht es nur in der schwülstigsten Form, die an die unendlichen polnischen Geschichten von der ,Panna Kochanka' erinnert. Und doch hat das ukrainische Herrentum seine besonderen Eigenarten, die zu studieren sich lohnen würde und die gleichzeitig ein helles Licht auf das Besondere des kleinrussischen Charakters werfen könnten, wie ihn – nach einer Bemerkung Schewtschenkos – der gegenwärtigen Welt ,großer und berühmter Ahnen unflätige Enkel' darstellen.

Es wäre auch nicht so unnütz, sich die Repräsentanten jener mittleren Generation anzuschauen, die wie eine Schicht zwischen den Ahnen und den Enkeln liegt – zwischen jenen also, die der national gesinnte Dichter als ,groß' preist, und jenen, die er für ,unflätig' hält. Vor uns steigen hier Gestalten auf, die auf der Wasserscheide zwischen diesen zwei Hauptströmungen stehen, von denen die eine das kleinrussische Land zu einer unvergeßlichen Größe geführt haben soll, die andere aber zu der unverbesserlichen ‚Unflätigkeit'.

‚Alles in der Welt ist ursächlich, folgerichtig und bedingt', und somit kann sich in der Kette wohl die Form des Kettengliedes verändern, desungeachtet aber hängt immer Glied an Glied und eines muß zum andern in einem gewissen notwendigen Verhältnis stehen.

Indem ich jetzt alles, was ich von Wischnewskij und seinen Angehörigen vernahm, hier in einer Aufzeichnung vereinige, sollte ich meinen, daß ich hiermit der Literatur ein bisher übersehenes Kettenglied, das sich einzig in mündlichen Überlieferungen erhielt, übermittle. Mögen diese Überlieferungen auch nicht völlig zuverlässig sein, sie bleiben deswegen dennoch von Interesse – und zwar als Denkmäler des Volksschaffens, die uns klar zeigen, was damals für die Menschen mit Phantasie bewegend und begeisternd war, und was damals gefiel.

So wende ich mich denn wiederum Wischnewskij zu.

Wir verließen den gewaltigen Pan von Farbowanaja auf dem Teppich zu Füßen seiner Dorfnymphe schlafend. Lassen wir sie denn auch jetzt noch in dieser Stellung, da es eine schönere und poetischere wohl schwerlich in jenem eigenartigen, liederlichen und mit nichts sonst vergleichbaren Leben gab. Mögen sie, wie die Kleinrussen sagen, ‚sich satt schlafen', und zwar bis zum Morgenrot jenes Tages, der ihr Glück und ihren Frieden umdüsterte und in den Kelch der Liebesfreuden des Pans den bitteren Schierlingstropfen träufelte.

Weiter unten wird sich uns eine Gelegenheit bieten, diesen Vorfall zu schildern, der den Kulminationspunkt der seelischen Leiden und der sittlichen Erregung Wischnewskijs bildete; danach aber gab es bis an sein Lebensende wieder nur die Reihe der einander schnell abwechselnden Liebeserlebnisse, von denen keines ihn jemals mehr so tief ergriff wie seine Leidenschaft für die schöne Hapka.

Wenden wir uns jetzt, so gut wir es vermögen, den anderen Seiten seiner Tätigkeit und seines Charakters zu.

7

Keine der Erzählungen, die ich über ihn gehört, schildert Wischnewskij als Vater und Erzieher, in dieser Hinsicht scheint es nichts Charakteristisches gegeben zu haben, denn überall wird seiner lediglich als Erzeuger Erwähnung getan. Es wird übrigens mitgeteilt, daß, als in Petersburg die Institute begründet wurden und der angesehene Adel, dem Wunsch der Herrscherin zufolge, Einladungen erhielt, seine Töchter dorthin zur Erziehung zu geben – Stepan Iwanowitsch damals nach Petersburg fuhr und seine Tochter dorthin brachte. Allein auch dieses Umstandes wird nicht etwa gedacht, um Wischnewskijs väterliche Fürsorge zu zeigen, sondern lediglich, weil diese Reise mit einem anderen merkwürdigen Ereignis in Zusammenhang stand, von dem wir weiter unten sprechen werden. Als Gutsbesitzer und Hauswirt, als Richter und Herr über die Seelen der ihm gehörenden Leibeigenen scheint Wischnewskij ebenfalls nichts Originelles gehabt zu haben. Er bestellte sein Haus, ‚wie es seit alters Gepflogenheit war‘. Alles wurde durch leibeigene oder angestellte Aufseher erledigt, von denen einige rechtgläubig waren, andere dagegen Polen. In Wischnewskijs Diensten standen immer einige Polen, er war ihnen nicht feindlich gesinnt, doch liebte er es, sie gelegentlich zur Zielscheibe seines Spottes zu machen. Es gab auch einige Hebräer in seiner Umgebung, die unser Psychopath gern mit schrecklichen Dingen peinigte. Manch einer von diesen ist dabei eingegangen und hat vor Furcht das Diesseits verlassen, trotzdem jedoch hängten sie sich an ihn, denn Wischnewskij konnte gelegentlich sehr freigebig sein und gab ihnen manchmal etwas Erkleckliches zu verdienen. Im übrigen nahm er sehr gerne die Vermittlungsdienste der Hebräer in Anspruch. Doch wehe, wenn einer ihn betrügen wollte... Weniger die Rutenprügel waren dann zu fürchten und nicht einmal die Peitsche, als der Schrecken, mit dem er sie marterte. Wischnewskij war in seiner Art ein Patriot, obwohl sein Patriotismus sich à la longue mehr oder minder auf seine Leidenschaft für den ukrainischen Überrock beschränkte und seine Vorliebe für die kleinrussische Sprache, und außerdem noch – auf die Verachtung alles Ausländischen. Besonders hatte er es auf die Deutschen abgesehen, die zu respektieren er aus folgenden zwei Gründen nicht für möglich hielt: erstens einmal behauptete er, daß sie ‚dünnbeinig' seien, zweitens kam dazu, daß ihr Glauben ihm nicht gefiel – ‚sie verehren die Heiligen nicht'. Stepan Iwanowitsch war nämlich der Ansicht, daß er selber allerdings ‚die Heiligen verehre'. In allen Fragen des Glaubens war er denkbar ungebildet und ließ sich weder auf eine Kritik, noch gar auf eine Philosophie der religiösen Fragen ein, denn er fand, daß das eine ‚Sache der Pfaffen' sei, er jedoch habe als ‚Ritter' für ‚seinen Glauben' einzustehen und ihn auf jede Weise vor den ‚Ungläubigen' zu verteidigen, wobei er in diesem Punkte freilich mit den Augen des Volkes auf die Sache blickte und nur die Rechtgläubigen als ‚Christen' anerkannte, alle anderen aber, die sogenannten ‚andersgläubigen' Christen, sah er als ‚Mißgläubige' oder ‚Geringgläubige' an, und die Juden und das ‚ganze übrige Pack' hielt er kurzerhand für unrein. Allerdings durfte auch ein Ausländer ‚und sogar ein Deutscher' sich an Stepan Iwanowitschs Tisch setzen, und einem Deutschen war es sogar gelungen, in sein Haus einzudringen und sein Vertrauen zu erwerben, freilich suchte Wischnewskijs religiöses Gewissen für sich selbst immer nach einer Genugtuung und einer Versicherung, ehe solch ein ‚Mißgläubiger' zugelassen wurde. Stepan Iwanowitsch, der, wie er selber freimütig gestand, ‚katechisieren nicht gelernt', hatte sich nämlich eine selbsterdachte Prüfung zur Aufnahme Andersgläubiger zurechtgelegt und brachte diese sehr konkret zur Anwendung.

Stepan Iwanowitsch pflegte den ‚Luther' oder den ‚Katholen' folgendes zu fragen:

„Je nun, wenn du schon nicht auf unsere Art glaubst oder betest, den heiligen Nikolaus respektierst du doch gewiß?"

Dem examinierten ‚Andersgläubigen' waren sicherlich glaubwürdige Gerüchte zu Ohren gedrungen, was ihm zustoßen würde, sollte er es wagen, zu behaupten, daß er den Heiligen, für den sich der Pan von Farbowanaja einsetzte, nicht verehre ... Sogleich wäre ihm alsdann vordemonstriert worden, wie stark die Stühle seien, auf die Stepan Iwanowitsch seine Gäste zu setzen pflegte, und wie biegsam und kräftig die Weidenruten, die an den Ufern des Ssupoi wuchsen und ihre Zweige in seinen Wassern badeten. Und darum antwortete ein jeder Andersgläubige, der so glücklich war Wischnewskijs Gunst in so hohem Maße zu gewinnen, daß er mit ihm über Religion sprach, natürlich genau das, was gerade notwendig war, um angenehm zu wirken.

„Oh, freilich!" pflegte so ein befragter Andersgläubiger zu entgegnen, „wie sollte man den heiligen Nikolaus nicht verehren – die ganze Welt verehrt ihn ja."

„Die ganze Welt – nein, Brüderchen, das scheint mir doch etwas übertrieben zu sein", erwiderte Stepan Iwanowitsch, „denn du mußt wissen, daß der heilige Nikolaus von Moskowitischer Herkunft ist, du solltest aber auch unseren russischen Jurko verehren."

Das Wort ‚russisch', und zwar im Sinne von kleinrussisch oder südrussisch gebraucht, wurde damals in scharfem Gegensatz zu der Bezeichnung ‚moskowitisch' verwendet, denn unter diesem Ausdruck wurde alles Großrussische, alles Nördliche zusammengefaßt. Das ‚Moskowitische' und das ‚Russische' waren damals zwei sehr verschiedene Begriffe, sowohl auf Erden als auch im Himmel. Die irdischen Unterschiede konnte ein jeder mit seinen leiblichen Augen wahrnehmen, die Gliederung der himmlischen Dinge aber war nur dem Glauben zugänglich. Der Glauben nun bestimmte, daß alle großrussischen Angelegenheiten vom wundertätigen Nikolaus betreut würden, da er Rußlands Beschirmer sei, die kleinrussischen Dinge dagegen hätten ihre Stütze und ihre Verteidigung in dem Eifer des besonders für die Ukraine eingenommenen heiligen Jurij, oder, wie man ihn heutzutage häufiger nennt, des heiligen Georg (den das Volk als ‚Jurko' kennt).

Und ein jeder Andersgläubige, der das Examen über den heiligen Nikolaus zu bestehen hatte, antwortete Wischnewskij natürlich mit noch größerer Bestimmtheit, daß er den heiligen Jurij ‚noch mehr als den Nikolaus' verehre.

Das gefiel Stepan Iwanowitsch. Damit war die ganze Katechisation des Neuaufzunehmenden bereits zu Ende, und dem Zugelassenen wurde nie wieder der Vorwurf der Andersgläubigkeit gemacht. Sogar wenn jemand unversehens die Verschiedenartigkeit ihrer Auffassungen mit einem Worte streifte, wurde das von Stepan Iwanowitsch zurückgewiesen, denn dieser pflegte dann zu sagen:

„Es gibt keinen Unterschied: Nikolaus verehrt er, aber den heiligen Jurko noch mehr."

8

Auf diese Art vermochten es die Andersgläubigen, sich des Wohlwollens unseres Psychopathen zu versichern, und jener Deutsche verwaltete, fast ohne Rechenschaft ablegen zu müssen, eines der Güter und hatte in so breitem Maße das Recht, von seinen Vollmachten Gebrauch zu machen, daß er eigentlich nicht viel anderes tat als Wischnewskij selber.

Einzig hinsichtlich der Frauen erlaubte ihm Stepan Iwanowitsch nicht, seine Wünsche etwa bis auf den Gutshof selber auszudehnen, damit niemand jemals gewahren könnte, daß eine zum richtigen griechischen Ritus gehörige Frau ‚zum Deutschen ging'. Schande hätte das für sie gegeben, Schande, die sogar für das unter Umständen zur Welt kommende Kindchen noch erniedrigend sein konnte. Der Deutsche hatte deshalb die Verpflichtung, sich nicht anders als in folgendem Aufzuge ins Dorf zu begeben: sommers hatte er seinen leichten Schlafrock anzuziehen, winters jedoch einen warmen, wattegefütterten Überrock und eine ebensolche Mütze; außerdem mußte er in der Hand eine Laterne halten, und ein Aufseher hatte ihn zu begleiten, der ‚für sein Leben haftete' ... Diese Beschränkungen waren dem Deutschen auferlegt worden, damit durch seine Leistungen unter keinen Umständen eine ,Vermehrung des Deutschen' erfolge, sondern alles zugunsten des Russischen ginge.

Nach diesen Einzelheiten hatte es den Anschein, daß es sich nur um kleine Belastungen handelte, in der Praxis jedoch kam dabei heraus, daß der Deutsche häufig zu Stepan Iwanowitsch ging, um Klage zu führen; er sagte dabei:

„Völlig ausgeschlossen."

„Ja, wieso denn?"

„Sie kneifen alle aus!..."

Wenn nämlich der Deutsche in seinem langen Schlafrock und mit der Laterne in Begleitung desjenigen, der ‚für sein Leben haftete', auf seinen nächtlichen Feldzug auszog, dann sah ihn alles bereits von ferne, und alle, die sich durch die Richtung seines Ganges von seinem Besuch bedroht fühlten, liefen fort oder versteckten sich.

Stepan Iwanowitsch gab sich den Anschein, als täte ihm das sehr leid, er konnte jedoch trotzdem unter keinen Umständen gestatten, daß auch nur in einem Punkte von der durch ihn festgesetzten Ordnung abgewichen würde.

„Ohne Laterne und ohne Begleiter werden sie dich verhauen und ausweiden, und ich wüßte nicht, wie ich mich für dich verantworten könnte", sagte er, als hielte er die von ihm selbst aufgestellte Regel in der Tat für unumgänglich notwendig; jene Menschen jedoch, die ihn näher kannten, bemerkten, daß, während er mit dem Deutschen dessen Angelegenheit besprach, ‚eine seiner Schnurrbarthälften lachte'.

Bei ihm, als einem echten Psychopathen, verband sich so viel Sinnloses mit so viel Schlauem, und all dies war so miteinander verflochten, daß man ‚nie feststellen konnte, wie er es eigentlich meinte'.

Seine pikanten Späßchen mit dem Deutschen endeten freilich damit, daß dieser, der stets wie ein Johanniskäfer im Grase mit seiner Laterne blinkend ewig auf die Suche ging, eines Nachts auf dem Flur einer Bauernhütte weidlich verdroschen wurde, worauf ihn sein Begleiter, der für sein Leben haftete, nach Hause trug; dort war es sein erstes, daß er ungesäumt seine deutsche Seele, die hier auf Erden in Verehrung für den heiligen Nikolaus und St. Georg geweilt hatte, Gott befahl.

Allein, obwohl der Deutsche sich den genannten Heiligen so willig untergeordnet hatte, kam Stepan Iwanowitsch dennoch zu dem Entschluß, er wäre unwürdig, auf den Friedhof ‚zusammen mit den Kindern des wahren östlichen Glaubens' beigesetzt zu werden, und befahl darum, ihn hinter der Kirchhofsmauer einzuscharren und statt des Kreuzes einen Stein auf den Platz zu stellen, ‚damit ermattete Menschen sich darauf niedersetzen und ausruhen könnten'.

Er verfügte überhaupt in allen Fällen über einen eigenartigen, doch in seiner Art sehr passenden Ton, der sowohl dem Humor zu seinem Rechte verhalf als auch seine Ehrerbietung vor dem Glauben der Heimat klar ausdrückte, obwohl letzterer weniger auf einer katechetischen Lehre begründet war als eben auf den heiligen Nikolaus und Jurko. Und nur der einige Gott weiß, ob das alles sich wirklich so verhielt, wie Stepan Iwanowitsch vorgab, oder ob es nicht auch in dieser Sache noch ein anderes gab, das ihm sein Handeln vorschrieb.

Zur vollen Schilderung von Wischnewskijs religiösem Kultus muß noch hinzugefügt werden, daß es längst nicht einem jeden erlaubt war, den heiligen Nikolaus oder den heiligen Georg zu verehren oder anzubeten, dies war einzig den Christen der andersgläubigen Religionsbekenntnisse vorbehalten. Nur diesen war es erlaubt, sich durch höfliches Verhalten gegen die zwei Heiligen vor Strafen zu sichern und auf diesem Wege sich Stepan Iwanowitschs Gunst zu erwerben. Den Hebräern erlaubte er keinesfalls, sich unter den Schutz dieser Heiligen zu flüchten, und er bestrafte sogar diejenigen, die auch nur eine Neigung verspürten, so etwas zu tun. So gab es einmal einen Juden, der Stepan Iwanowitsch in irgendeiner Sache betrogen hatte und dem daher Prügel zudiktiert worden waren. Als man ihn von der Freitreppe, von wo aus Wischnewskij das Urteil verkündet hatte, fortzog, begann der Jude sich zu sträuben und mit jämmerlichen Grimassen zu schreien:

„Oj, wie ich sie verehre ... verehren tu ich Nikolai ... und verehren tu ich Jurko ..."

Stepan Iwanowitsch gab seinen Liktoren einen Wink, einzuhalten, und fragte den schlotternden Juden:

„Was schreist du da?"

„Wie ich sie groß verehre ... Wie ich sie groß verehre ..."

„Plapper nicht – sag doch, wer ist es, den du so verehrst?"

„Oj, oj, gewiß ... oj, die beiden verehr' ich ... den heiligen Nikolai und den heiligen Jurko."

„Da tust du aber nicht recht daran ..."

„Oj, warum denn ... oj, warum denn nicht recht ... wenn sie doch so gnädig sind ... vielleicht werden sie sich auch meiner erbarmen."

„Allerdings, gnädig sind sie – da hast du ja ganz recht, aber, mein Brüderchen, es ist ganz und gar nicht ihre Sache, für einen Juden einzutreten – ihr habt ja da euren eigenen Moses, ruf du nur den an, wenn man dich verhauen wird; dafür jedoch, daß du dich unterstanden, solche heiligen Namen mit deinen jüdischen Lippen anzurufen – dafür, Burschen, erhält er zehn Peitschenhiebe mehr für den Nikolaus und fünfundzwanzig für den heiligen Jurko, damit er in Zukunft nie mehr wagt, sie zu belästigen."

Und darauf wurde das unglückselige Jüdchen natürlich dorthin gebracht, wohin es angemessen erschien, und dort wurde ihm alles das, was er seines Betruges wegen aufgebrummt erhalten hatte, aufgezählt – und zwar mit einer Draufgabe von fünfunddreißig Peitschenhieben wegen seiner nach Wischnewskijs Ansicht völlig unangebrachten Kriecherei vor dem Nikolaus und dem St. Georg –, und auch hierbei wurden die beiden an Ruhm und Bedeutung einander nicht gleichgestellt, denn für Nikolaus setzte es bloß zehn Streiche, für den heiligen Jurij aber gleich fünfundzwanzig.

Und zwar wurde das nicht etwa so leichthin gesagt, sondern eben aus größerer Liebe und Verehrung für den heiligen Jurij.

„Ja, freilich – weil er zu uns gehört und nicht zum Moskowiterland."

9

Nachdem ich Stepan Iwanowitschs sichtbare Vorliebe für alles, was ‚nicht aus dem Moskowiterland' herstammte, bereits mehrfach erwähnt habe, muß ich den Leser davor warnen, Wischnewskij etwa daraufhin für einen Politiker zu halten oder einen Separatisten oder, wie man heute sagt, für einen ‚Ukrainophilen'. Es ist nämlich so, daß man damals auf die Ukrainophilie durch die Finger sah und sogar vorgab, nichts von ihr zu wissen, aber wenn jemand sich an Stepan Iwanowitsch herangemacht hätte, um in seiner Seele zu lesen, er hätte überhaupt nichts Politisches darin gefunden. Oder am ehesten wäre zu sagen, daß er sich in dieser Seele wie in einem Speicher gefühlt hätte, in dem alles herumliegt, alles nur Erdenkliche vorhanden ist, in welchem jedoch niemand finden kann, was er sucht. Wischnewskij widersprach einem jeden, die einzige Ausnahme hiervon machte seine erste Frau, die von uns bereits ziemlich genau geschilderte Stepanida Wassiljewna Schubinskaja. Wenn sein Partner sich im Gespräch als ein Ukrainophile entpuppte und alles Kleinrussische lobte, dann war Wischnewskij unbedingt darauf aus, die Mängel der kleinrussischen Sitten zu schildern, und zwar tat er das mit einer hervorragenden Begabung und steigerte die treffenden Vergleiche, die er hierbei verwandte, bis zur Bissigkeit. Dann pflegte er die Polen auf das eifrigste zu loben, zumal Stepan Bathori und Sobieski –; Bogdan[1] dagegen nannte er einen großen ‚Saufaus' und ließ jedesmal den Streit in die seiner Anschauung nach entscheidende Schlußformel ausklingen: „Als die Polen zusammenbrachen, haben sie uns an die Wand gedrückt." Sprach aber ein anderer etwa mit einem Seufzer für die Polen, dann veränderte Stepan Iwanowitsch augenblicks die Walze und zog das großrussische Register.

[1] Bogdan – gemeint ist natürlich der ukrainische Nationalheld Bogdan Chmelnizky (1593–1657), der die ukrainischen Kosaken aus polnischer unter die russische Herrschaft brachte (Anmerkung des Herausgebers).

„Es ist ja wahr“, pflegte er zu sagen, „Freiheiten und Rechte hatten sie, doch was half das schon, da ein jeder ‚König‘ sein wollte und ein jeder gegen die ‚Könige‘ intrigierte. Darum sind sie auch zugrunde gegangen und mußten zugrunde gehen, weil sie nichts taten, was für die Wohlfahrt des ganzen Landes vonnöten war, sondern ein jeder diese unglückliche Freiheit, sosehr es anging, nur für sich selber beanspruchte.“

Und setzte mit einer Handbewegung verächtlich dazu:

„Nichts, nichts!“

Wischnewskij war ebensowenig ein Befürworter des unbedingten Gehorsams gegen die Obrigkeit, im Gegenteil, wie wir bereits oben zu zeigen Gelegenheit hatten, war er häufig und sogar fast in jedem Falle bereit, die ausführenden Organe der gesetzgeberischen Gewalt zu erniedrigen und zu beleidigen. Er war kein Demokrat, und er war erst recht kein Freund irgendwelcher Richtungen, die in unserem heutigen Sinne dem Volke irgendwelche Rechte einräumen wollen. Im Gegenteil, die so bescheidene und augenscheinlich so harmlose Institution der Wählbarkeit der Stadthäupter kam ihm furchtbar lächerlich vor, er wollte sie um nichts in der Welt ‚Häupter‘ nennen, sondern nannte sie durchaus anders. Mit einem Wort, Wischnewskij war nach der kurzen, aber treffenden Bezeichnung des Volksmundes ein ‚Pan von Natur halt wie ein Auerochs aus dem Urwald‘, das heißt, er war ein ‚Herr‘, wie es sich gehörte, ganz so, wie ein Auerochs aus den Grodnoschen Urwäldern keineswegs mit einem gewöhnlichen Stier zu vergleichen ist, da er viel stärker als dieser ist und viel mutiger. Und da er ein solcher Pan war, wahrte er eifersüchtig seine volle Würde und kannte sich gut in Fragen dieser Art aus. Obwohl er keine wirkliche Bildung besaß und keine der politischen Abhandlungen, die nachmals von Leuten wie Tocqueville geschrieben wurden, gelesen hatte, begriff er die kosmopolitischen Strömungen des echten Aristokratismus nur zu gut, die allerdings genauso dem echten Demokratismus zu eigen sind, da das zusammenhaltende Prinzip bei beiden etwas ist, das die Neigung für den Nationalismus beiseite drängt. Wischnewskij liebte die Polen wenig, indes wenn die Rede auf irgendwelche ‚moskowitische' Adelsfamilien kam, schnitt er sogleich ironische Grimassen und pflegte sogar, wenn er eine Minute erhaschen konnte, in der Stepanida Wassiljewna das Zimmer verlassen hatte, zu sagen:

„Was das schon für ein Adel ist! Alle ihre Großväter und Großmütter haben noch Stockprügel bezogen."

Von diesem Gesichtspunkt aus konnte Wischnewskij sich nicht genug tun, die Reinheit des polnischen Adels und sogar der livländischen Barone zu preisen, wäre es jedoch zwischen diesen und Rußland zu einem Kriege gekommen, er hätte es nicht ausgehalten und wäre losgezogen, sie zu ‚dreschen', und zwar mit allergrößtem Eifer, denn wenn er sie auch insgeheim der Reinheit ihres ‚adligen Blutes' wegen beneidete, so konnte er sie doch andererseits ihrer ‚Augenbrauen' wegen nicht ausstehen, das heißt ihres Hochmutes wegen und ihrer Anmaßung, die ihm widerwärtig waren, da er sich selber für sehr einfach und gradlinig hielt.

Wer hätte sich in alldem Wust, der im Schädel unseres Psychopathen aufgeschichtet lag, auskennen können? Allein, wenn zufällig irgendeine Frage oder ein irgendwie ungewöhnliches Ereignis zur Entscheidung drängte, dann war der ganze psychopathische Unsinn mit einem Male verschwunden und Stepan Iwanowitsch zeigte eine erstaunliche, oder wenn man will, vielleicht ebenfalls psychopathische Findigkeit. In komplizierten oder sogar gefahrdrohenden Fällen handelte er kühn und überlegt und hatte schon des öfteren Menschen, die in erdrückenden Schwierigkeiten und drohender Not steckten, mit Leichtigkeit, als spaße er nur, aus allem herausgeholfen.

Ein solcher Fall wird von den Offizieren eines Dragonerregimentes berichtet, das entweder in Pirjatin (Gouvernement Poltawa) stand oder in Beschezk (Gouvernement Twer).

Dieser merkwürdige Vorfall wird von den einen nach dem Twerschen verlegt, die andern jedoch nehmen die Ukraine hierfür in Anspruch; es ist schwer zu entscheiden, wer hier mehr recht hat, zudem lohnt es sich wirklich nicht, sich hierüber den Kopf zu zerbrechen. Es ist ein Vorfall, der mit gleicher Wahrscheinlichkeit in jedem beliebigen Städtchen geschehen konnte; wenn man jedoch hierbei die Charakterzüge der beiden darin mitbeteiligten ‚Herrchen' in Betracht zieht, so scheint es nicht unangemessen, ihn in die Umwelt der kleinrussischen Schreiberzunft zu verlegen. Im übrigen geht uns die genaue Ortsbestimmung wenig an, uns ist es nur um das allgemeine Bild der Ereignisse zu tun und um die Rolle, die unser psychopathischer Held darin spielte.

10

In Pirjatin (wir nehmen es für gegeben an, daß sich das Ganze dort abspielte) standen Dragoner. Teile des Regimentes lagen auch in anderen Ortschaften. Der Regimentskommandeur befand sich vielleicht in Perejaslaw.

Es versteht sich von selber, daß die Offiziere in dem winzigen Städtchen sich furchtbar langweilten, da sie keine Beschäftigung hatten, und daß es fast ihre einzige Zerstreuung war, die in der Nähe wohnenden Gutsbesitzer zu besuchen. An den Tagen, an denen sie zu Hause bleiben mußten, vertrieben sie sich die Zeit, so gut es eben gehen wollte, mit Kartenspiel und zechten im Kellergewölbe eines kleinen Kaufmanns, der mit Naturweinen handelte. Der Kaufmann war ein Hebräer und ging darauf aus, die Offiziere zu plündern, weswegen er denn auch ihre Gelage nach Möglichkeit förderte; trotzdem jedoch hatte er Furcht vor ihnen und hängte daher, vermutlich um sie zu veranlassen, sich, wenn der Rausch über sie gekommen, wenigstens etwas leiser aufzuführen, ein Bild in jenen Raum, in dem sich die zechenden Gäste aufzuhalten pflegten, das Porträt einer Persönlichkeit, die seiner Ansicht nach den Gästen ständig die Gesetze des Anstandes vor Augen halten sollte. Das war sogar ganz gescheit gedacht, und dennoch führte es zu einer Affäre.

Einmal, es war um die heißeste und langweiligste Sommerzeit, hatte sich ein Jongleur in der Stadt eingefunden, der überall dort, wo man ihn gewähren ließ, seine einfachen Vorstellungen gab, eine davon war sehr nach dem Geschmack der Herren Offiziere: der Artist setzte seine Tochter auf einen Stuhl, dessen Lehne fest an der Wand lag, zog darauf einige Dolche aus seinem Mantelsack und schleuderte diese so geschickt gegen die Wand, daß ihre Spitzen überall ins Holz fuhren und auf diese Weise des Mädchens Haupt umrahmten, ohne dieses dabei zu verletzen.

Dieser geschickte und sichere Umgang mit der Waffe mußte natürlich einen jeden, der die Schwierigkeiten kühner Dolchkunststücke kannte, auf das höchste interessieren, und darum kann es nicht wundernehmen, daß die Offiziere, als sie sich wieder einmal versammelt hatten, um wie gewohnt zu trinken und dazu die spitz zugeschnittenen Käsestückchen zu verzehren, nur noch vom Schleudern der Dolche sprachen, und daß, als sie betrunken waren, einem von ihnen der Gedanke kam, dies zu probieren.

Dolche waren keine da, doch befanden sich Gabeln auf dem Tisch, die bei diesem Experiment die Dolche in einem gewissen Maße ersetzen konnten. Und wenn es auch nicht so einfach war, mit den Gabeln zu zielen, so konnten sie immerhin doch auch in der Wand steckenbleiben.

Das einzige, dessen sie ermangelten, war eben ein Menschenkopf, den man mit den Gabeln hätte einrahmen können. Von den Offizieren hatte kein einziger das Verlangen, sich zu diesem Versuche herzugeben. Man mußte mithin eine Persönlichkeit geringeren Kalibers finden, und natürlich war hierzu der geeignetste ein Jude – sogleich wandten sich die angeheiterten Offiziere mit Vorschlägen der Art an die bedienenden Hebräer; diese aber erklärten sich teils aus Feigheit, teils aus Lebenslust ganz und gar nicht einverstanden, zu dieser Séance zu sitzen, verließen schleunigst ihre Posten und ließen den ganzen Laden in der Hand der Herren Offiziere, um allerdings von verborgenen Orten aus, wohin sie sich geflüchtet, unablässig ein scharfes Auge darauf zu haben, was jene verzehren würden und was überhaupt die ganze lärmende Gesellschaft noch alles anzustellen gedächte.

Zu allem Unheil brachte der Zufall zwei junge Schreiber in den Laden oder, wie man dortzulande sagt, ‚Gerichtsherrchen', die wahrscheinlich an dem Tage jemanden um einen ‚guten Happen' (das heißt ein gutes Schmiergeld) erleichtert hatten und nun in den Keller gestiegen waren, um sich den kalten Wein vom Don, der ein wenig nach Wermut schmeckt, zu Gemüte zu führen.

Den Offizieren kam bei ihrem Anblick sogleich der Gedanke, die beiden Herrchen zu ihrem Experiment zu gebrauchen; aus diesem Grunde wurde den beiden zunächst der Vorschlag gemacht, gemeinsam eines zu trinken, und erst später ging man daran, ihnen auf den Leib zu rücken, einer von ihnen solle doch zu der Séance sitzen.

Allein es stellte sich heraus, daß die Herrchen sehr sonderbare Burschen waren und von ganz verschiedener Gemütsart – war der eine wie Heraklit, so gemahnte der andere mehr an Demokrit. Da sie von der großen Hitze draußen in den Keller gekommen und sogleich über den kalten Wein geraten waren, hatte es sie alsbald gepackt, und als nunmehr die Offiziere ihnen auf den Leib rückten, standen sie nicht etwa auf, um schleunigst fortzugehen, sondern rührten sich nicht vom Fleck. Als Autochthonen fühlten sie sich mit jenen auf gleichem Fuß und begannen ihnen nun zu zeigen, wer sie waren. Der eine von ihnen lachte nur und riß kleinrussische Witze, die die Offiziere reizten, der andere jedoch wurde zusehends saurer und fing zu weinen an. Und obwohl ihm niemand etwas zuleide tat, schluchzte er in einem fort und jammerte: „Rührt mich nicht an! Geht doch zum Teufel! Laßt mir meine heilige Ruhe!"

Die Offiziere wurden der beiden Herrchen nach und nach so überdrüssig, daß sie endlich mit ihnen auf ihre Art verfuhren – das heißt, man klopfte sie ein wenig durch und stieß sie alsdann unter den Tisch, wo man sie bis zum Ende des Gelages ‚wie Ferkel' zu halten beschloß. Das war sowohl bequem als auch ungefährlich, denn um die beiden Herrchen unter dem Tisch festzuhalten, brauchten die Offiziere nur ihre Beine, und hatten Arme und Münder mithin frei, andererseits wurde auf diese Weise, indem man sie unschädlich gemacht hatte, jeder Skandal vermieden, zu welchem es sonst bei dem häßlichen Charakter, den die beiden ungefälligen Helden gezeigt hatten, unbedingt gekommen wäre. Der eine von ihnen hätte doch bestimmt auf dem Platz oder irgendwo auf der Straße zu heulen angefangen, so daß die ganze Stadt zusammengelaufen wäre, und der andere, konnte er nicht am Ende auf den Zaun klettern oder ans Fenster von draußen herantreten und von dort zu sticheln beginnen?

Dann aber hätte man ihm nachlaufen und ihn fangen und herschleppen müssen – das würde Skandal gegeben und unbedingt einen Haufen von Weibern und Judenjungen herbeigelockt haben. Mit einem Wort, das alles ließ sich keineswegs mit der Würde des Offiziersstandes vereinigen – so aber saßen die unter den Tisch geschobenen Herrchen still da, umarmten sich und drängten sich auf dem kleinen Platz, der ihnen zur Verfügung stand, möglichst eng aneinander, um weniger die Offiziersfüße spüren zu müssen, die ja in Stiefeln mit Sporen steckten.

Alles ging mithin nach Wunsch, doch da mischte sich der Teufel unter die Gesellschaft und verdarb das ganze Spiel: die Offiziere wurden immer betrunkener und begannen schließlich mit ihren Gabeln nach dem Bilde zu zielen, denn sie meinten, es würde ihnen genauso gut gelingen, es zu umrahmen, wie es dem Jongleur gelungen war, mit seinen Dolchen ein menschliches Haupt einzurahmen. Aber da steckte ja eben der Teufel; kaum war der erste Offizier dabei, seine Gabel zu schleudern, da zwickte ihn der Teufel in den Ellenbogen – und die Gabel fuhr in das eine Auge des Bildes. Der zweite Offizier hatte dasselbe Pech, denn auch bei ihm lenkte der Teufel die Gabel in der Richtung auf das zweite Auge, und nun begann die ganze betrunkene Kumpanei darin zu wetteifern – die Gabeln flogen nur so, eine nach der anderen, und schon bald war das Antlitz, das auf dem Bilde dargestellt war, völlig entstellt.

In ihrer betrunkenen Laune, die schon fast den Zustand der Geisteszerrüttung angenommen hatte, schenkten die Offiziere diesem Vorfall keinerlei Beachtung. Sie hatten ein Bild zerstört – nichts mehr. Zudem war es wohl von keinem besonderen Maler gemalt, und gewiß von keinem Raffael, und konnte keine erheblichen Summen kosten. Morgen würde man eben den jüdischen Hauswirt holen lassen, ihn fragen, was das Bild wert sei, ordentlich mit ihm feilschen und schließlich bezahlen – und damit basta. Dafür hatte es viel Spaß gegeben, viel Scherze, und es war bei den verunglückten Versuchen, genauso geschickt zu werfen wie jener Jongleur, viel gelacht worden.

„Nein doch, der Schelm hat es wirklich besser gemacht. Das können wir nicht so gut. Und gottlob, daß kein Mensch sich einverstanden erklärt hat, uns zu sitzen, wir würden ihm am Ende noch die Augen ausgestochen haben – das wäre eine Geschichte geworden!"

Die mutigen Tollköpfe waren wahrhaftig recht froh darüber, daß die ganze Sache mit Lachen und Späßen ein gutes Ende genommen, und wankten endlich, einander stützend, ihren Behausungen zu. Sie vergaßen sogar beim Weggehen völlig auf ihre Gerichtsherrchen, die dort unter dem Tisch ganz still geworden waren und nicht mehr mucksten.

Und dennoch war die Sache lange nicht so einfach und durchaus nicht so glücklich, wie die braven Kinder dachten, als sie nach Hause gingen, um auszuruhen.

11

Kaum waren die Offiziere fortgegangen und somit der von ihnen verlassene Hebräerladen leer geworden, als auch sogleich die beiden Gerichtsherrchen unter dem Tisch hervorkrochen und sich umschauten, nachdem sie ihre vom langen Knien steif gewordenen Glieder in Ordnung gebracht.... Im Umkreis war alles still, in der Kammer und im Laden keine Seele, und die dicke Tabakwolke, die den Raum erfüllte, verschleierte selbst das verstümmelte Bild mit seinen ausgestochenen Augen und den vielen anderen Löchern und Verletzungen.

Zu ihrem Glück und zum Unglück für die Offiziere waren die Herrchen nicht mehr so betrunken, denn während jene am Tisch, von wo aus sie ihre Gabeln nach dem Porträt warfen, ihre Trunkenheit durch ständiges Trinken nur noch steigerten, waren die unter dem Tisch eingesperrten Heraklit und Demokrit immer nüchterner geworden, wozu die Furcht, die sie empfanden, ihr Teil beigetragen haben mag, jedoch auch die erzwungene Enthaltsamkeit war daran schuld und ferner das Verlangen nach Rache, das heftig in ihnen entbrannt war und das in ihnen den prächtigen Plan groß werden ließ, wie sie ihre Beleidiger am besten bestrafen könnten.

Kurz entschlossen nahmen die Herrchen das verwundete Porträt von der Wand, liefen damit vor den Laden und machten Lärm.

„Gute Leute, herbei, herbei ... Wer an Gott glaubt und die Älteren ehrt, der staune ... Seht, wie die Offiziere das Bild einer solchen Persönlichkeit so verunehrt haben!"

Und weiß Gott von wo – wie aus der Erde geschossen erschienen auf dieses Geschrei hin die Hausleute, die sich während der Zeit versteckt gehalten hatten, die Weiber vom Markt eilten herbei, die Judenkinder kreischten – und die Geschichte nahm ihren Lauf.

Der jüdische Hauswirt, der mehr Angst als alle anderen gehabt hatte, nunmehr jedoch ungehaltener als alle über den Skandal war, stopfte sich die Daumen in die Augen, wie es sonst nur der Rabbi tut, wenn er sie segnet, und schrie:

„Ich habe nichts gewußt und weiß auch jetzt nichts und weiß auch nicht, wer dieser große Militär-Pan ist, der dort gemalt ist ... Gott soll ihm alles Gute schenken, mich aber ... ich kann das Bild gar nicht brauchen ... Ich schenk' es euch: wer es will, kann es nehmen."

Demokrit hingegen rief:

„Wir jedoch wissen ... wer diese Person ist, und wir protestieren ... Denkt nur, gute Leute – keine Augen mehr, ausgestochen. Wir wollen das Bild zum Stadthaupt bringen."

Und so schritt der Demokrit mit dem verwundeten Bild zum Hause des Stadthauptes, und Heraklit schritt an seiner Seite, die warme Sonne machte ihn wieder säuerlich und er begann aufs neue zu weinen, so daß alle, die dem Zuge folgten, mit Anerkennung auf ihn hinwiesen und sprachen:

„Rein zum Verwundern, wieviel Gefühl!"

Inzwischen aber schliefen die Offiziere und schliefen und ahnten nicht, daß gegen sie protestiert worden war und daß diese Sache ihnen noch viel Unannehmlichkeiten und noch viel zu schaffen machen würde.

Doch war auch noch so tief ihr Schlaf der Trunkenheit, sehr plötzlich war das Erwachen am nächsten Morgen.

Schon in der Frühe lief zu allen Zechkumpanen des von uns bereits beschriebenen Gelages eine Ordonanz des schnurrbärtigen Majors oder Rittmeisters, der die Schwadron kommandierte und der mithin am Orte der Tat die höchste Regimentsgewalt in seiner Person verkörperte.

Zwar ist ein Rittmeister noch keine Gott weiß wie hohe Obrigkeit – fast das gleiche, wie alle die anderen, und er kann auch zuweilen genau wie alle die anderen es sich leicht machen – allein dennoch fuhr es den Offizieren in die Glieder.

Das Schlimmste bei der ganzen Sache war, daß die Köpfe ihnen immer noch brummten und daß es ihnen durchaus nicht gelingen wollte, sich daran zu erinnern, was gestern in der Kammer neben dem Judenladen vorgefallen sein konnte ... An dies und jenes konnte man sich freilich erinnern, und auch daran, daß kräftig gesoffen worden war, doch vieles wollte einfach nicht in den Kopf, und da waren außerdem beträchtliche Lücken in der Zeit, so als wäre die Zeit ab und zu ganz verschwunden gewesen. Die Juden, freilich, die Juden hatten sie verjagt, aber was galt denn das schon, das war doch bereits mehrfach geschehen und sogar im Beisein des Rittmeisters. Jemand fortjagen ist schließlich kein Malheur, zumal wenn es Juden sind, ein Volk, das bereits die höchste Vorsehung dazu bestimmt hat, ‚verstreut' zu werden. Der Jude wird ihnen eben ein übriges aufkreiden, wird das als getrunken aufschreiben, was gar nicht getrunken worden ist, und wird für Zerbrochenes oder Zerschlagenes Ersatz verlangen, das gar nicht zerbrochen wurde – nun wenn schon, man wird zahlen und alles wird bis zur nächsten Geschichte wieder in Ordnung sein. Und der Jude selber wird ihnen die erste Runde ‚zum Friedensschluß' ohne Zahlung präsentieren, und dann werden sie Lust auf eine zweite bekommen und seinen Handel aufs neue in Schwung bringen ... Unmöglich, daß er, der Jude, mit ihnen Händel suchen wollte und der Anlaß sein könne, daß sie so plötzlich in aller Herrgottsfrühe zum rangältesten Offizier befohlen wurden! ... Oder vielleicht die Schreiberchen ... Da waren ja wohl einige Gerichtsschreiber zugegen gewesen ... ‚Gerichtsherrchen' ... Keine schwere Speise ... wurden zu jener Zeit etwa wenige solcher Bürschlein von den Militärs gezaust? ... Und waren sie vielleicht etwas Besseres wert, dieses Nesselgewächs, diese Schmiergeldnehmer? ... Oder hatten sie am Ende einem von ihnen die Nase abgehauen, oder gar die Ohren? ... Das wäre freilich schlimm – was abgehauen ist, flickt man nicht so leicht wieder an ... Aber – Gott ist gnädig – waren denn nicht schon schlimmere Dinge gut abgelaufen – auch diese Sache würde sich erledigen lassen. Und wozu braucht denn ein Schreiber überhaupt eine Nase? – höchstens um Tabak zu schnupfen und das Amtspapier damit zu beschmutzen ... Schmiergeld ist ja kein Braten, das kann er auch ohne Nase riechen ... Man wird zusammenlegen müssen und zahlen, denn wenn man da zusammenlegt, dann geht es schon ...

12

Diese oder ähnliche Erwägungen gingen den Offizieren durch die Köpfe, als sie unverzagt zur Wohnung ihres ältesten Kameraden zogen und dreist den geräumigen, wenn auch niedrigen Saal in dem nach kleinrussischer Art gebauten Häuschen betraten; doch mußten sie schon dort bemerken, daß die Sache sehr unerfreulich aussah. Statt daß der

Rittmeister sie kameradschaftlich in seinem gestreiften Hausrock, die Pfeife im Munde, empfing, war die Tür zu seinem Arbeitszimmer geschlossen – das bedeutete nichts anderes, als daß er warten wolle, bis alle eingetroffen, und dann erst herauskommen würde, um mit allen gemeinsam zu sprechen...

Dieses offizielle Verhalten verhieß nichts Gutes, und die versammelten Offiziere blickten einander an und dämpften sogleich ihre Stimmen bis zum Flüstertone; einer fragte den andern:

„Ja, was soll denn das heißen ... Was haben wir denn gestern angestellt?"

Einer hatte beim Gang über die Straße etwas von einem Porträt gehört ...

„Porträt, Porträt ... Ja, was denn für ein Porträt?!"

Keiner vermochte sich daran zu erinnern.

Da öffnete sich die Tür und aus dem Arbeitszimmer trat der Rittmeister heraus, er trug die Uniform mit Epauletten, den Schnurrbart hatte er stramm gebürstet, und begrüßte die Offiziere nicht erst, sondern begann gleich seine Rede, und zwar mit den Worten, die Gogol sehr viel später seinen Skwosnik-Dmuchanowskij[1] sagen ließ.

„Ich bat Sie hierher, meine Herren, um Ihnen eine äußerst unangenehme Nachricht zu übermitteln: der bürgerlichen Obrigkeit ist eine Klage gegen Sie zugegangen, von deren Inhalt mir das Stadthaupt Kenntnis gegeben hat; ich muß Sie daher in Arrest setzen. Ich bitte um Ihre Degen und ersuche Sie, mir sogleich offenherzig erklären zu wollen, was Sie eigentlich gestern in dem Laden angerichtet haben?"

Die Offiziere legten ohne zu murren ihre Säbel ab und überreichten sie dem Schwadronschef; was jedoch die „offenherzigen Erklärungen" anbelangte, so entgegneten sie, daß sie froh wären, endlich selber zu erfahren, was sie eigentlich angestellt hätten, da sie sich an nichts erinnern könnten.

[1] Skwosnik-Dmuchanowskij ist das Stadthaupt aus der bekannten Gogolschen Komödie ‚Der Revisor'. (Anmerkung des Herausgebers).

Der Rittmeister blickte noch finsterer und fuhr in noch rauherem Tone fort:

„Keine Scherze jetzt! Ich spreche mit Ihnen dienstlich als der Rangälteste!"

„Wir spaßen ja gar nicht", entgegnete einer der Angeschuldigten, „weiß Gott, wir können uns an nichts erinnern."

„Erinnern Sie sich!"

„Es war ein heißer Tag ... wir traten unversehens in den Laden ... wir tranken den kalten Wermutwein ... dann stritten wir mit den Juden aus irgendeinem Grunde ... indes war keine schlimme Absicht dabei ... Dort waren außerdem zwei Schreiber, die alles sehen konnten ..."

„Da haben wir es ja ... zwei Schreiber! Die sind es nämlich. Diese zwei Schreiber konnten in der Tat alles sehen und haben es auch gesehen, womit aber wollen Sie sich gegen die beiden rechtfertigen? Es ist eine Schande für unseren Stand!"

„Wieso denn rechtfertigen? ... Könnten wir das nicht wenigstens erfahren?" warfen die Offiziere ein.

„Rechtfertigen müssen Sie sich wegen folgender Sache!" rief der Rittmeister und zog hierbei ein vierfach gefaltetes Papier aus der Tasche und las ihnen die vom Stadthaupt offiziell übermittelte Kopie der Meldung jener Gerichtsherrchen vor, in der geschrieben stand, wie die Herren Offiziere durch das Schleudern von Gabeln das Porträt verunstaltet, obwohl die am Tatorte des Verbrechens anwesenden Gerichtsherrchen, ‚in ihrem Herzen Gottesfurcht und die Liebe zum Höchsten bewegend', die ganze Zeit über auf den Knien lagen, und zwar mit solchem Eifer, daß sie an den betroffenen Stellen ihre derzeit einzigen Pluderhosen durchgescheuert und mithin aus diesem Grunde gegenwärtig verhindert wären, ihre dienstlichen Pflichten zu versehen. Und daß sie daher gegen die von den Offizieren begangene Ungebühr protestieren, für die Beschädigung der Hosen aber von den Beschuldigten zu ihren Gunsten je zwanzig Rubel in Assignaten zu erheben ersuchen.

Der Rittmeister las das Schreiben vor, pfiff darauf die Ordonnanz und befahl, das Porträt aus dem Schlafzimmer herzutragen; nun konnten die Offiziere die Spuren ihres gestrigen Zeitvertreibes beaugenscheinigen und wurden sehr still...

Der Rittmeister zog nunmehr seinen Uniformrock aus, setzte sich auf den Tisch und fuhr, die Hände hinter die gestickten Hosenträger steckend, mit veränderter Stimme fort:

„Die Sache steht nicht gut, meine Herren. Sie hat einen bösartigen Charakter angenommen, da man weiß der Teufel was hinzudichten kann ... Diese erbärmlichen Kreaturen, Dreck, Kanzleiburschen mit dem Titel Amtsschreiber ... unterstehen sich, gegen Offiziere aufzutreten ... Ich sprach vorhin zu Ihnen als der Rangälteste, jetzt spreche ich als Kamerad ... Man kann die Sache unmöglich ihren gewöhnlichen Gang gehen lassen, sondern muß versuchen, durch Schnelligkeit vorzubeugen und durch offenherzige militärische Aufrichtigkeit, wie es sich für anständige Menschen gehört ... Ob es helfen wird oder nicht, gleichviel, es muß offen und ehrlich vorgegangen werden. Bitte, nehmen Sie Platz, stecken Sie Ihre Pfeifen an und lassen Sie uns überlegen. Meine Ansicht ist folgende: schlimm ist Dieberei, doch man kann nicht dran vorbei. Wir müssen uns den Umstand zunutze machen, daß die Post nach Perejaslaw gestern abgegangen ist, und daß die nächste erst nach drei Tagen abgeht. Das ist Ihr Glück. Ich habe Ihnen Ihre Säbel abgenommen, Sie aber müssen jetzt zwei aus Ihrer Mitte wählen, die zum Oberst jagen sollen und ihm alles auf Ehr' und Gewissen zu beichten haben. Er ist ein guter Freund des Gouverneurs und kann helfen, wenn er will."

Ein besserer Plan war nicht gut denkbar, und darum preschten bereits eine Stunde darauf zwei Offiziere aus Pirjatin nach Perejaslaw; auf dem Wege dorthin lag jedoch das Gut Farbowanaja. Nach der Hitze und Schwüle der letzten Tage entlud sich urplötzlich ein Gewitter, ein Wolkenbruch stürzte herab, und aus den strömenden Wasserfluten tauchte vor den Offizieren plötzlich aus dem Felde wie eine große Blase ein ukrainischer Bauer auf.

„Wessen Glocken klingen da und in welcher Angelegenheit?"

Jene entgegneten:

„Wir sind Offiziere und fahren in eigener Angelegenheit."

„In eigener Angelegenheit; dann kehren Sie also vielleicht bei unserem Pan Wischnewskij ein?"

Die Offiziere wollten eigentlich nicht recht, aber der Kleinrusse überzeugte sie:

„Das muß so sein ... es ist so hergebracht."

Also fügten sie sich, um das Gewitter und den Regen im Trockenen abzuwarten. Stepan Iwanowitsch empfing sie auf das freundlichste – er ließ ihnen sogleich zu essen und zu trinken geben und fragte sie:

„Was soll denn das, meine Herren, fahren Sie auf Befehl oder aus eigenem Antriebe bei solchem Wetter ins Weite?"

Die Offiziere erwiderten ihm, daß sie sowohl gezwungenermaßen als auch aus eigenem Antriebe sich auf den Weg gemacht hätten.

„Und zwar? ... Vielleicht kann ich Ihnen helfen, so daß Sie gar nicht erst weiterzufahren brauchen?"

Jedoch die Offiziere seufzten nur und sagten:

„Ach nein, es ist eine so schlimme Sache, daß es höchstens helfen würde, wenn der Oberst den Gouverneur unseretwegen bitten wollte."

„Nun, nun, was heißt denn schon der Gouverneur? Ich frage Sie nicht aus Neugier."

Da erzählten die Offiziere es ihm.

Wischnewskij fuhr sich mit den gespreizten Fingern über den Scheitel, nieste und meinte darauf:

„Das ist doch keine Sache für den Gouverneur, und es hat keinen Zweck, deswegen nach Perejaslaw zu fahren. Da kann Ihnen keiner helfen, wenn man die Sache nicht richtig deichselt."

„Aber wie deichselt man sie denn richtig?"

„Ja, da werd' ich wohl noch einmal niesen müssen."

Und wieder strich Stepan Iwanowitsch mit den Fingern über seinen Scheitel, nieste und sprach darauf:

„Ich sehe schon: obwohl ihr Moskowiter seid und eigentlich uns belehren solltet, habt ihr das Ding falsch angefangen, und wenn ihr zu den Höchsten führet, könntet ihr noch alles verderben. Durch eure Aufrichtigkeit werdet ihr nichts besser machen, sondern höchstens eure Obrigkeit in Schwierigkeiten bringen, und darum arretiere ich euch bis morgen und habe das Recht, euch zu arretieren, denn ihr habt mir ja selber gestanden, daß ihr weggelaufen seid, und außerdem habt ihr keine Säbel bei euch. Ich bitte, sich in den Flügel zu begeben, dort ist alles für Sie bereit, schlafen Sie gut, und morgen früh wird Ihre Sache richtig gedeichselt werden, und zwar so, wie es sich gehört."

13

Die Offiziere dachten, daß es schließlich kein großes Unglück sei, bis morgen früh zu warten – und unterwarfen sich ihrem eigenartigen Hausherrn. Sie zogen sich auf die ihnen angewiesenen Gemächer zurück, der farbowansche Pan aber rief inzwischen seinen Heiduck Prokop und befahl ihm, den leichten Wagen anspannen zu lassen und sogleich nach Pirjatin zu fahren, dort solle er die Gerichtsherrchen finden und mit ihnen, koste es was es wolle, morgen früh nach Farbowanaja zurückkehren.

Der Heiduck machte sich auf, fand die Herrchen und redete sie an:

„Mein Pan Wischnewskij ist sehr krank. Es hat ihn so grausam hergenommen, daß ich nicht weiß, ob er noch den Abend erleben wird. Und nun hat er die Absicht, seinen letzten Willen zu verfassen, und hat mich hergeschickt, Sie zu bitten, augenblicks Schreibzeug und Papier zu nehmen und mit mir zu kommen, um als Zeugen Ihre Unterschrift auf die Urkunde zu setzen. Sie werden dafür einen guten Happen erhalten."

Die Herrchen wußten, daß Wischnewskij niemals krank gewesen war und daß, wenn solche Menschen krank werden, es meistens zum Tode führt.

Sie dachten sogleich: „Er wird bestimmt sterben, und wir können bei der Gelegenheit in seinen letzten Willen etwas zu unseren Gunsten hineinschreiben. Da er krank ist, wird er es nicht merken.“

Also waren sie mit Freuden sogleich bereit und brachen auf, und als Stepan Iwanowitsch eben die Augen aufmachte, standen sie schon vor der Freitreppe.

Für diese zwei Gäste änderte Stepan Iwanowitsch seine Empfangsetikette in einem Punkte ab. In sein Haus ließ er sie nicht, versteht sich, dafür jedoch wurde auf die Terrasse ein kleiner Tisch gestellt und für die zwei Herrchen zusammen ein Stuhl, allerdings unter der Bedingung, sie dürften nicht wagen, sich auf den zu setzen.

Und schließlich kam er, seine Mütze mit dem breiten Schirm auf dem Kopf, heraus und begann seine Politik.

„Mein Heiduck“, sagte er, „hat euch mit der Nachricht angeführt, ich läge im Sterben. Das wird, Jungen, wenn Gott will, noch lange nicht eintreffen, und wenn es so weit sein sollte, werde ich wohl auch noch andere Zeugen für meinen letzten Willen finden, die etwas ehrlicher sind als ihr ... Ich habe euch herschaffen lassen, um euch Gutes zu erweisen ...“

Jene schauten nur so.

„Was habt ihr da, ihr Verdammten, vorgestern in des Juden Kammer getrieben? Was?“

Die Herrchen liehen ihrem Erstaunen Ausdruck.

„Aber bitte ... Wer hat Ihnen denn das bloß weisgemacht? ... Wir doch nicht, das waren jene Offiziere ...“

„Ja, ja – weiß schon. Deswegen tut ihr mir auch leid, daß ihr Narren euch ausgedacht habt, eure Schuld auf die Offiziere abzuwälzen, als wenn das etwas helfen würde ... Ihr hättet zuvor überlegen müssen, daß die Offiziere sechs Mann hoch bezeugen, daß ihr das Porträt beschädigt habt, und gegen die sechs seid ihr nur zwei ... Wer wird euch Glauben schenken wollen?“

„Aber erlauben Sie ... aber wir ...“

„Nicht nötig, nicht nötig, dummes Zeug“, fuhr Wischnewskij dazwischen: „Weiß schon – ich weiß alles. Ihr habt da eine Meldung verfaßt, doch wann wird die an Ort und

Stelle sein? – und inzwischen sind bereits Offiziere nach Perejaslaw geritten und nach Poltawa und nach Kiew. Gott sei Dank, daß es mir noch gelungen ist, sie aufzugreifen und zu arretieren ... Ihrer sind sechs, und sie alle haben gesehen, daß ihr die Gabeln geworfen habt ..."

„Aber erlauben Sie doch ... wie hätten wir denn die Gabeln werfen können?"

„Schon gut, schon gut!" Wischnewskij ließ sie gar nicht erst zu Worte kommen. „Ihr seid nur zwei und ihrer sind sechs, darum kommt ihr nicht herum. Außerdem sind sie viel vornehmer als ihr ... es sind wohlgeborene Edelleute, und wer seid denn ihr? – frischgebackene Herrchen unterm Nesselstrauch ..."

„Aber wir sind doch im Recht ..."

„Kusch! Was heißt schon groß Recht, wo es sich um Moskowiter handelt! Ihrer sind sechs und euer nur zweie ... Wer wird euch glauben? Und wißt ihr denn etwa nicht, daß auch bei uns die hohe Obrigkeit nur aus Moskowitern besteht? Und außerdem werden die vermaledeiten Juden natürlich die Partei der Stärkeren ergreifen – und werden schließlich ebenfalls aussagen, sie hätten gesehen, daß ihr die Schleuderer wart."

„Aber erbarmen Sie sich, Pan – die Juden sind doch Betrüger!"

„Wer sagt denn, daß sie keine Betrüger sind? Doch das ändert nichts daran, daß sie gegen euch aussagen werden ... Darum tut ihr mir ja auch so leid, weil ihr in ein Unglück geraten seid, aus dem es keinen Ausweg mehr gibt."

Die Schreiberlein, die einigermaßen Bescheid in der Art des Gerichtswesens wußten, begannen nunmehr einzusehen, daß, der Teufel hol's, die Sache in der Tat für sie schlecht stand und daß nicht nur kein Übergewicht auf ihrer Seite war, sondern daß sie so gewiß, wie zwei mal zwei vier ist, am Ende die ganze Schuld aufgebürdet bekommen würden.

„Ihrer sind sechs ... und wir nur zwei ... Ja!"

„Ja ... Und außerdem noch die Juden ..."

„Was tun?"

„Was sollen wir tun, euer Gnaden?"

„Ich will euch lehren, was ihr zu tun habt. Einer von euch soll sich hinsetzen und schreiben, was ich ihm diktieren werde."

So begann denn das Schreiben nach Stepan Iwanowitschs Diktat:

„Da wir von Jugend auf bereits ziemlich schwachsinnig und auch unser Gewissen durch unsere Bettelarmut getrübt..."

Der Schreibende hielt inne ... Wischnewskij jedoch trieb ihn weiter:

„Schreib nur, schreib! So gehört es sich."

„... Bettelarmut getrübt worden ... so gestehen wir, die und die Gerichtskopisten, daß wir, nachdem wir in die neben dem Judenladen gelegene Kammer getreten, uns bis zur Bewußtlosigkeit betrunken haben, und da wir eines Trinkgeldes wegen in Streit gerieten, begannen wir, aufeinander mit Gabeln zu werfen, und da wir außerordentlich besoffen waren, verunstalteten wir aus Versehen das Porträt ..."

Wieder hielt der Schreibende inne, doch die Hand Stepan Iwanowitschs machte sich augenblicks so fühlbar an seinem Nacken zu schaffen, daß er unverzüglich fortfuhr und den Akt des Geständnisses seiner unfreiwilligen Schuld bis zu Ende schrieb, und außerdem noch dies, daß sie aus Ängstlichkeit sich entschlossen hätten, ihre Schuld den Offizieren zuzuschieben, da sie der Annahme waren, daß letzteren, als Militärs, nichts geschehen würde. Nunmehr jedoch, nachdem sie ihre Verfehlung reiflich überlegt und auch an ihr letztes Stündlein gedacht, bereuten sie herzlich, was sie getan, und flehten die Herren Offiziere um Verzeihung an und um Nichtmeldung. Für ihre Schuld aber, die sie im trunkenen Mute vollführt, hätten sie Pan Wischnewskij gebeten, sie auf seinem Dorf Farbowanaja väterlich mit Ruten zu züchtigen, worauf denn auch Wischnewskij, sollte es notwendig werden, ihnen versprochen, für sie Fürbitte einzulegen, damit keine Geschichte aus dem Ganzen entstünde.

„Aber warum denn ... Euer Gnaden, wofür denn uns noch schlagen?"

„Das wird nur so geschrieben!"

Somit unterschrieben sie denn auch, und Wischnewskij unterschrieb und rief darauf die Offiziere.

„Auch Sie, meine Herren", redete er sie an, „müssen unterschreiben, daß Sie im Namen Ihrer Freunde einverstanden sind, diesen da zu verzeihen, außerdem bitte ich Sie, nach Soldatenart großmütig zu sein und die ganze Angelegenheit ... zu begraben. Ich bin sozusagen Ihr Bürge."

Auch die Offiziere unterschrieben.

„So ist's recht", meinte Stepan Iwanowitsch und steckte das Papier ein. „Jetzt aber", fügte er hinzu und wandte sich zu seinen Leuten, „führt diese Herrchen da zum Pferdestall und gebt dort Auftrag, daß man sie ordentlich verdresche."

„Aber erlauben Sie – ja, wieso denn ..."

„Wieso denn? – Ja, wieso denn nicht? Dort steht es doch geschrieben! Wollt ihr euch sogar dem Geschriebenen widersetzen! Oho! Feine Herrchen seid ihr mir. Verdrescht sie mir, Jungens!"

Und so wurden sie denn verdroschen.

Man erzählt, daß diese Herrchen später noch viel geneckt wurden:

„Na, wie war's denn: Hat man euch in Farbowanaja schöne Farben gerieben?"

Zu Stepan Iwanowitsch jedoch kam der Kommandeur zu Gast nach Farbowanaja, und sprach er auch über den Vorfall selbst kein Wort, so drückte er ihm doch in allem seine Dankbarkeit für das ‚findige und richtige Deichseln der Sache' aus.

14

In seinen eigenen Angelegenheiten ließ Stepan Iwanowitsch stets weise Voraussicht walten und gab sich trügerischen Berechnungen nur dann hin, wenn die Leidenschaft der Liebe ihn umnebelte. Die höchste Tollheit dieser Art, die je von ihm Besitz ergriff, spielte sich damals ab, als noch jene schlanke und zierliche Hapka Petrunenko, zu deren Füßen wir ihn vorhin, auf dem Teppich ruhend, verlassen hatten, bei ihm war.

Zu jener Zeit, als Wischnewskij noch dieses Mädchen liebte, war an der Dorfkirche von Farbowanaja ein Priester, der Platon hieß. Dieser litt an der den Russen ziemlich allgemeinen Schwäche, daß er, wenn er nüchtern war, ‚auch das Allerbeste verschwieg‘, wenn er dagegen getrunken hatte, wurde er redselig und konnte sogar ‚die wahrhaftigste Wahrheit‘ sagen.

Als Wischnewskij sich am Tage nach jener Nacht vom Teppich erhoben hatte, verkündete er gleich frühmorgens Stepanida Wassiljewna strahlend eine wichtige Neuigkeit. Hapka fühle ein neues Leben in sich pulsen.

„Und das Kind, das sie gebären wird, das soll nicht mein Leibeigener sein, sondern soll frei sein“, fügte Wischnewskij hinzu.

Stepanida Wassiljewna erhob sich und küßte ihren Mann auf die Stirne.

Dies war von seiten Stepan Iwanowitschs ein seltenes Geschenk der Liebe, denn die gewaltige Mehrzahl seiner Kinder war als leibeigene ‚Seelen‘ eingetragen worden und hatte den Frondienst auf seinen Feldern zu leisten.

Hapotschka war selig.

Eine Stunde darauf ging sie Himbeeren pflücken, gleichzeitig aber trat der Pater Platon an den Gartenzaun, er war wieder einmal in seiner wahrheitsliebenden Stimmung. Er erblickte das Mädchen und begann im pastoralen Tone mit ihr zu sprechen:

„Was, Mädelchen – lustig sind wir? ... Sei nur lustig, sei nur lustig, iß die süßen Himbeeren ... wenn du erst ein kleines Kindchen bekommen wirst, wird der Nackenstoß auch für dich nicht ausbleiben ...“

„Warum denn?“ fragte Hapka, die mit einem Male verwirrt und traurig wurde, und sah ihn dabei mit einem Seitenblick an ... denn, wie sonderbar es auch scheinen mag, viele jener jungen Frauen, die anfangs wider Willen Wischnewskijs Geliebte geworden waren, liebten ihn nachher um so stärker. Das gleiche fühlte jetzt auch Hapka, und darum fragte sie, warum sie denn verjagt werden solle, sobald sie ein Kindchen zur Welt gebracht hätte?

„Eben darum“, entgegnete der Priester, „weil man auf diesem Herrschaftshofe keine liebe Kuh zum zweiten Male kalben läßt.“

Das war alles, was von seiten des Paters Platon geschehen war, Hapka aber, die empfindsam war, und zwar jetzt in dem neuen und besonderen Zustande ihres Organismus erst recht, vergoß bittere Tränen, als verschwiegene Kleinrussin jedoch wollte sie um keinen Preis mit der Sprache herausrücken, warum sie weine. Stepan Iwanowitsch mußte selber alles in Erfahrung bringen: einige seiner Leute hatten gesehen, daß der Priester mit Hapotschka gesprochen, und meldeten es dem Pan, dieser aber befahl seinem geistlichen Vater, augenblicks zu ihm zur Beichte zu kommen, und fuhr ihn an:

„Was hast du der Hapka vorgeschwatzt?“

Der Priester konnte sich nicht entschließen, die Worte, die er dem Mädchen gesagt, zu wiederholen, und entgegnete daher:

„Ich erinnere mich nicht.“

Wischnewskij schäumte auf und brüllte:

„Aha! ... Jetzt erkenne ich dich, du kriechst ihr wohl selber nach ... Du dachtest gewiß, daß sie dich für mich eintauschen solle?“

„Wo denken Sie hin, Euer Gnaden?“

„Nichts da mit ‚Euer Gnaden‘. Meine Gnade kann dich nur insoweit begnadigen, als ich, der ich dein geistliches Kind bin, nicht befehlen werde, dich zu verprügeln, doch fort soll man dich schaffen und durchs ganze Dorf zerren, damit ein jeder wisse, was du für ein Unflat bist ...“

Man packte den Unglücklichen, zog ihn aus und steckte ihn in einen geflochtenen Sack, aus dem einzig sein Kopf hervorragte; auf die Haare wurden ihm Daunenfedern geschüttet, und in diesem Aufzuge wurde er durch das Dorf geführt.

Der Priester reiste gleich danach ab, sich zu beklagen und bat um seine Versetzung. Letztere wurde ihm anstandslos genehmigt, ohne daß der Vorfall für Stepan Iwanowitsch unangenehme Folgen gehabt hätte.

In gewisser Weise rächte sich der gekränkte Priester selbst an ihm, aber es war eine lächerliche Rache, und sie kam vor allem viel zu spät. Sie wurde erst nach Jahren entdeckt, als Stepan Iwanowitsch eine seiner beiden Töchter verheiraten wollte. Zu diesem Zwecke wurde ein Auszug aus den Kirchenbüchern erforderlich, und dort fand man über einem vorher ausradierten Texte den dummen und völlig sinnlosen Eintrag, daß nämlich Stepan Iwanowitsch und seiner ehelichen Gattin eine uneheliche Tochter geboren worden sei…

Es war so töricht, daß es Stepan Iwanowitsch keine ernsten Ungelegenheiten bereiten konnte, trotzdem jedoch verursachte es ihm einigen Ärger. Wie, jemand hatte es gewagt, ihm einen solchen Streich zu spielen! … Und wer denn? – Ein Pope! Und es konnte nicht einmal gerächt werden … denn Pater Platon war schon lange zuvor nach dem Ratschlusse Gottes gestorben.

Andernfalls freilich hätte ihn Stepan Iwanowitsch auch in jedem anderen Sprengel gepackt.

15

So waren also die tollen Streiche unseres Originals beschaffen, die freilich in unserer getadelten Zeit unmöglich wären, oder man würde sie heute mindestens für psychopathisch erklären. Allerdings, Wischnewskijs Geschmack und seine Empfindungswelt hatten auch wirklich einen psychopathischen Anstrich. So zum Beispiel war er keineswegs für alle Schönheiten der Natur empfänglich, er liebte nur die Nacht und die Gewittererscheinungen, in der Tierwelt gehörte seine Neigung den Tauben und den Pferden. Die Tauben gefielen ihm, weil sie sich ‚küßten‘, die Pferde jedoch liebte er, weil sie Verwegenheit besaßen, Schnelligkeit und Stimme. ... Ja, ja, ja, freilich – ihm gefiel der Pferde Stimme ganz außergewöhnlich, das heißt ihr Wiehern.

Um sich ein Vergnügen von der ersten Art zu verschaffen, hielt Stepan Iwanowitsch vor seinen Fenstern einen großen Taubenschlag, und er konnte manchmal stundenlang zuschauen, ‚wie sie sich küßten'. Zu diesem Schauspiel pflegte er meistens auch Stepanida Wassiljewna dazuzuziehen.

„Schau – sie küssen sich."

Und lange, lange schauten die beiden zu und sicherlich mit den besten Gefühlen.

Um Pferde wiehern zu hören, ritt Stepan Iwanowitsch nie anders als auf Hengsten aus und ließ es mit dem größten Gleichmut hingehen, wenn sie irgendeine Wagen- oder Kutschenreihe in die größte Unordnung brachten. Doch auch das war ihm noch zu wenig: wo immer er Pferde wiehern hörte, auf der Fahrt oder zu Hause, gleich mußte alles ringsum ruhig sein, er hob den Finger und hielt an sich ... Und sicherlich hat es nie einen Melomanen gegeben, der so leidenschaftlich dem Gesang des Tamberlick oder der Patti lauschte.

Wischnewskijs Lieblingsschauspiel war, ein Rudel Pferde zu beobachten, in dessen Mitte ein schöner und kraftvoller Hengst sein Wesen trieb. Selbst wenn Stepan Iwanowitsch dieses Wiehern noch in der Ferne hörte, blieb er jedesmal stehen, sein Gesicht nahm dann den Ausdruck des vollkommenen Genusses an ... Es schien, als sähen seine Augen über jede Entfernung hinweg den Hengst, wie dieser, die Nüstern blähend, den Rücken gestrafft, schnaubend dahinsprengt, sprühend vor Leidenschaft ...

„Hörst du's, Stepanida Wassiljewna?"

„Ich höre es, mein Freund."

Und da ihr auf der Welt alles das Glückseligkeit bereitete, was ihrem Gatten Vergnügen machte, so war denn auch dieses eine reine Glückseligkeit für sie ... Und Stepan Iwanowitsch wußte das zu schätzen.

Er war sechzig Jahre alt geworden, da starb Stepanida Wassiljewna, er weinte ihr bittere Tränen nach, ging aber dennoch, trotz seines bereits sehr vorgerückten Alters, ziemlich bald eine neue Ehe mit einem achtzehnjährigen hübschen kleinrussischen Mädchen aus der Familie Gordijenko ein. Er wurde auch mit dieser Gattin glücklich, aber ... aber Stepanida Wassiljewna vergaß er trotzdem nicht ... Seiner zweiten jungen Gemahlin fehlte nämlich bei all ihren sonstigen Vorzügen jede Einfühlung in seine Schwächen und Manien ... Küssende Täubchen konnte Stepan Iwanowitsch dieser nicht zeigen, und er mochte sie auch nicht fragen, ob sie wohl höre, wie der Sultan der Herde seine Triller tönen und schmettern ließ, um sie darauf eine Oktave tiefer ausklingen zu lassen ...

Wischnewskij hatte es freilich versucht, die Aufmerksamkeit seiner jungen Frau auch darauf zu lenken, doch sie war in dieser Hinsicht gefühllos – sie erhob sich nicht und lächelte ihm nicht einmal zu, sondern meinte nur kalt:

„Ja, freilich höre ich's, ein Pferd hat irgendwo gewiehert!" – und nahm darauf wieder ruhig ihre Arbeit auf ...

Nicht derartig, nicht so durfte eine Frau mit lebhafter Phantasie sich zu diesen leidenschaftlichen Dingen verhalten! ...

Und Stepan Iwanowitsch erkannte, daß seine neue Gattin dessen ermangelte, was die vorige in so reichem Maße besessen hatte, und versuchte nicht mehr, sie aufs neue in den Zyklus der Begriffe hineinzuziehen, die ihr unerreichbar waren.

Es blieb ihm jetzt nicht viel mehr, als in den Augenblicken seelischer Erhebung leise zu seufzen, er suchte dann mit den Augen Stepanida Wassiljewnas Porträt, das an der Wand hing, und lächelte ihr zu ...

16

Es war Wischnewskij beschieden, noch gegen zwanzig Jahre an der Seite seiner zweiten Gemahlin zu verbringen, wobei er sich unveränderlicher Gesundheit erfreute; er starb, als er schon sein neuntes Jahrzehnt begonnen. Im ganzen wurde er zweiundachtzig Jahre alt. Die Gebrechlichkeit des Alters blieb ihm erspart, und ebenso blieb ihm das langsame, aber unentwegte Auslöschen fern, er fiel, als sein letztes Stündchen geschlagen, mit einem Male ab, genauso, wie eine weiche reife Himbeere sich sanft von ihrem Stengel löst.

An einem Tage seines dreiundachtzigsten Lebensjahres, an einem Morgen im Frühling, um die Zeit, da in Kleinrußland der Flieder so reich blüht, ritt Stepan Iwanowitsch eine junge Stute, die sonst keinen Reiter duldete.

Da er außerordentlich kräftig war und zudem ungewöhnlich schwer, gelang es ihm, die wilde Stute bis zur Erschöpfung zu bringen; als er sich endlich aus dem Sattel schwang, gab er dem Pferdejungen den Zügel, stieg selber zur Terrasse hinauf und machte plötzlich halt …

Es war Wischnewskij, als hätte sich in ihm ‚das Herz abgeschüttelt' … Es galoppierte und galoppierte, es schüttelte und schüttelte sich und hatte sich schließlich losgeschüttelt. … Ganz ohne Schmerzen, ganz ohne Verletzung, ganz so, wie eine reife Beere vom Stengel fällt. Sein Platz war leer geworden … und plötzlich geriet alles in Bewegung, ganz so wie die Gewichte einer Uhr, deren Kette vom Rad gesprungen ist.

Wischnewskij nahm schnell auf einem Sessel Platz und wollte etwas sagen, aber seine Zunge welkte dahin. Alles war so gut, ringsum so viel Blüten und Wohlgeruch … Und alles konnte er noch sehen, alles noch hören und fassen … Die Pferdejungen zum Beispiel, sie hatten das Geschirr gelockert und führten die nasse Stute im Schatten der Wand auf und ab … Sie kam wieder zu sich, schüttelte sich, und leichte Teilchen des weißen Schaumes, der sie über und über bedeckte, wirbelten durch die Luft. Und hinter der Wand des Pferdestalles hörte man zwei kräftige Vorderhufe aufschlagen, und mit dem Schmettern des Fagotts erscholl das gewaltige und tönende Ih-ho-ho-ho! …

Stepan Iwanowitschs Augen wandten sich rechts und links, sie suchten Stepanida Wassiljewnas Antlitz, doch schließlich verweilten sie auf einem blühenden Fliederbusch, und er lächelte …

Wer möchte da nicht denken, daß er sie selber dort erblickte, seine Stepanida Wassiljewna mit dem länglichen Gesicht der Schubinskijs ... und so fiel er von seinem Stuhl zu ihren Füßen nieder und war tot. In einem anderen Leben haben die beiden einander wohl wiedererkannt.

DER ALEXANDRIT

Ein natürliches Faktum in mystischer Beleuchtung

> *„In jedem von uns, die wir von den Weltgeheimnissen rings umgeben sind, besteht eine Neigung zum Mystizismus, und einige von uns gewahren bei einer gewissen Gemütsverfassung die verborgensten Geheimnisse überall dort, wo andere, die mitten im Wirbel des Lebens stecken, nur einfache Dinge schauen. Jedes Blättchen, jeder Kristall müßten uns eigentlich daran erinnern, daß es in uns selber die rätselhaftesten Laboratorien gibt."* *N. Pirogow*

Ich erlaube mir, hier eine kleine Mitteilung über einen wunderlichen Stein zu machen, dessen Auffindung im Schoße der russischen Berge eng mit den Erinnerungen an den verstorbenen Herrscher Alexander Nikolajewitsch verknüpft ist. Es handelt sich um den schönen, tiefgrünen Edelstein, der zu Ehren des entschlafenen Kaisers den Namen ‚Der Alexandrit' erhielt.

Die Ursache dieser Namensgebung war, daß der erwähnte Stein am 17. April 1834 zum erstenmal gefunden wurde, nämlich am Tage der Volljährigkeitserklärung Alexanders des Zweiten. Der Ort, an welchem der Alexandrit entdeckt wurde, waren die Smaragdgruben im Ural, die fünfundachtzig Werst von Jekaterinburg entfernt am Flüßchen Tokowaja, einem Nebenfluß des Großen Rewtj, liegen. Der Name ‚Der Alexandrit' wurde dem Stein von dem bekannten finnländischen gelehrten Mineralogen Nordenskjöld gegeben, und zwar eben deshalb, weil er, der Herr Nordenskjöld, den Stein am Tage der Volljährigkeitserklärung des nunmehr verstorbenen Kaisers fand. Dieser Grund ist, sollte ich meinen, soweit genügend, daß es überflüssig ist, noch nach einem anderen zu suchen.

Und da Nordenskjöld den von ihm entdeckten Kristall ‚den Stein Alexanders' nannte, wird er auch noch heutigentags so genannt. Was jedoch seine natürlichen Eigenschaften anbelangt, so wissen wir von denen folgendes:

Der Alexandrit (*chrysoberyll cymophone*) ist eine Spielart des Chrysoberylls aus dem Ural. Es ist ein kostbares Mineral. Die Farbe des Alexandrites ist dunkelgrün und dabei der Farbe des dunkleren Smaragdes sehr ähnlich. Bei künstlicher Beleuchtung jedoch verliert der Stein seine grüne Farbe und nimmt die Farbe der Himbeere an.

‚Die allerbesten Alexandrite wurden drei Faden tief in der Krasnobolotskschen Grube entdeckt. Gefaßte Alexandrite trifft man sehr selten an, und tadellos schöne Kristalle sind eine der allergrößten Seltenheiten, keiner von ihnen wiegt mehr als höchstens ein Karat. Infolgedessen wird der Alexandrit nur selten im Handel angetroffen, ja, viele Juweliere kennen ihn nur vom Hörensagen. Er gilt als der Stein Alexanders des Zweiten.'

Diese Auskunft entnahm ich dem Buch Michail Iwanowitsch Pylajews, das die Sanktpetersburgische mineralogische Gesellschaft im Jahre 1877 unter dem Titel ‚Die Edelsteine, ihre Eigenschaften, Fundorte und Verwendung' in Druck gegeben hat.

Zu den Notizen, die ich aus dem Werk des Herrn Pylajew über die Fundorte des Alexandrits hier mitteile, sei noch hinzugefügt, daß die Seltenheit dieses Steines eine aus folgenden Gründen noch viel bemerkenswertere geworden ist, denn erstens hat sich unter den Gesteinsuchern die Tradition eingenistet, daß es dort, wo man den Alexandrit findet, überflüssig sei, nach Smaragden zu suchen, zweitens aber sind die Gruben, in denen man seinerzeit die besten Exemplare des Steines Alexanders des Zweiten fand, jetzt ersoffen, und zwar durch Gewässer eines über die Ufer getretenen Flusses.

Ich bitte mithin, sich merken zu wollen, daß man dem Alexandriten bei russischen Juwelieren sehr selten begegnet, und wenn man sich an ausländische Juweliere und Edelsteinschleifer wendet, so haben diese ihn, wie M. I. Pylajew sagt, meist ‚nur vom Hörensagen' kennengelernt.

2

Bald nach dem tragischen und jammervollen Hingang des segensreichen Herrschers wünschten viele von uns, einem in der menschlichen Gemeinschaft ziemlich verbreiteten Brauche folgend, irgendwelche gegenständliche Erinnerungen an den teuern Entschlafenen zu besitzen. Zu diesem Behuf wählten die verschiedenen Verehrer des verstorbenen Kaisers die allerverschiedenartigsten Dinge, vornehmlich aber solche, die man immer bei sich tragen konnte.

Die einen kauften Miniaturporträts des entschlafenen Herrschers und legten sie in ihre Brieftaschen oder taten sie in Medaillons, die als Uhranhänger dienten, andere ließen den Tag seiner Geburt und den Tag seines Ablebens in besonders geschätzte Gegenstände gravieren, wieder andere machten irgend etwas Ähnliches dieser Art, einige wenige nur, denen die Mittel das gestatteten oder denen der Zufall günstig war, erwarben den Stein Alexanders des Zweiten und verwendeten ihn alsdann zu Ringen, die als ein Andenken nie vom Finger gestreift wurden.

Ringe mit einem Alexandrit gehörten zu den allerbeliebtesten und allerseltensten und schließlich wohl auch zu den allercharakteristischsten Andenken, und wer einen solchen zu erlangen vermochte, der trennte sich nie wieder von ihm.

Freilich gab es nur eine sehr geringe Anzahl von Ringen mit Alexandriten, denn wie Herr Pylajew ganz richtig sagt: schöne Alexandrite sind genauso teuer wie selten. Und darum ist es nicht erstaunlich, daß es in der ersten Zeit viele Leute gab, die sich sehr darum bemühten, einen Alexandrit zu finden, und dennoch keinen erhielten, boten sie auch jeden Preis. Ja, man erzählt sogar, daß diese gesteigerte Nachfrage allerlei Versuche zur Folge hatte, den Alexandrit zu imitieren, doch stellte sich dabei heraus, daß es unmöglich war, diesen originellen Stein nachzuahmen. Denn jede Fälschung kann sogleich aufgedeckt werden, da ja der Stein Alexanders des Zweiten dichromatisch ist und seine Farbe wechselt. Ich bitte aufs neue, sich daran erinnern zu wollen, daß der Alexandrit bei Tage grün ist, bei abendlicher Beleuchtung jedoch rot.

Diese Eigenschaften zu erzielen war jenen, die irgendwelche künstlichen Schmelzversuche betrieben, ganz unmöglich.

3

Mir gelang es, einen Ring mit einem Alexandrit zu erlangen, den einer der Unvergessenen aus der Zeit Alexanders des Zweiten getragen hatte.

Den Ring erwarb ich auf die allereinfachste Art, nämlich durch Kauf; ich erstand ihn nach dem Tode dessen, der ihn getragen hatte. Der Ring ging durch die Hände eines Trödlers, und von diesem erwarb ich ihn. Er war wie für mich gemacht; nachdem ich ihn einmal am Finger hatte, legte ich ihn nie wieder ab.

Der Ring war mit einer gewissen Absicht gebildet worden, er war gewissermaßen symbolisch: der Stein Alexanders des Zweiten war nicht allein: zwei Brillanten reinsten Wassers umgaben ihn. Diese stellten die zwei leuchtenden Taten der vergangenen Regierung dar – die Befreiung der Bauern aus der Leibeigenschaft und die Einsetzung eines vollkommeneren Gerichtsverfahrens, das die alte ‚schwarze Ungerechtigkeit' verdrängen sollte.

Mein schöner tieffarbiger Alexandrit mochte nahezu ein Karat wiegen, die Brillanten jedoch hatten jeder nur ein halbes Karat. Und auch hierfür war der Grund ganz offensichtlich: die Brillanten, welche ja nur die Werke darstellten, sollten nicht mit ihrer Pracht den bescheidenen Hauptstein verschatten, der an die Person des edlen Wohltäters erinnern sollte. Die drei Steine waren ohne jede weitere Buntheit oder Verzierung in reines glattes Gold gefaßt, so wie die Engländer es tun – damit der Ring eine kostbare Erinnerung sei und nicht etwa nach ‚Geld röche'.

4

Den Sommer des 1884er Jahres verbrachte ich im Lande der Tschechen. Da mich schon seit je eine unruhige Neigung trieb, mich mit den verschiedenen Zweigen der Kunst zu beschäftigen, interessierte ich mich diesmal für die dortigen Juwelier- und Schleifarbeiten.

Man findet nicht wenig bunte Edelsteine im Lande der Tschechen, aber sie sind alle nicht viel wert und stehen weit hinter denen aus Ceylon oder etwa denen von unseren sibirischen Fundorten zurück. Die einzige Ausnahme bildet der tschechische Pyrop oder ‚Feuer-Granat', den man auf den ‚trockenen Feldern' von Meronitz findet. Schönere Granatsteine findet man nirgends auf der Welt.

Es gab eine Zeit, da wurde der Pyrop auch bei uns hoch geschätzt und erzielte sehr ansehnliche Preise, heute jedoch kann man einen schönen und großen tschechischen Pyrop bei keinem einzigen russischen Juwelier mehr finden. Ja, die meisten von ihnen kennen ihn nicht einmal vom Ansehen. Für billige Juwelierartikel werden bei uns jetzt häufig der trübe und dunkle Granat aus Tirol oder der ‚wäßrige Granat' verwendet, den schönen feurigen Pyrop aber aus den ‚trockenen Feldern' von Meronitz findet man nicht mehr. Die besten altertümlichen Exemplare dieses wundervollen tieffarbigen Steines, der meist zu einer schmalfacettierten Kreuzrosette geschliffen ist, wurden von Ausländern zu lächerlichen Preisen aufgekauft und über die Grenze geschafft, die guten Pyrope aber, die neuerdings in Böhmen gefunden werden, gehen meistens direkt nach England oder nach Amerika. Dort wechselt der Geschmack nicht so schnell, die Engländer lieben und schätzen nach wie vor diesen schönen Stein mit dem geheimnisvollen Feuer, das er birgt, dem ‚Feuer in Blut'. Die Engländer und Amerikaner lieben die charakteristischen und besonderen Steine, wie eben den Pyrop, oder etwa den Mondstein, der bei jeder Beleuchtung immer nur sein mondfarbenes Schimmern ausstrahlt. In der kleinen, doch sehr nützlichen Broschüre ‚Regeln der Höflichkeit und des Anstandes' findet man sogar einen besonderen Hinweis auf diese Steine als auf solche, die dem Geschmack eines wahrhaften Gentleman am meisten entsprechen. Von Brillanten wird dort gesagt: ,Diese kann ein jeder tragen, der Geld hat'. In Rußland scheint heute eine andere Ansicht zu herrschen: weder die Symbolik noch Schönheit noch Rätselhaftigkeit erstaunlicher farbiger Steine werden heutzutage bei uns geschätzt, und niemand gibt sich mehr Mühe, den ,Geruch des Geldes' zu verbergen. Im Gegenteil, bei uns wird jetzt nur das geschätzt, ,was man im Leihhaus annimmt'. Darum werden auch die besonderen Steine für Liebhaber nicht mehr zu uns geschickt und sind unseren heutigen Sammlern und Freunden von Kostbarkeiten unbekannt. Ja, es würde diesen sogar merkwürdig und unglaubwürdig vorkommen, teilte man ihnen mit, daß ein prächtiges Exemplar des feurigen Granats eines der schönsten Kleinode der österreichischen Krone ist und daß dieses Juwel einen ungeheuerlichen Preis hat.

5

Als ich mich ins Ausland begab, erhielt ich unter anderem von einem Petersburger Freund den Auftrag, ihm aus Böhmen die beiden schönsten Granaten, die ich bei den Tschechen auftreiben könne, mitzubringen.

Ich fand zwei Steine von ganz besonderer Größe und bester Farbe, allein der eine von den beiden, und zwar jener mit der besseren Tönung, war zu meinem Verdruß durch einen unvollkommenen und rohen Schliff ziemlich verdorben worden. Er hatte die Form des Brillanten, doch war seine obere Fläche unbeholfen und gradlinig abgeschnitten worden, so daß der Stein alle Tiefe und den ganzen Glanz verloren hatte.

Der Tscheche, den ich zu meiner Wahl hinzugezogen hatte, riet mir, diesen Granat dennoch zu kaufen und ihn zum Umschleifen zu einem hiesigen Schleifkünstler namens Wenzel zu bringen, den mir mein Führer als den größten Meister seines Gewerbes und zudem als ein großes Original bezeichnete.

„Ein Künstler ist er und kein Handwerker", sagte der Tscheche und erzählte mir, daß der alte Wenzel ein Kabbalist und Mystiker sei, und zuweilen sogar ein begeisterter Poet, sehr abergläubisch, alles in allem ein überaus origineller und häufig sogar ein sehr bemerkenswerter Mann.

„Sie werden nicht bedauern, ihn kennengelernt zu haben", sprach mein Freund weiter, „Steine sind für den alten Wenzel keine seelenlose, sondern eine beseelte Erscheinung. Er spürt in ihnen den Widerschein des geheimnisvollen Lebens der Berggeister, und – aber bitte, lachen Sie jetzt nicht – durch die Vermittlung des Steines tritt er mit diesen in eine rätselhafte Verbindung. Und zuweilen erzählt er sogar von den Enthüllungen, die ihm zuteil wurden, und dann denken die meisten, daß es unter der Schädeldecke des armen Alten nicht ganz in Ordnung sei. Er ist nämlich schon sehr alt und launenhaft. Er selber arbeitet jetzt nur noch selten, seine zwei Söhne arbeiten bei ihm, allein wenn man ihn recht bittet und wenn ihm der Stein gefällt, macht er sich zuweilen noch selber an die Arbeit. Und wenn er ihn wirklich selber schleift, dann kommt stets etwas Vortreffliches dabei heraus, denn Wenzel ist, ich wiederhole es, nicht nur ein großer, sondern auch ein inspirierter Künstler auf seinem Gebiete. Wir sind schon lange miteinander gut bekannt und trinken zuweilen ein Bier bei Jedlicka. Ich werde ihn darum angehen und hoffe, daß er Ihnen den Stein wieder zurechtschleifen wird. Dann wird es ein Kauf sein, mit welchem Sie den, der Sie darum gebeten hat, aufs höchste erfreuen werden."

Ich folgte seinem Rat und kaufte den Granat; wir begaben uns gleich darauf zum alten Wenzel, um ihm den Stein zu bringen.

6

Der Alte wohnte in einer der düstern, engen und dicht verbauten Straßen der Judenvorstadt, nicht weit von der bekannten historischen Synagoge.

Der Edelsteinschleifer war ein hochgewachsener, hagerer alter Mann, er ging ein wenig gebückt, seine Haare waren lang und schon völlig weiß, seine Augen aber braun und flink, ihr Ausdruck wies auf eine große Konzentration hin, freilich lag darin auch jene gewisse Schattierung, die man an Leuten wahrnimmt, deren Geist vom Stolze besessen ist. Obwohl sein Rückgrat gebeugt war, trug er den Kopf erhoben und blickte wie ein König. Ein Schauspieler hätte, Wenzel studierend, eine vortreffliche Maske für die Darstellung des Königs Lear an ihm gefunden.

Wenzel betrachtete den von mir erstandenen Pyrop und nickte mit dem Kopf. Schon diese Bewegung und der Gesichtsausdruck des Alten gaben zu verstehen, daß er den Stein für gut hielt, aber hiervon ganz abgesehen, führte der alte Wenzel das Gespräch so, daß, obgleich es sich immer um den Pyrop handelte, mein Hauptinteresse sich schon von der ersten Minute ab auf ihn, den Steinschleifer, konzentrierte.

Lange, lange besah er den Stein, schmatzte mit seinen zahnlosen Kiefern und nickte mir beifällig zu; dann quetschte er den Stein mit zwei Fingern und sah mir gerade und scharf in die Augen, runzelte die Stirn und machte ein Gesicht, als habe er die grüne Schale einer Nuß gegessen; plötzlich erklärte er:

„Ja, das ist er."

„Der Pyrop ist gut, nicht wahr?"

Allein statt eine direkte Antwort zu geben, sagte Wenzel, daß er diesen Stein ‚schon seit langer Zeit kenne'.

Es gelang mir sehr gut, mir vorzustellen, daß ich vor Lear stünde, und so entgegnete ich:

„Dieser Umstand macht mich überaus glücklich, Herr Wenzel."

Mein ehrfürchtiger Ton gefiel dem Alten, und er wies mir einen Platz auf dem Bänkchen an, trat jedoch so dicht an mich heran, daß seine Knie die meinen zusammenpreßten, und sprach weiter:

„Ja, er und ich, wir sind schon lange miteinander bekannt . . . Ich sah ihn, als er sich noch in seiner Heimat auf den trockenen Feldern von Meronitz befand. Er war damals noch in seiner ursprünglichen Schlichtheit, doch ich fühlte ihn bereits ... Und wer hätte mir sagen können, daß ihm dieses furchtbare Schicksal zustoßen werde? O an ihm können Sie sehen, wie umsichtig und sorgsam die Geister der Berge sind! Ein räuberischer Schwab kaufte ihn und gab ihn einem Schwab zum Schleifen. Ein Schwab kann gut Steine verkaufen, denn er hat ein steinernes Herz; schleifen aber, schleifen kann der Schwab nicht. Der Schwab ist ein Gewaltmensch, er will alles auf seine Art machen. Er bespricht sich nicht erst mit dem Stein, wie der sein könnte, und freilich ist der tschechische Pyrop auch zu stolz dazu, um einem Schwab zu antworten. Nein, er denkt nicht daran, sich mit einem Schwab zu unterhalten. In ihm ist der gleiche Geist wie in einem Tschechen. Und so ist es dem Schwab unmöglich, aus ihm das zu machen, was er gern möchte. Sie sehen ja, sie wollten aus ihm eine Kreuzrosette machen (ich sah allerdings nichts), aber der hat sich nicht dafür hergegeben. Ja freilich, er ist eben ein Pyrop! Er hat sie überlistet, er hat lieber gestattet, daß die Schwaben ihm den Kopf abschnitten, und so haben sie ihn ihm dann auch abgeschnitten."

„Nun also", unterbrach ich ihn, „das soll wohl heißen, daß der Stein verdorben ist."

„Verdorben! Wieso?"

„Sagten Sie nicht selber, daß man ihm den Kopf abgeschnitten hätte?"

Der alte Wenzel lächelte nur mitleidig:

„Der Kopf! Ja gewiß, der Kopf ist eine wichtige Sache, mein Herr, der Geist jedoch ... der Geist ist wichtiger als der Kopf. Hat man den Tschechen etwa wenig Köpfe abgeschnitten, und doch leben sie noch. Als er dem Barbaren in die Hände fiel, tat er alles, was er tun konnte. Wenn der Schwab auf diese elende Weise irgendein Tier behandelt hätte, oder eine Perle, oder irgendeines dieser Katzenaugen, die neuerdings so in Mode gekommen sind – nichts wäre von denen nachgeblieben. Es hätte nichts als einen gemeinen Knopf gegeben, nur noch wert, daß man ihn durchs Fenster wirft. Ganz anders ist der Tscheche, der läßt sich nicht so bald im Schwaben-Mörser kleinkriegen! Der Pyrop, der hat gestähltes Blut ... der wußte, was er zu tun hatte ... Er verstellte sich, wie sich der Tscheche immer vor dem Schwab verstellt; er gab seinen Kopf her, doch sein Feuer verbarg er tief im Herzen ... Ja, mein Herr, ja! Sehen Sie das Feuer nicht? Nein? Ich aber sehe es: da ist es, das dichte, unverlöschbare Feuer der tschechischen Berge ... Es lebt und ... verzeihen Sie ihm, mein Herr ... es lacht jetzt über Sie."

Und dabei begann der alte Wenzel selber zu lachen und nickte mit dem Kopf.

7

Ich stand vor dem Alten, der meinen Stein in der Hand hielt, und wußte tatsächlich nicht mehr, was ich sagen, was ich ihm auf seine launenhaften und wenig verständlichen Reden antworten sollte. Und es war, als verstände er meine schwierige Lage, denn er ergriff meine Hand und erfaßte mit seiner anderen Hand den Pyrop mit den Spitzen einer Pinzette, hob ihn mit zwei Fingern auf, so daß er sich gerade vor seinem Gesicht befand, und fuhr mit erhobener Stimme fort:

„Er ist ein tschechischer Fürst, er ist ein erstgeborener Ritter von Meronitz! Er wußte, wie er den Toren entgehen konnte: vor ihren Augen verwandelte er sich in einen Schornsteinfeger. Ja, ja, ich sah ihn; ich sah, wie ein jüdischer Aufkäufer ihn in seiner Tasche mit sich führte, der Aufkäufer prüfte die anderen Steine an ihm.[1] Aber nicht deswegen glühte er einst über den Feuern des Ursprungs, um als Mißgeburt in der Lederkatze eines Aufkäufers verlorenzugehen. Es wurde ihm zuviel, als Schornsteinfeger durch die Welt zu

[1] Wenn man gleiche und einfarbige Steine lange betrachtet, stumpft sich das Auge nach und nach ab und verliert die Fähigkeit, die besseren Farben von den weniger guten zu unterscheiden. Um diese Fähigkeit nicht zu verlieren, tragen die Aufkäufer von Steinen stets einen Regulator bei sich, das heißt, einen Stein, dessen Farbe für sie einen Qualitätsmesser bildet. Wenn mit diesem Regulator der fremde Stein verglichen wird, so bemerkt der Aufkäufer augenblicklich die Unterschiede der Färbung und kann daher den Wert des Steines richtig beurteilen (Anmerkung des Verfassers).

ziehen, und so kam er denn zu mir, um ein leuchtendes Gewand anzulegen. O wir verstehen einander, und der Prinz aus den Bergen von Meronitz wird wieder zum Prinzen werden. Lassen Sie ihn bei mir, mein Herr. Wir werden uns einleben und miteinander beraten – und der Prinz wird wieder zum Prinzen werden."

Bei diesen Worten nickte mir Wenzel ziemlich respektlos zu und warf den erstgeborenen Ritter noch viel respektloser auf einen dreckigen, von Fliegen beschmutzten Teller, auf dem schon einige augenscheinlich recht ähnliche Granaten lagen.

Das gefiel mir sehr wenig und ich fürchtete sogar, daß mein Pyrop am Ende mit den anderen, die weniger gut waren, verwechselt werden könnte.

Wenzel bemerkte das und runzelte die Stirn.

„Nur Geduld!" rief er und warf mit der Hand alle die Granatsteine, die auf dem Teller lagen, durcheinander, um sie gleich darauf unerwartet in meinen Hut zu schmeißen; dort schüttelte er sie noch einmal um und um, und steckte darauf, ohne zu schauen, seine Hand hinein, das erste, was er hervorzog, war eben der Schornsteinfeger.

„Wollen Sie, daß ich es noch einmal wiederhole, oder haben Sie genug, genug von dem einen Male?"

Er spürte und unterschied Steine nach ihrer Festigkeit.

„Genug", entgegnete ich.

Wenzel warf den Stein aufs neue auf den Teller und nickte mir noch hochmütiger mit dem Kopf zu.

Damit schieden wir für dieses Mal.

8

Alle seine Worte und sogar die Figur des alten Schleifkünstlers hatten etwas so Besonderes und Schrulliges, daß es fast unmöglich war, ihn für einen normalen Menschen zu halten, jedenfalls wehte ein Hauch der Saga von ihm.

„Was", dachte ich, „wäre wohl erfolgt, wenn ein so gewaltiger Liebhaber farbiger Juwelen wie Iwan der Schreckliche zu seiner Zeit mit diesem originellen Kenner der Edelsteine zusammengetroffen wäre! Da hätte er einen gehabt, mit dem er sich zur Genüge hätte unterhalten können, und vielleicht würde er sich sogar so weit herabgelassen haben, ihn zum Schluß mit seinem besten Bären selber totzuhetzen! Heute freilich ist Wenzel ein Vogel, der nicht in seine Zeit hineingehört, ein Trumpf, der nicht die Farbe sticht. In jedem beliebigen Leihhaus sitzen Kenner, die ihn sicherlich genauso verachten wie er sie. Was hat er mir nicht alles über diesen zwanzigrubligen Stein vorgeschwatzt! ... Ein tschechischer Prinz, ein erstgeborener Fürst – und warf ihn dennoch zum Schluß auf einen schmutzigen Teller ... Nein – er ist wohl doch ein Verrückter."

Allein trotzdem wollte mir Wenzel nicht aus dem Kopf, und dabei blieb es. Ich fing sogar an, von ihm zu träumen. Wir kletterten beide in den Bergen von Meronitz herum und versteckten uns aus irgendwelchen Gründen vor den Schwaben. Die Ebenen dort waren nicht nur trocken, sie waren sogar heiß, und bald hier, bald dort beugte sich Wenzel zur Erde nieder und berührte das staubige Geröll und flüsterte mir zu: „Fühl nur! Fühl nur, wie das brennt! ... Wie sie dort innen glühen! Nein, nein, nirgends gibt es solche Steine wie hier!"

Und so begann der von mir gekaufte Granat unter dem Einfluß von alle diesem nach und nach auch mir als etwas von den ‚ursprünglichen Feuern' Belebtes zu erscheinen. Immer, wenn ich allein war, kamen mir die in der Kindheit gelesenen Reisen des Marco Polo in den Kopf, doch auch die altvertrauten Sagen der Nowgoroder ‚von den kostbaren Steinen, so zu vielen Dingen gut wären'. Und ich erinnerte mich daran, wie ich vor Zeiten gelesen und mich gewundert hatte, daß ‚der Granat das menschliche Herz erheitert und die Betrübnis abwendet, und wer selbigen bei sich trägt, dessen Rede und Sinn wird verbessert und den Menschen angenehm'. Späterhin hatte freilich das alles an Bedeutung verloren – auf all diese Legenden sahen wir wie auf leeren Aberglauben herab und zweifelten daran, daß man den Diamant erweichen könnte, wenn man ihn mit Bockblut benetzt, daß der Diamant böse Träume verscheuche, und daß, wenn sich dem, der ihn trägt, ein Gift nähert, der Diamant zu schwitzen beginne; wir zweifelten daran, daß der Hyazinth das Herz stärke, der Rubin das Glück vermehre, daß der Lapislazuli die Krankheiten verschwinden lasse und der Smaragd die Augen heile, daß Türkis den Sturz vom Pferd verhindere, Granat aber böse Gedanken ausmerze, daß der Topas kochendes Wasser zu Ruhe bringe, der Achat die Jungfräulichkeit der Mädchen behüte und daß der Stein Bezoar jedes Gift austilge. Und nun war auf einmal ein alter Mann mit üppigen Phantasien da und ich war sogleich bereit, mit ihm zu phantasieren . . .

9

Du schläfst, und doch träumst du davon . . . Und wie schön ist es, wie farbig, wie voll Leben, obgleich du weißt, daß es nicht viel mehr als Unsinn ist. Kein Unsinn aber ist jenes, was der Schätzer im Leihhaus weiß. O freilich, das ist beileibe kein Unsinn. Das ist eine Schätzung . . . Ein Faktum ist das . . .

Gewiß, und doch war auch dieses da zu seiner Zeit ein Faktum . . . War es etwa kein Faktum, was der Patriarch Nikon dem Zaren Alexej berichtete, als er sich bei ihm über seine Übeltäter beklagte? Ganz und gar hätten sie ihn zugrunde richten wollen und mit bösem Gift zu Tode füttern; der Patriarch aber, er war vorsichtig und hatte bei sich den Stein Bezoar und ‚saugte sich am Bezoar gesund'. Lange schleckte er am Stein Bezoar, der in den Knauf seines Stocks eingelassen war, doch dafür half der ihm auch zum Schluß und die Übeltäter mußten dran glauben. Das geschah allerdings zu jener alten Zeit, da noch die Steine im Schoße der Erde und die Planeten in Himmelshöhen sich um das Schicksal der Menschen kümmerten, und nicht etwa heutzutage, da sowohl in den Himmeln als auch unter der Erde alles gegen das Schicksal der Menschensöhne gleichgültig geworden ist und ihnen von nirgendwoher mehr eine Stimme spricht oder gar Gehorsam wird. Alle die neuentdeckten Planeten spielen in den Horoskopen keinerlei Rolle[1] mehr und es gibt auch eine Menge neuer Steine, alle gemessen und gewogen und auf ihr spezifisches Gewicht und ihre Dichte hin geprüft, doch sie verkünden uns nichts mehr und bringen auch keinerlei Nutzen. Ihre Zeit, mit den Menschen zu sprechen, ist vorüber, stumm wie die Fische sind sie jetzt. Und darum treibt wohl der alte Wenzel nur Unfug, wenn er alte Märchen wiederholt, die in seinem geschwächten Gehirn mit der Zeit durcheinandergeraten sind.

Doch wie sehr beschäftigte er mich trotzdem, dieser verrückte Greis! Wie oft mußte ich ihn aufsuchen, und immer und immer war mein Pyrop noch nicht fertig, und nicht nur das – Wenzel hatte die Arbeit daran überhaupt noch nicht einmal aufgenommen. Mein erstgeborener Prinz trieb sich noch immer als Schornsteinfeger auf dem Teller herum, in einer Gesellschaft, die niedrig war und seiner keineswegs würdig.

Wenn einer sich nur ein ganz klein wenig, aber um so aufrichtiger dem Aberglauben hingegeben, daß in diesem Steine ein stolzer Berggeist wohne, der zu denken und zu fühlen imstande sei – war es dann von diesem nicht eine Barbarei, mit dem Stein so unehrerbietig umzugehen?

10

Wenzel interessierte mich nicht mehr, er ärgerte mich. Kein vernünftiges Wort war aus ihm herauszubringen, und zuweilen sprach aus ihm sogar eine tüchtige Portion Unverschämtheit. Auf meine höfliche Bemerkung, daß ich schon allzulange auf die kleine Drehung seines Schleifrades warte, stocherte er nur melancholisch in seinen faulen Zähnen und begann eine Erörterung darüber, was das Rad für ein Ding

[1] Hinsichtlich der Planeten irrt der Verfasser, denn die zwei neuen Planeten Uranus und Neptun spielen allerdings in der Astrologie und den Horoskopen eine nicht einmal geringe Rolle (Anmerkung des Herausgebers).

sei und wieviel verschiedene Arten von Rädern es wohl auf der Welt gebe. Das Rad einer Bauernmühle, das Rad an einem Bauernwagen, das Rad eines Eisenbahnwagens, das Rad an einer leichten Wiener Kalesche, das Uhrrad vor Bréguet und das Uhrrad nach Bréguet, das Rad in den Uhren des Denis Blondel und das Rad in den Uhren anderer ... Mit einem Wort, eine weiß der Teufel wie lange Abhandlung, die schließlich darin gipfelte, daß es leichter sei, eine Wagenachse herzustellen als einen Stein zu facettieren, und daher: „Warten Sie noch, Herr Slawe."

Ich verlor endlich die Geduld und bat Wenzel, mir meinen Stein, so wie er eben sei, zurückzugeben, der Alte jedoch entgegnete mir darauf sehr freundlich:

„Nun, was soll denn das wieder? Warum denn solche Launen?"

Ich gestand ihm, daß ich es satt habe.

„Aha", erwiderte Wenzel, „und ich dachte schon, daß Sie am Ende ein Schwab geworden wären und den tschechischen Fürsten absichtlich als Schornsteinfeger ..."

Und Wenzel lachte laut auf und öffnete dabei weit seinen Mund, so daß ein Geruch von Malz und Hopfen das ganze Gemach erfüllte.

Mir schien, daß der Alte an diesem Tage einen Krug Pilsner mehr als ihm gut tat, getrunken hatte.

Wenzel begann, mir eine törichte Geschichte zu erzählen – er habe ihn zum Spazierengehen mitgenommen, als er kürzlich in die Weinberge über die Nußlsche Stiege ging. Dort hätten sie zusammen auf einem trockenen Berge gegenüber dem Karlszaun gesessen, und er hätte ihm, dem Wenzel, endlich seine ganze Geschichte enthüllt, und zwar von jener Zeit an, da die ersten Tage waren, da weder Sokrates noch Platon noch Aristoteles das Licht der Welt erblickt hatten, damals, als noch nicht einmal die Sünde der Sodomiter geschehen war, geschweige denn die Feuersbrunst, die Sodom einäscherte – von jener Zeit also bis auf den Tag, da er als Wanze aus der Wand gekrochen wäre und ein Weib ausgelacht hätte ...

Und hierbei schien sich Wenzel wiederum an etwas sehr Komisches zu erinnern, denn er lachte aufs neue laut auf und füllte wieder das ganze Zimmer mit diesem Geruch von Malz und Hopfen.

„Genug damit, Großväterchen Wenzel, ich verstehe rein gar nichts."

„Das ist aber merkwürdig!" entgegnete er ungläubig und erzählte dann, daß es Fälle gegeben hätte, da man die vortrefflichsten Pyrope einfach in den Hüttenverkleidungen gefunden hätte. Der Reichtum an Steinen war damals so groß, daß sie sogar auf der Oberfläche der Erde lagen und mit dem Lehm zusammen in die Hüttenwände gerieten.

Das alles war dem guten Wenzel vermutlich durch den Kopf gegangen, als er im Gärtchen der Bierkneipe vor der Nußlschen Stiege saß, und diese Gedanken hatte er sicherlich mit sich auf den dürren Berg getragen, auf dem er alsdann tief und friedlich einschlief und jenen seltsamen Traum sah: er sah nämlich eine ärmliche tschechische Hütte, die in den Bergen von Meronitz stand, in der Hütte saß eine junge Bäuerin und flocht mit der Hand Ziegenwolle und setzte mit dem Fuß eine Wiege in Bewegung, die immerzu leise an die Wand stieß. Die Wandbekleidung bröckelte nach und nach ab und fiel als Staub zu Boden, und da war es, daß ... ‚er erwachte'. Das heißt, es erwachte nicht etwa Wenzel oder der Säugling in der Wiege, sondern er – der erstgeborene Ritter, der in den Wandstuck hineingeraten war ... Er erwachte und schaute nach draußen, um sich an dem liebenswürdigsten Bilde zu erfreuen, das die Erde zu bieten hat – an einer jungen Mutter, die Wolle spinnt und gleichzeitig ihr Kind wiegt ... Die junge Tschechen-Mutter sah den Granat, der ans Tageslicht getreten war, und dachte: „Gewiß eine Wanze!" und schlug, damit das garstige Insekt nicht etwa ihr Kindchen beißen möge, aus ganzer Kraft mit ihrem alten Pantoffel darauf. Er fiel dabei aus dem Lehm und rollte auf die Erde, und da erst bemerkte sie, daß es ein Stein war, und sie verkaufte ihn einem Schwab für eine Handvoll Erbsenkörner. All das geschah um jene Zeit, als ein Pyrop nur so viel wert war wie eine Handvoll Erbsen. Das war bedeutend früher als jenes Ereignis, das in den Wundern des heiligen Nikolaus erzählt wird: wie ein Fisch einen Pyrop verschluckte und wie er dann auf den Tisch einer armen Frau kam und diese durch ihren Fund bereichert wurde ...

„Väterchen Wenzel" rief ich, „verzeihen Sie – Sie erzählen zwar ungemein seltsame Dinge, doch ich habe leider keine Zeit, länger zuzuhören. Ich reise übermorgen früh ab und komme daher morgen zum letztenmal zu Ihnen, um meinen Stein zu erhalten."

„Vortrefflich, ganz vortrefflich!" entgegnete Wenzel. „Kommen Sie morgen um die Zeit der Dämmerung, wenn man die Lichter anzündet; der Schornsteinfeger wird Sie als Prinz empfangen."

11

Ich kam genau um die angegebene Zeit, als die Lichter angezündet wurden, und diesmal war mein Pyrop tatsächlich fertig. Der ‚Schornsteinfeger' war völlig verschwunden, und der Stein verschlang und strahlte aus sich heraus ganze Bündel tiefen dunklen Feuers. Wenzel hatte von dem Rand der oberen Fläche des Pyrops ein geringes abgeschliffen, und jetzt erhob sich seine Mitte wie ein Capuchon. Das Feuer des Granats war jetzt unvergleichlich: in der Tat, es brannte in seinem Feuer ein verzauberter Tropfen unverbrennbaren Blutes.

„Nun? Was sagen Sie zu dem Ritter?" rief Wenzel.

Und wahrlich, ich konnte mich an dem Pyrop nicht satt schauen und wollte es Wenzel eben zum Ausdruck bringen, allein noch bevor ich ein Wörtchen gesagt, stellte der sonderbare Alte wieder eine seiner ungewöhnlichen Sachen an: er packte plötzlich meine Hand, an der der Ring mit dem Alexandrit war, der bekanntlich bei künstlicher Beleuchtung rot funkelt, und schrie:

„Meine Söhne! Ihr Tschechen! Kommt schneller her! Schaut her, hier ist er, der prophetische russische Stein, von dem ich euch so oft erzählt habe! O verschlagener Sibirier! Immer war er grün wie die Hoffnung und erst gegen Abend überströmte ihn das Blut. Vom Ursprung der Welt ab war er so, doch er versteckte sich lange und lag verborgen in der Erde und erlaubte erst, daß man ihn am Tage der Volljährigkeitserklärung des Zaren Alexander finde, als ein großer Zauberer nach Sibirien gekommen war, ihn, den Stein, zu finden, ein Magier, ein Rutengänger ..."

„Was sprechen Sie da für Unsinn", unterbrach ich ihn. „Diesen Stein fand gar kein Zauberer, es war ein Gelehrter namens Nordenskjöld!"

„Ein Zauberer! Ich sage es Ihnen – ein Zauberer!" schrie Wenzel mit lauter Stimme. „Schauen Sie doch nur, was für ein Stein! Ein grüner Morgen ist in ihm und ein blutiger Abend ... Dies ist das Schicksal, das Schicksal des edlen Zaren Alexander!"

Und mit diesen Worten kehrte sich der alte Wenzel zur Wand, stützte seinen Kopf auf die Ellenbogen und ... begann zu schluchzen.

Seine Söhne umringten ihn schweigend. Aber nicht nur ihnen, nein, auch mir, der doch schon so lange gewöhnt war, den ‚Stein Alexanders des Zweiten' ständig an der eigenen Hand zu sehen, war es, als dringe plötzlich ein tiefes und ahnungsvolles Geheimnis aus dem Stein, und Traurigkeit erfüllte mein Herz.

Sagen Sie, was Sie wollen – der Greis hatte etwas in dem Stein gelesen und aufgespürt, das anscheinend tatsächlich vorhanden war, das aber vor ihm noch keinem einzigen Menschen ins Auge gefallen war.

So kann es zuweilen gehen, wenn man eine Sache unter dem Einfluß einer ungewöhnlichen und phantastischen Stimmung betrachtet.

FISCHSUPPE OHNE FISCH

Das neue Jahr 1886 hub für mich in einer angenehmen Gesellschaft mit recht freundlichen Beurteilungen meines vor kurzem erschienenen Bändchens mit Weihnachtserzählungen an. Das Büchlein wurde sowohl in der Presse gelobt als auch in dem gastfreien Haus mit Wohlwollen beurteilt, wohin man mich geladen hatte, ein Neujahrsglas Champagner zu leeren. Die Leute, die literarisches Verständnis hatten, hielten meinen Versuch für recht gelungen, die Erfordernisse einer Weihnachtserzählung einzuhalten ohne die übliche Heranziehung von allerlei Teufeleien nebst verschiedenen geheimnisvollen und unwahrscheinlichen Zutaten. Da es indes nie vorkommt, daß alle einer Meinung sind, traf auch dort ein gleiches ein: jemand machte die Bemerkung, daß ich über die Schnur gehauen habe und daß in den gepriesenen Erzählungen überhaupt keine wirklich tugendhaften Personen aufträten, sondern daß es in ihnen lediglich versöhnende Eindrücke gäbe, doch daß auch diese gewissermaßen ohne Lenkung und Richtung vorgetragen würden.

„Alles ist geschmackvoll gekocht und gesalzen, wenn man aber untersuchen wollte, woraus es gekocht ist, kommt man zum Schluß immer auf so was wie eine Fischsuppe ohne Fisch."

Manche mußten darüber lachen und fanden die Bemerkung geistvoll. Es gesellten sich ihnen einige Personen zu, die betonten, daß man in meinen Erzählungen in der Tat schwer zwischen Gut und Böse unterscheiden könne, und daß man zuweilen überhaupt nicht festzustellen vermöge, wer der Sache schade und wer ihr helfe.

Dies wurde einer gewissen angeborenen Verschmitztheit, die in meiner Natur läge, zugeschrieben.

Es versteht sich, daß ich hierbei nur zuhörte und meinen Nutzen daraus zog, ohne ein Wort zu erwidern. Dagegen trat ein anwesender Gast aus einer anderen Stadt für mich ein und bemerkte, daß ‚Fischsuppe ohne Fisch‘ gar nichts so Unwahrscheinliches an sich habe, wie man glauben möchte, und daß – theoretisch gesprochen – eine solche Fischsuppe häufig vom Leben gekocht werde und sogar wohlschmeckend sei und kräftig, wenn man auch keineswegs feststellen könne, woraus sie bestehe und wie sie zusammengebraut worden wäre.

„Es fehlt nicht an guten Leuten in der Welt“, meinte jemand in versöhnlichem Sinne.

„Nein, durchaus nicht das, sondern im Gegenteil: ‚Fischsuppe ohne Fisch‘, das fasse ich so auf, wie wenn ein Theaterstück ohne die rechten Schauspieler in den entsprechenden Chargen gespielt wird. Besondere Wohltäter fehlen ganz und doch wird Gutes getan – und in dieser Hinsicht, will ich Ihnen verraten, hat unser Autor recht.“

Ich verneigte mich dankbar.

„Jawohl“, fügte der für mich eintretende Gast hinzu: „Und da habe ich auch, wie gerufen, einen hierzu passenden Vorfall; wenn man den erzählen wollte, das dürfte eine echte Fischsuppe ohne Fisch ergeben.“

„Worum handelt es sich denn?“

„Eine einfache Begebenheit auf weihnachtlicher Grundlage, mit guten Werken, um die sich jener, der sie verübte, nicht im geringsten kümmerte.“

„Ja was war es denn: ein Mißverständnis?“

„Nein.“

„War es ein Wunder?“

„Ebenfalls nicht.“

„Ein Zufall?“

„Genau im Gegenteil.“

„Ja was denn überhaupt?“

„Genau eine ‚Fischsuppe ohne Fisch‘, wie sie nur das Leben zu kochen versteht.“

„Alsdann, erzählen Sie!“

„Bitte sehr!“

Das Städtchen, in dessen Nähe ich auf meinem kleinen Gut lebe, ist sehr klein und, die Wahrheit zu sagen, recht schmutzig. Es zeichnet sich durch nichts aus, doch es hat eine Eigenheit: die Hauptgeburtsziffer liegt akkurat Jahr für Jahr genau in der Weihnachtszeit. Dieser Umstand ist allen bekannt und im Laufe vieler Jahre durch die Standesamtsbücher völlig erwiesen. Man kann sich darüber ein bißchen wundern, im übrigen jedoch liegt hierin nichts Wunderbares und um so weniger Unerklärliches, oder, Gott verhüte, Übernatürliches. Dies ist nicht im geringsten von Geistern abhängig, noch vom Klima, noch etwa von der Beschaffenheit der Gewässer und des Bodens, genauso wie es in keinem Zusammenhang mit irgendwelchen Absonderlichkeiten in der Natur unserer Frauen liegt, sondern es ist eine direkte Folge der ökonomischen Lebensbedingungen. Das mußte ich Ihnen zuvor erklären, auf daß es zwischen uns nichts Verborgenes oder gar Geheimes gäbe.

Es möge einem jeden alles klar und verständlich sein und dennoch wird etwas Geheimnisvolles, wie Sie zum Schluß sehen werden, irgendwo durchschimmern.

Dafür ist es ja eben Weihnachtszeit!

Die Gegend, in der unser Städtchen liegt, ist ungewöhnlich günstig für das Gärtnergewerbe: wohin man schaut, nichts als Gemüsefelder; die Bewohner unseres Ortes sind jedoch bekannte Faulpelze, und was immer man mit ihnen auch anstellen möge, sie sind nicht gewillt, sich diesen Gärtnerarbeiten hinzugeben. Einige haben es zwar versucht, doch stellten sie sich als unfähig heraus, irgend etwas Gutes oder Nützliches hervorzubringen: mit einem Wort, es sind Faulpelze und keine Meister, und darum befindet sich das ganze umfangreiche Gärtnerwesen völlig in den Händen von Leuten aus Rostow, die zu dem Zweck herreisen. Dieses einfallende Waräger-Rußland pachtet alle die hervorragenden Überschwemmungswiesen rings um unsere Stadt und gibt sich die größte Mühe, sie so gut als möglich auszulaugen; allein das wird höchstens in einer fernen Zukunft gelingen, da bis jetzt die Erde für sich steht und jeden Samen hundertfach aufgehen läßt.

Diese Waräger-Russen leben hier keineswegs fest angesiedelt. Sie kommen zu uns meist zur Zeit des Saatkrähenstriches, also im März oder April, sie lassen sich dann in ihren weitläufigen Erdhütten, die in den Gemüsegärten stehen, nieder und machen sich gleich an ihr Geschäft. Ihre Arbeit beginnt damit, daß die Rostower eine Menge von Mädeln und Weibern anstellen. Denn bei ihnen gibt es eine Fülle von Weiberarbeit: sie brauchen Wäsche, sie benötigen Wäscherinnen, da muß gegraben und gesetzt werden, es muß gejätet, es muß gegossen und Wasser herangetragen werden – alles Weiberwerk. Wenn der Herbst kommt, ernten diese Nordländer die Früchte der fremden Erde, wandeln sie in Geld um und reisen bis zum kommenden Jahr wieder nach Rostow zurück, während ihre Sommerarbeiterinnen zu Hause bleiben und erst um die Weihnachtszeit die Rechnung für die sommerlichen Zärtlichkeiten der Waräger abschließen.

Wenn Sie hierbei in Betracht ziehen, daß die Rostower Waräger zu uns im März oder April kommen, wird Ihnen wohl auch klar werden, warum unsere Ortsstatistik die höchste Geburtenziffer im Dezember um die Weihnachtszeit führt.

Dies ist die allernatürlichste Sache und enthält nicht das geringste Wunderbare an sich.

Und jetzt fahre ich in der Erzählung fort.

In unserem Städtchen sind alle Obrigkeiten und Kompetenzen vorhanden, die Gott eingesetzt hat, auf daß eine jede Stadt fromm und ehrsam bleibe, entsprechend den besten Regeln und den Forderungen des göttlichen und bürgerlichen Gesetzes. Wir haben einen sehr tätigen Kreisvorsteher, wir verfügen über einen Richter, der die Gerechtigkeit pflegt, wir haben einen menschenliebenden Arzt, wir haben einen gelehrten Oberpriester und außer diesem noch einen einfachen Popen, wir verfügen über Bürger, Sänger, Krieger, Wächter und über Volk, mit einem Wort, es ist alles da, was in den kompliziertesten Anzeigenblättern erwähnt werden kann. Die Stadtbewohner oder das Volk, das sind alles einfache Leute, offiziell aber werden sie auf ‚zwei Schichten' geteilt: die eine ist die ‚städtische christliche Gesellschaft', die andere ist die ‚städtische hebräische Gemeinde'. Der Grad gelehrter Bildung ist in beiden dieser Schichten fast gleich, indes versteht sich, daß in der hebräischen mehr des Lesens und Schreibens Kundige vorhanden sind. Der religiöse Eigendünkel ist bei beiden gleich: die Hebräer lassen die anderen fühlen, daß Jehova ihnen ein besonderes Los zuerteilt hat, indem er sie erwählte und sie vor allen anderen Völkern der Welt hervorhob, die Christen aber entgegnen ihnen: Begreift und unterwerft euch, dieweilen Gott mit uns ist.

Welche von diesen beiden Schichten fauler ist, weiß ich nicht.

Die Christen arbeiten ein halbes Jahr lang mit Ach und Krach, während sie ein halbes Jahr auf der faulen Haut liegen; die Hebräer befassen sich mit wirklich schweißtreibender Arbeit nie, dafür aber laufen sie unablässig herum, sind immer leicht verkrampft und mauscheln. Klar, daß alle Handeltreibenden Hebräer sind. Was einer nicht am Freitag zu kaufen vermag, also bis zum Beginn des Sabbats, das kann er erst frühestens Sonntag erhalten. Auf diese Weise bleibt bei den Juden alles Geld, das die träge und schwache christliche Bevölkerung zu verdienen versteht.

In unserem Städtchen gibt es nicht einen einzigen Kapitalisten, der Christ wäre, dagegen sind unter den Hebräern einige recht wohlhabende Leute und unter diesen ist auch ein alter Mann namens Salomon, den man als reich ansieht. Er ist der einzige unter den gewöhnlichen Stadtbewohnern, der auf dem Marktplatz ein eigenes Steinhaus stehen hat, und in diesem Hause wohnt der Kreisvorsteher und hier tritt auch das Plenum zusammen.

Reb Salomon ist eine wichtige Persönlichkeit: er ist mit allen bekannt, er ist von solidem Auftreten, und zwar auf alttestamentarischer Grundlage, wenn auch mit gnadenvoller

Herablassung den Christen gegenüber – aus Gründen der Duldsamkeit hat Salomon mit dem Kreisvorsteher und dem Vater Oberpriester schon immer Karten gespielt, was zur Folge hatte, daß sich sein Ton erheblich verfeinerte und er sich geschliffener guter Manieren zu befleißigen begann. So zum Beispiel sagte er, wenn er dem Vater Oberpriester das Kartenspiel hinhielt, damit dieser abhebe, stets voll Hochachtung:

„Mit Ihrem Segen!"

Einige behaupten zwar, daß die Duldsamkeit und Unparteilichkeit Salomons nicht weiter als dies gegangen wäre, indes das ist nicht wahr: die Duldsamkeit und Unparteilichkeit Salomons gingen erheblich weiter.

Reb Salomon war sehr klug und in der hebräischen Literatur sehr beschlagen, hauptsächlich aber zeichnete er sich durch eine geradezu teufelsmäßige Lebenskenntnis aus. Sein Ruhm reichte weit und bei all den Seinigen galt er stets für einen bemerkenswerten Weisen. Salomon dürfte zweifellos auch noch heutigentages einen eigenhändigen Brief über irgendeinen Gegenstand von einem berühmten Rabbiner besitzen, und wahrscheinlich sehen viele Salomon daraufhin als eine Stütze des Hebräertums an. Im übrigen war er in der Tat im Glauben seiner Väter fest: er hielt jeden Brauch ein, er führte alles aus und es lag in seinem ganzen Gehaben nichts, was sich auch nur im geringsten davon entfernte, was Gott selber eingesetzt hatte. Salomons Charakter war stark, fest und hartnäckig. Seinem Temperament nach war er empfindsam und hitzig, indes er war ein Meister der Selbstbeherrschung und vermochte in seiner inneren Welt in kürzester Frist die geringste Abweichung vom Gleichgewicht wieder in Ordnung bringen. Salomon war stolz, aber er war nicht kleinlich stolz: er verfügte über eine reichliche Dosis von Selbstachtung, dieweil er noch von niemand jemals betrogen worden war, obwohl er selber schon sehr viele öfters betrogen hatte; das wußte ein jeder, und so wagte keiner, diesem seinem Ruf auch nur die geringste Unbill zuzufügen. So kam es, daß Salomon sowohl von majestätischer Haltung wie auch von größter Ruhe war.

Plötzlich aber fiel mit unserem Weisen etwas ganz besonderes vor. Salomon schoß einen Bock . . .

Und wie hatte es bloß zu so etwas kommen können?

Wieso es dazu hatte kommen können – darauf hätte niemand antworten können, doch von welcher Ursache es herrührte, das hatten viele bemerkt.

Kurz vor den Weihnachtstagen war Reb Salomon als eine Respektsperson der Stadt in bester Gesellschaft beim Kreisvorsteher gewesen, er hatte dort mit den allergeachtetsten Personen Karten gespielt und sogar einen Gewinn von fünf Rubeln davongetragen; am nächsten Morgen aber trat er vor seine Familienangehörigen als sei er irgendwie bedrückt, und schien seither nicht ganz auf der Höhe zu sein. Er war verstimmt und nachdenklich: es war, als schaue das eine seiner Augen irgendwie hartnäckig in sein Inneres; seine Stirn war gefurcht und verfinstert; er schwieg ärgerlich und rückte noch ärgerlicher ungeduldig an seinem Käppchen und schickte stets alle zum Teufel. Vielen gab er sogar unrichtige Antworten und schließlich verübte er vor aller Augen eine der Berufung des Hebräers derartig widersprechende Tat, daß dies ihn mit einemmale seines Rufs als den eines frommen Talmudisten hätte verlustig gehen lassen können.

Wir werden gleich sehen, was er angestellt hatte und wie dies mit eins gleich alle beiden Gesellschaftsschichten beunruhigte, die christliche und die hebräische (auch Kahal genannt). Hiernach aber werden wir auch zu sehen bekommen, wie all dies ad majoram Dei gloriam in Ordnung gebracht wurde, zum Nutzen für die Christen als auch für die Hebräer.

Unter den Mädchen der Stadt, die im Sommer für die aus Rostow kommenden Waräger-Russen das Waschgeschäft verrichteten, gab es ein Mädel des Namens Palaschka. Diese Palaschka kannte natürlich den Reb Salomon – alldieweil er

‚ein reicher Jud' war – Reb Salomon aber kannte Palaschka nicht, da sie in keinerlei Hinsicht Beachtung verdiente.

Palaschka war ein Mädel ohne Familie und Herkommen, weil sie selber einmal von Waräger-Russen im Gemüsegarten ausgesät worden war. Jetzt freilich, da Palaschka das rechte Alter erreicht hatte, hatte Gott auch ihr zur Weihnachtszeit ein lebendes Kindlein beschert, indes die arme Palaschka besaß nicht die Mittel, es taufen zu lassen. Das Taufen kostet bei uns nicht viel, die Taxe beträgt alles in allem einen Rubel; allein es fand sich niemand, der bei dem armen Mädel Gevatterschaft zu übernehmen bereit war, um diesen Rubel für die Taufe zu bezahlen.

„Euer sind viele!" sprachen gute Leute zu ihr. „Ihr sündigt Gott weiß wo herum, was aber geht es uns an, für eine fremde Sünde einen Karbowanez hinzulegen?"

Und in der Tat, so war es: die Ärmste jedoch mußte dadurch großen Kummer leiden.

Übrigens waren bei uns derart schicksalvolle Umstände keine Seltenheit und es hatte sich eine gewisse Praxis herausgearbeitet, wie man damit fertig werden könne, und das ging recht gut so.

Sobald Mutter Natur der Ärmsten auch nur ein wenig zu Hilfe gekommen war, ihre Schwäche zu bekämpfen, hüllte sie das Kind in Fetzen, stellte sich auf der Brücke auf und bat die Vorübergehenden:

„Helft, o guten Leute, ein ungetauft Kind in den getauften Glauben einzuführen."

Diejenigen, die voll guten Willens waren, weigerten sich nicht: jeder gab seine Kopeke. Sobald hundert herzensgute Seelen vorbeigegangen waren und jeder seine Kopeke geopfert hatte, waren hundert Kopeken beieinander: diese bildeten einen Rubel und das ungetaufte Kind wurde alsbald in den getauften Glauben einbezogen.

Und da die Welt in der Tat nicht ohne gute Menschen ist, glückte es manchem Mädel, daß sie mit ihrem ungetauften Kindlein nicht mehr als drei, vier Tage auf der Brücke stehen mußte, am fünften hatte sie dann genug, um ein Kreuzlein zu kaufen und um den Täufer bezahlen zu können.

Der armen Palaschka jedoch fiel ein besonders hartes Los zu: sie durfte auf der Brücke nicht allein stehen, sondern im Verein von drei anderen Freundinnen, denen es ebenfalls gleichzeitig gelungen war, unter den gleichen Nenner zu fallen. Die armen Mädel bettelten alle miteinander um das gleiche, jene drei aber waren erfahrener als Palaschka: sie stellten sich immer so auf, daß Palaschka die letzte in der Reihe war. Der Passant steckte der einen, zuweilen auch der anderen etwas zu, und schließlich auch der dritten, zur vierten aber, und das war sie, sagte man: „Gott wird geben." Wie Sie wollen, drei gute Werke genügen schließlich zur Rettung der Seele, und mehr kann man von niemand verlangen: mithin schien es nicht angebracht, sich selber auf diese Weise zu übervorteilen.

Und so gelang es jeder der drei Freundinnen Palaschkas, je hundert gütiger Almosen zu sammeln, und sie trugen ihre Säuglinge voll Heiterkeit fort, um sie in den getauften Glauben einzuführen; die arme Palaschka aber stand bereits den achten Tag in der Kälte und weinte bitter. Und wie sollte sie nicht weinen, derweil sie doch nichts verdienen konnte und Schwäche, Hunger und Kälte ihrer nach und nach Herr wurden. Am allerärgsten aber war, daß sie sich um die Seele ihres Kindes sorgen mußte, derweil schon der letzte Tag vor dem Epiphaniasfest herangerückt war, und ein jedes Kind, das vor Heilig Drei König geboren war, unbedingt vor dem Epiphanias Tage getauft sein mußte. Alldieweil es sonst ein ‚Unglückselig Kindlein' werden mußte, das seiner beneidenswerten Stellung im Himmel verlustig gehen müßte. Es handelte sich hierbei nicht um das irdische kurzfristige Leben, das für jeden Menschen von festen Erkenntnissen wenig haltbar scheint und von geringer Bedeutung, nein, es handelte sich hier um die gesamte Ewigkeit, denn wie kann man in dieser eine neugeborene Seele unterbringen?

Dies alles aber hing von den dortigen Verordnungen ab, welche für das ganze weitere Schicksal der menschlichen Seele nach ihrer Trennung vom Leibe von allergrößter Bedeutung sein mußten.

Wie hätte die Mutter eines Kindleins, das ungetauft in ihren Armen lag, so etwas ruhig hinnehmen können! ...

Und darum weinte die arme Palaschka. Sie war ganz durchfroren und trocknete ihre Tränen mit den gleichen Fetzen, die jemand ihr zugeworfen hatte, um ihr ungetauft Kindlein darein zu hüllen. Und so sehr hatten Tränen und Leid Palaschkas Augen getrübt, daß sie bald nicht mehr jene Leute sehen oder unterscheiden konnte, an die sie sich mit ihren Bitten wandte. Wer immer auch kam, ein Christ oder ein Hebräer, sie bat einen jeden darum, ihr zu helfen, ihr Kindlein in den getauften Glauben einzubeziehen. Wenn ein Hebräer vorüberging, der sagte nichts dazu, der Christ aber sprach:

„Gott wird geben!"

Und genau auf solche Art stöhnte Palaschka einmal, nichts mehr vor sich erkennend: „Helft doch, ein Kindlein zum getauften Glauben zu führen", wobei jemand zornig ausspuckte, von ihr beiseite sprang und statt der Worte „Gott wird helfen", sie nebst ihrem Kindlein zum Teufel schickte.

Da rieb sich Palaschka die Augen und sah, daß an ihr zwei Juden vorbeigingen, der eine in einem weiten Pelz aus grauem Eichhörnchenfell, während der neben ihm in einem abgeschabten Fuchspelz ging.

Palaschka erkannte, daß dies Salomon war, und da rief sie, weil sie ein Mädel von höflicher Gesinnung war, ihm nach:

„Entschuldigen Sie, Pan Salomon: ich habe Sie nicht erkannt, ich dachte, daß Sie kein Jude, sondern ein Getaufter seien."

Salomon blieb stehen, sah sie an und sagte nur:

„Gans!"

„Das ist durchaus richtig, Pan, ich bin wirklich eine Gans."

Salomon sah sie noch einmal an und bemerkte:

„Gut, daß du eine Gans bist."

„Immerhin, Gott hat mich so geschaffen."

„Aha, gut, gut! Und was hast du da, du Gans, vom Juden geschwatzt?"

„Ich hab nur gesagt, daß die Getauften ein Kopekchen spenden, um das Kindlein zum getauften Glauben zu führen, während die Juden für so etwas nichts geben."

„Nichts geben? . . . Hm! Ja ja, du bist zwar dumm, doch du weißt, was man wissen muß ... Nichts geben! Die Juden geben nichts, wenn sie nichts zu geben brauchen, wo sie dagegen geben müssen, da geben sie auch. Und da ist es jetzt mein Wille, dir mit einemmal einen ganzen Rubel zu geben, und mit dem kannst du dann hingehen und mit deinem Säugling anstellen, was du magst."

„Ich werde ihn, Pan, zum getauften Glauben führen. Pan Salomon, für Ihren Karbowanez wird seine Seele gerettet werden."

„Das ist mir völlig gleich, du Dirn, ist mir ganz egal! Führ ihn nur zu deinem Glauben, mir dagegen tut leid, daß ich jetzt keinen Karbowanez bei mir habe."

„Das ist wirklich schade, Pan. So bleibt mir nichts anderes, als aufs neue das Kindlein nicht zum getauften Glauben führen zu dürfen."

„Aber nein, warum denn? Wirst es führen! Ich habe keinen einzelnen Karbowanez bei mir, doch ich habe fünf Karbowanzen und ich will dir die ganzen fünf geben, du aber wechsle sie und nimm einen davon für dich und mach damit, was du willst, die vier restlichen Karbowanzen jedoch bringst du mir in mein Haus am Markt."

„Schon gut, Panchen."

„Wirst du sie mir zurückbringen?"

„Wie denn sonst, Pan? Wäre es denkbar, so was nicht zurückzubringen? Wo Sie mir doch eine derart gnädige Freundlichkeit erweisen, und mir die ganzen fünf Karbowanzen anvertrauen, und da sollte ich das Wechselgeld etwa nicht zurückbringen? Bewahre mich Gott davor! Ich werde es Ihnen bringen."

„Alsdann geh und mach, was nötig ist, mir aber bringst du die vier Rubel und für den fünften wirst du eine Woche lang meine Wäsche waschen."

„Werde Ihnen alles waschen, Pan."

Da zog Salomon aus seiner Innentasche eine alte Brieftasche, holte daraus eine Fünfrubelnote hervor und gab diese Palaschka. Die verneigte sich vor ihm bis auf die Erde und lief sogleich, ihr Kindlein in den getauften Glauben einzuführen, Salomon aber holte seinen Gefährten im Fuchspelz ein und schritt weiter seinem Hause zu.

Hierauf kam es zwischen diesen zwei Personen zu einer unerwarteten aber ziemlich kräftigen Auseinandersetzung: der alte Hebräer im Fuchspelz war über Salomon unwillig, weil dieser der Heidin Geld gegeben habe. Salomon jedoch entgegnete, das sei seine Sache und das gehe niemand etwas an.

Diese Antwort war unerlaubt grob, dieweil alles, was ein Hebräer tut, unbedingt alle seine Glaubensgenossen angeht, zum andern aber, weil die Person, der Salomon diese Antwort gab, ein in der Gesellschaft bedeutender Mann war – dies war Reb Leiser, der allerbelesenste Rabbiner, der den ganzen Talmud auswendig kannte und der allertreueste Bewahrer der Gebote des unverwüstlichen Hebräertums war. Dieser hatte das Recht, Salomon einen Vorwurf daraus zu machen, daß er der „Heidin" Geld gegeben habe, das schließlich doch auch dem Hebräertum hätte Nutzen bringen können; Salomon dagegen fuhr in seinen Seltsamkeiten fort und sagte:

„Nein, Reb Leiser, mag dieses Geld lieber den Weg zu *ihnen* finden (das heißt zu den Christen); sie werden wenig Glück damit haben."

„Wieso das?" rief der greise Rabbiner.

„Halt so . . . Ich will dir jetzt nicht mehr darüber sagen, jedoch dies mußte man so machen, wie ich es getan habe. Ich bin ja kein Narr, Reb Leiser."

„Und was wird diese Heidin damit beginnen?"

„Was sie damit tun wird? . . . Sie wird ihr Kind taufen lassen und wird mir vier Rubel Wechselgeld bringen, für den fünften Rubel aber wird sie mir das Dreifache an Arbeit leisten."

Der Rabbiner schlug mit der Hand an seine Stirne und schloß die Augen.

„Wie!" rief er laut. „Du, ein gläubiger und im Glauben fester Hebräer hast Geld dafür gegeben, daß man an einem Kinde diesen für uns kränkenden Brauch vollziehe . . . O Salomon! Salomon!"

„Jawohl, ich bin Salomon!"

„O unglückseliger Salomon! Untergehen wird dein Name im Volke!"

„Nein, Reb Leiser, nicht wird er untergehen, er wird auferstehen."

„In dir ist ein Dämon eingekehrt oder du hast den Verstand verloren. Auf keinen Fall wünsche ich mehr mit dir bekannt zu sein; nicht wird mein Fuß jemals wieder über deine Schwelle treten und ich werde es dahin bringen, daß du unter all den deinigen verachtet und fremd sein wirst."

Indes es schien wirklich so, als habe in der Tat ein Dämon Besitz von Salomon ergriffen: nicht schämte er sich über die Worte Reb Leisers, nein, er lachte ihm frech in die Augen und sagte:

„Sprich keine Dummheiten, Reb!"

„Nicht spreche ich Dummheiten, sondern du hast ein übles Werk getan und wirst dadurch von allen verachtet werden."

„Nein und tausendmal nein!" erwiderte Salomon: „Ich mache keine Dummheiten und nicht habe ich ein übles Werk verrichtet, im Gegenteil, ich habe ein gutes Werk getan! Jawohl, Reb Leiser, nicht werde ich dafür verachtet werden, im Gegenteil, geachtet werde ich werden von den Fremden und von meinen Leuten, dieweil dieses Papiergeld, das ich dem Mädel gegeben, *falsch* war . . . Mir haben sie es dort gegeben . . . bei jenen: gegeben haben sie es mir, als ich bei ihnen im Kartenspiel gewann, und nicht konnte ich es an meine Leute loswerden, um keinen von ihnen in Gefahr zu bringen, so aber habe ich es jenen durch dieses Mädel wieder zugespielt, die dumm ist und die mir das Wechselgeld bringen wird. Da schau, da kommt sie schon und bringt mir meine vier Silberrubel, für den fünften aber wird sie drei Wochen für mich arbeiten müssen . . .“

Und in der Tat, Palaschka trat gleichzeitig vor Reb Salomon, gab ihm die vier Silberrubel und bedankte sich bei ihm mit großer Freude, dieweil in ihren Armen jetzt bereits das getaufte Kindlein lag.

„Hast du mich endlich verstanden?“ fragte Salomon den Reb Leiser.

„O gut habe ich dich verstanden!“ erwiderte Leiser.

„Und wirst du nun vielleicht allen sagen, daß Salomon unwürdig seines Namens war und ein übles Werk verrichtet hat?“

„Nein, Salomon, nein!“ entgegnete der alte Leiser und drückte ihm fest die Hand: „Sagen werde ich jetzt allen, daß du würdig bist deines Namens, daß du in Wahrheit ein weiser und großer Mann bist und daß du ein sehr gutes Werk vollbracht hast, welches das Herz eines jeden erheitern wird, der davon hört.“

Und in der Tat, so war es auch: das Werk, das Salomon vollbracht hatte, erheiterte die Herzen aller, und in diesem Sinne muß man es wohl als ein gutes Werk ansehen, dieweil es allen Gutes und Freude brachte. Die Hebräer freuten sich, daß unter ihnen ein solcher Weiser wie Salomon war; die Christen wurden gerührt durch die Güte Salomons und lobten sein gutes Herz und sein Mitleid für die arme Palaschka. Palaschka hielt ihn nicht nur für ihren Wohltäter, sondern auch für den Wohltäter ihres Kindes, dessen Seele, dank Salomon, nunmehr die Hoffnung auf ewige Rettung zuteil geworden war; Salomon selber aber hatte schlechtes Geld in gutes gewechselt und erzielte dazu noch einen Sondergewinn, da die dankbare Palaschka für den Rubel nicht nur drei Wochen für ihn arbeitete, sondern den ganzen Winter hindurch. Also zählen Sie mal zusammen, wieviel prächtige Resultate hieraus erwuchsen! Und dabei ist ein wirklicher Wohltäter im wahren Sinne des Wortes hierbei nicht vorhanden, das muß man doch zugestehen. Die ‚Fischsuppe' war anscheinend ‚ohne Fisch gekocht', und doch war es eine *wirkliche Fischsuppe*, und dabei war der Verfasser, der dies hätte erzählen können, daran, wie ich hoffe, unschuldig, daß zu seiner Zeit dieses Gericht so angerichtet wurde.

V. S. Pritchett

EIN RUSSISCHER AUSSENSEITER

Die russischen Romane des 19. Jahrhunderts sind von solch überragender Größe, daß sie uns die weniger bedeutenden Persönlichkeiten vergessen lassen, auf deren Schultern sie stehen, und die doch auf den Leser einer weniger ertragreichen Literatur starken Eindruck machen würden. Eine dieser Gestalten ist Nikolai Lesskow. Ich bin sicher, daß man Lesskow als Verfasser von Novellen nicht als „weniger bedeutend" bezeichnen kann, auch wenn seine Werke erst übertragen wurden, als seine Zeitgenossen Turgenjew und Dostojewskij schon in weiten Kreisen bekannt waren.

Nikolai Lesskow wurde 1831 in Gorochow geboren und starb 1895 in Petersburg. Er war uneinheitlichen Ursprungs – Geistliche, Kaufleute und Landedelleute waren seine Ahnen –, und darum gleicht sein Blickfeld mehr dem Dostojewskijs als dem anderer Schriftsteller, die sich mit dem Leben des Landadels beschäftigten. Seine Lebensgeschichte ist nicht sehr verschieden von der Dostojewskijs. Er arbeitete lange Zeit für einen Engländer, der ein großes Gut verwaltete; auch bereiste er ganz Rußland. Als Lesskow zu schreiben begann, verfügte er auf Grund seiner Reisen über eingehende Kenntnisse russischen Lebens und russischer Sitten. Diese Kenntnisse waren ohne irgendwelche literarische Absichten gewonnen worden. Er „ging unter die Leute" nicht als befangener Intellektueller, sondern als praktischer Geschäftsmann. Wir können feststellen, wie sich das zum Vorteil und Nachteil für Lesskows Talent auswirkte. Er gilt als einer der Schriftsteller des 19. Jahrhunderts, die nicht „einzuordnen" sind: beim Publikum sehr beliebt, aber von den Kritikern mit starker Zurückhaltung betrachtet; diese Zurückhaltung entspringt dem Verdacht, daß Lesskows Erzählungen „gemacht“ seien. Sie seien nicht überzeugend, zu dilettantisch und nur zum Teil lebenswahr. Manchmal wirkten sie wie die Erinnerungen eines Bezirkskommissars. Ein erstrangiger Schriftsteller müsse – von künstlerischem Instinkt getrieben – schon frühzeitig das Gleichgewicht zwischen Leben und Dichtung herstellen; nur dann würde sein Geist über Zeit und Raum für geordnete Vorstellungen und eine stündlich geübte Disziplinierung der Empfindungen verfügen, die für das Gedeihen eines Talents so wesentlich seien. Der Anblick des befangenen Künstlers, der „unter das Volk geht“ oder das Gegenteil tut und vor der Berührung mit dem wirklichen Leben zurückschreckt, ist ein Vorwurf für satirische Darstellung. Aber der Künstler hat ein Recht darauf, seine Stellung zu wählen.

Die größten Künstler haben sich immer beschränkt. Das Leben Lesskows zeigt uns, daß er für die reichen Erfahrungen, die es ihm unter anderem möglich machten, die tatsächlichen Gewohnheiten und sprachlichen Eigentümlichkeiten des Volkes darzustellen, mit dem zu späten Beginn seiner schriftstellerischen Laufbahn bezahlen mußte. Man braucht nur seine Art zu erzählen mit der Turgenjews zu vergleichen. Sowohl Lesskow wie Turgenjew verwandten einen Einfall, den man heute als altmodischen Kunstgriff ansieht, nämlich die Erzählung im Rahmen einer Erzählung. Der Baron setzt nach dem Essen sein Glas hin und wird an einen außergewöhnlichen Mann oder eine besondere Frau erinnert, die er vor Jahren kennengelernt hatte. Oder er erzählt etwas wieder, was er als Student oder auf der Jagd gehört hatte. Bei Turgenjew wirkt dieser Einfall anmutig, weil wir fühlen, daß er die Erzählung von Anfang an so angelegt hatte. Es gab niemals solch einen Baron mit einem Glas Wein oder einen solchen Studenten. Der Kniff gefällt uns, weil er künstlerisch befriedigt. Bei Lesskow fehlt diese Illusion. Wir fühlen, daß sein Anfang, seine eingeschalteten Geschichten wirklich erlebt wurden, und – hier liegt ein Paradoxon der Kunst – sie sind nicht überzeugend, weil sie wahrscheinlich wahr sind.

Ein anderer Grund für die unsichere Haltung gegenüber Lesskows Talent und dessen Geringschätzung in Rußland ist politischer Art. Praktisch und erfahren, wie Lesskow war, griff er die Linke an, besonders die Nihilisten, und wurde bis zum Ende seines Lebens von den liberalen Zeitungen und Kritikern boykottiert und über den Tod hinaus verfemt. Er war auch stark an religiösen Fragen interessiert, und man warf ihm vor, daß er ein abgesunkener geistlicher Schriftsteller sei, der sich gleichzeitig religiösen und leichten weltlichen Stoffen zuneigte. Er verließ die überragende Ebene des russischen Pessimismus, um von einem angenehmeren, wärmeren und zugänglicheren Punkt aus das Leben zu beobachten. Ich kann nur sagen, daß nach meiner Ansicht Lesskows Stellung durch diese „Sünden" nicht ernsthaft beeinflußt wurde. Dostojewskij beging etwas weit Schlimmeres in den ‚Dämonen', und das gleiche gilt für Turgenjew in seinen Werken ‚Väter und Söhne' und ‚Neuland'; und doch überlebten beide den Zorn der politischen Fanatiker. Der Grund, warum den Kritikern Lesskows Haltung nicht gefiel, ist leicht erklärlich. Er besaß die Unabhängigkeit und die Originalität eines Menschen, der sein eigenes Leben und seine Erfahrung über politische und religiöse Ansichten stellt. Sowohl Revolutionäre, Liberale wie auch Konservative lehnten ihn ab.

Lesskow ist in mancher Hinsicht ein Dostojewskij ohne epileptische Anfälle. Immer wieder drängt sich in seinen Geschichten etwas in das Leben seiner Figuren und setzt sich wie ein bewegungsloses Tier darin fest. Irgendeine Sache oder eine geheimnisvolle Anwesenheit, die „sich auswirkt", ähnlich wie wir es auch in Kafkas Geschichten finden.

Lesskows schriftstellerische Fähigkeiten treten am stärksten in seinen religiösen Erzählungen in Erscheinung; doch im Gegensatz zu den meisten geistlichen Schriftstellern verstand er es, viele Register zu spielen. Er gleicht meiner Ansicht nach am ehesten den Schriftstellern, die manchmal fromm, manchmal skeptisch und zuweilen sogar zotig sind; aber wenn er auch die Geistlichen mit Satire übergoß oder das Versagen der Religion beschrieb, verstand er es doch ebensowohl, die Suche nach der wahren Religion dichterisch darzustellen. Und zwar so, wie es ein guter Schriftsteller tun sollte – ohne jede Lehrerhaftigkeit. Sein Sinn war erfüllt von den geistlichen Volksliedern der Bauern.

Anton Čechov im Diogenes Verlag

● Das dramatische Werk

Aus dem Russichen und mit Anmerkungen von Peter Urban

Der Kirschgarten. Komödie
Der Waldschrat. Komödie
Die Möwe. Komödie
Onkel Vanja. Szenen aus dem Landleben
Ivanov. Drama
Drei Schwestern. Drama
Platonov. ›Stück ohne Titel‹ in vier Akten und fünf Bildern
Sämtliche Einakter

● Das erzählende Werk

Deutsch von Gerhard Dick, Wolf Düwel, Ada Knipper, Hertha von Schulz, Michael Pfeiffer und Georg Schwarz, Anmerkungen und Nachweise von Peter Urban

Ein unbedeutender Mensch. Erzählungen 1883–1885
Gespräch eines Betrunkenen mit einem nüchternen Teufel. Erzählungen 1886
Die Steppe. Erzählungen 1887–1888
Flattergeist. Erzählungen 1888–1892
Rothschilds Geige. Erzählungen 1893 – 1896
Die Dame mit dem Hündchen. Erzählungen 1897–1903
Eine langweilige Geschichte/Das Duell. Kleine Romane I
Krankenzimmer Nr. 6/Erzählung eines Unbekannten. Kleine Romane II
Drei Jahre/Mein Leben. Kleine Romane III
Die Insel Sachalin. Reisebericht
Das Drama auf der Jagd. Eine wahre Begebenheit. Neu übersetzt von Peter Urban
Meistererzählungen. Ausgewählt von Franz Sutter. Deutsch von Ada Knipper, Herta von Schulz und Gerhard Dick

● Briefe

in 5 Bänden. Die größte nicht-russische Briefausgabe in der Neuübersetzung und -edition von Peter Urban
Jeder Band enthält Faksimiles, einen umfangreichen Anhang mit editorischem Bericht, Anmerkungen und einer Chronik; im letzten Band zusätzlich ein Personen- und Werkregister

● Tagebücher/Notizbücher

Herausgegeben und neu übersetzt von Peter Urban. Mit Vorwort, editorischem Bericht, ausführlichen Anmerkungen und Personenregister

● Čechov-Chronik

Leben und Werk von Anton Čechov
Herausgegeben von Peter Urban

● Anton Čechov Sein Leben in Bildern

Herausgegeben von Peter Urban. Mit 739 Abbildungen, einem Anhang mit Daten zu Leben und Werk und einem Personenregister

● Freiheit von Gewalt und Lüge

Gedanken über Aufklärung, Fortschritt, Kunst, Liebe, Müßiggang und Politik. Zusammengestellt von Peter Urban

● Das Čechov Lesebuch

Herausgegeben, kommentiert und mit einem Vorwort von Peter Urban

● Über Čechov

Herausgegeben von Peter Urban

Viktorija Tokarjewa im Diogenes Verlag

»Ihre Geschichten sind seit jeher von großer Anmut, allesamt Kunst-Stückchen, die einem die Vorstellung von Leichthändigkeit suggerieren. Nicht jedoch von Leichtgewichtigkeit. Wenn sie uns ein Schmunzeln entlocken, dann liegt das daran, daß Viktorija Tokarjewa über einen ausgeprägten Humor verfügt und diese Gabe durchweg einsetzt. Es ist kein Humor der satirischen Art, eher eine sanfte Ironie, gewürzt mit einer Prise Traurigkeit und einem vollen Maß an mitmenschlichem Erbarmen.«
Frankfurter Allgemeine Zeitung

Zickzack der Liebe
Erzählungen. Aus dem Russischen
von Monika T antzscher

Lebenskünstler
und andere Erzählungen. Deutsch
von Ingrid Gloede

Sag ich's oder sag ich's nicht?
Erzählungen. Deutsch von Angelika
Schneider, Monika Tantzscher
und Elsbeth Wolffheim

Mara
Erzählung. Deutsch von
Angelika Schneider

Happy-End
Erzählung. Deutsch von
Angelika Schneider

Meistererzählungen der Weltliteratur im Diogenes Verlag

- **Alfred Andersch**
Mit einem Nachwort von Lothar Baier

- **Ambrose Bierce**
Auswahl und Vorwort von Mary Hottinger. Aus dem Amerikanischen von Joachim Uhlmann. Mit Zeichnungen von Tomi Ungerer

- **Anton Čechov**
Ausgewählt von Franz Sutter. Aus dem Russischen von Ada Knipper, Herta von Schulz und Gerhard Dick

- **Miguel de Cervantes Saavedra**
Aus dem Spanischen von Gerda von Uslar. Mit einem Nachwort

- **Raymond Chandler**
Aus dem Amerikanischen von Hans Wollschläger

- **Stephen Crane**
Herausgegeben, aus dem Amerikanischen und mit einem Nachwort von Walter E. Richartz

- **Fjodor Dostojewskij**
Herausgegeben, aus dem Russischen und mit einem Nachwort von Johannes von Guenther

- **Friedrich Dürrenmatt**
Mit einem Nachwort von Reinhardt Stumm

- **Joseph von Eichendorff**
Mit einem Nachwort von Hermann Hesse

- **William Faulkner**
Aus dem Amerikanischen übersetzt, ausgewählt und mit einem Nachwort von Elisabeth Schnack

- **F. Scott Fitzgerald**
Ausgewählt und mit einem Nachwort von Elisabeth Schnack. Aus dem Amerikanischen von Walter Schürenberg, Anna von Cramer-Klett, Elga Abramowitz und Walter E. Richartz

- **Nikolai Gogol**
Die Nase
Ausgewählte Erzählungen. Auswahl, Vorwort und Übersetzung aus dem Russischen von Sigismund von Radecki

- **Jeremias Gotthelf**
Mit einem Essay von Gottfried Keller

- **Dashiell Hammett**
Ausgewählt von William Matheson. Aus dem Amerikanischen von Wulf Teichmann, Walter E. Richartz, Hellmuth Karasek und Elizabeth Gilbert

- **O. Henry**
Aus dem Amerikanischen von Christine Hoeppner, Wolfgang Kreiter, Rudolf Löwe und Charlotte Schulze. Mit einem Nachwort von Heinrich Böll

- **Hermann Hesse**
Zusammengestellt, mit bio-bibliographischen Daten und Nachwort von Volker Michels

- **Patricia Highsmith**
Ausgewählt von Patricia Highsmith. Aus dem Amerikanischen von Anne Uhde, Walter E. Richartz und Wulf Teichmann

- **E.T.A. Hoffmann**
Herausgegeben von Christian Strich. Mit einem Nachwort von Stefan Zweig

- **Washington Irving**
Aus dem Amerikanischen von Gunther Martin. Mit Illustrationen von Henry Ritter und Wilhelm Camphausen

- **Gottfried Keller**
Mit einem Nachwort von Walter Muschg

- **D.H. Lawrence**
Ausgewählt, aus dem Englischen und mit einem Nachwort von Elisabeth Schnack

- **Nikolai Lesskow**
Ausgewählt von Anna von Guenther. Aus dem Russischen von Johannes von Guenther

- **Jack London**
Aus dem Amerikanischen von Erwin Magnus. Mit einem Vorwort von Herbert Eisenreich

- **Carson McCullers**
Ausgewählt von Anton Friedrich. Aus dem Amerikanischen von Elisabeth Schnack

● Heinrich Mann
Vorwort von Hugo Loetscher. Mit 24 Zeichnungen von George Grosz

● Katherine Mansfield
Das Puppenhaus
Ausgewählt, aus dem Englischen und mit einem Nachwort von Elisabeth Schnack

● W. Somerset Maugham
Ausgewählt von Gerd Haffmans. Aus dem Englischen von Kurt Wagenseil, Tina Haffmans und Mimi Zoff

● Guy de Maupassant
Ausgewählt, übertragen und mit einem Nachwort von Walter Widmer

● Herman Melville
Aus dem Amerikanischen von Günther Steinig. Nachwort von Hans-Rüdiger Schwab

● Prosper Mérimée
Aus dem Französischen von Arthur Schurig und Adolf V. Bystram. Mit einem Nachwort von V.S. Pritchett

● Conrad Ferdinand Meyer
Mit einem Nachwort von Albert Schirnding

● Frank O'Connor
Aus dem Englischen und mit einem Nachwort von Elisabeth Schnack

● Liam O'Flaherty
Aus dem Englischen und mit einem Nachwort von Elisabeth Schnack

● George Orwell
Aus dem Englischen von Felix Gasbarra, Peter Naujack, Alexander Schmitz, Nikolaus Stingl u.a. Ausgewählt von Christian Strich

● Konstantin Paustowski
Aus dem Russischen von Rebecca Candreia und Hans Luchsinger

● Luigi Pirandello
Auswahl und Nachwort von Lisa Rüdiger. Aus dem Italienischen von Percy Eckstein, Hans Hinterhäuser und Lisa Rüdiger

● Edgar Allan Poe
Aus dem Amerikanischen von Gisela Etzel. Auswahl und Vorwort von Mary Hottinger

● Alexander Puschkin
Aus dem Russischen von André Villard. Mit einem Fragment ›Über Puschkin‹ von Maxim Gorki

● Saki
Aus dem Englischen von Günter Eichel. Mit einem Nachwort von Thomas Bodmer und Zeichnungen von Edward Gorey

● Alan Sillitoe
Aus dem Englischen von Hedwig Jolenberg und Wulf Teichmann

● Georges Simenon
Aus dem Französischen von Wolfram Schäfer, Angelika Hildebrandt-Essig, Gisela Stadelmann, Linde Birk und Lislott Pfaff

● Henry Slesar
Aus dem Amerikanischen von Thomas Schlück und Günter Eichel

● Stendhal
Aus dem Französischen von Franz Hessel, M. von Musil, Arthur Schurig. Mit einem Nachwort von Maurice Bardèche

● Adalbert Stifter
Mit einem Nachwort von Julius Stöcker

● Rodolphe Toepffer
Ausgewählt und aus dem Französischen von H. Graef. Vorwort von Maurice Aubry. Mit vielen Illustrationen des Verfassers

● Leo Tolstoi
Ausgewählt von Christian Strich. Aus dem Russischen von Arthur Luther, Erich Müller und August Scholz

● B. Traven
Ausgewählt von William Matheson

● Iwan Turgenjew
Herausgegeben, aus dem Russischen und mit einem Nachwort von Johannes von Guenther

● Mark Twain
Mit einem Vorwort von N.O. Scarpi

● Jules Verne
Aus dem Französischen von Erich Fivian